KB215102

숲의 전쟁

숲의 전쟁

(고호관 소설집)

아작

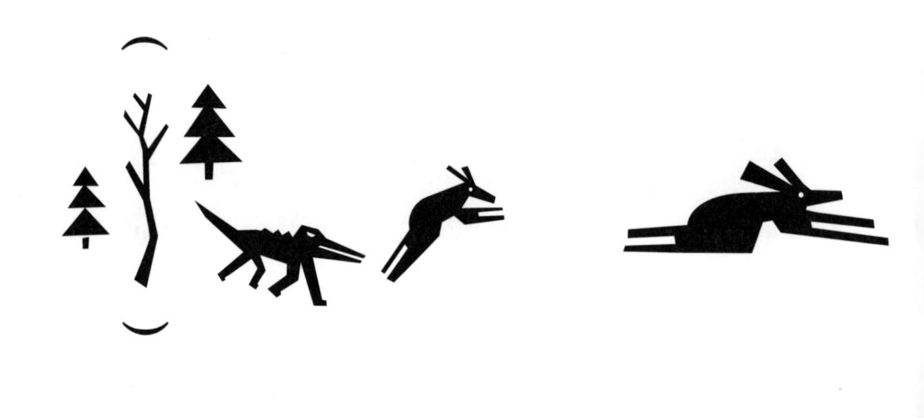

차례

아직은 끝이 아니야 7

우주의 집 51

0에서 9까지 79

하늘은 무섭지 않아 107

숲의 전쟁 129

드래곤의 꿈 183

시간의 약속 195

아이클린 225

멸종의 이유 249

생명의 노래 293

위대한 예술 317

작가의 말 335

아직은 끝이 아니야

- 2015년 〈환상문학웹진 거울〉 게재
- 2019년 《아직은 끝이 아니야》(아작) 수록
- 2019년 제6회 SF어워드 중단편 부문 우수상 수상

오자의 자연 발생설

위키백과, 우리 모두의 백과사전

문서 편집에서 일컫는 **자연 발생설**[1]은 오자가 작업자의 실수 없이 스스로 생길 수 있다는 가설이다. 자연 발생에 대한 최초의 관념은 점토판 또는 석판에 새겨진 글자가 임의로 변한다는 것에 근거하고 있다. 고대 바빌로니아의 필경사들도 오자는 자연 발생한다고 주장하였다. 양피지 및 종이가 널리 쓰이기 시작한 이후에도 지식인 사이에서 자연 발생설은 오랫동안 강력한 지위를 누렸다.

목차 숨기기

처음 위치

오자 자연 발생설의 역사

자연 발생설을 지지해 온 관점

- 고립된 석판의 문자 변형에 대한 인식
- 인간 의식의 영향

자연 발생설을 부정하는 증거

- 동일 활자판에 대한 라이츠의 실험
- 디지털 데이터의 무변형성

·
·
·

이후 인쇄술이 급속도로 퍼지기 시작하면서 오자가 자연 발생한다는 생각은 잘못이라는 인식이 강해졌다. 근대에 들어 닳았거나 부서진, 혹은 잘못된 활자를 사용했을 경우 오자가 발생한다는 사실을 실험으로 제시하면서 자연 발생설은 거의 폐기되기에 이른다. 그러나 최근 인쇄와 출판에 컴퓨터가 활용되면서 설명할 수 없는 오자가 다수 발생한 결과 자연 발생설은 다시 힘을 얻고 있다.

성욱은 신경질적으로 마우스를 딸그락거렸다. 화면을 아래로 죽죽 스크롤했지만, 건성이었다.

"아, 젠장, 이걸 뭐 어떻게 하라는 거야?"

잠시 입맛을 다시던 성욱은 어디론가 전화를 걸었다.

해랑은 벽이 온통 하얀 긴 복도를 걸어가고 있었다. 그때 바지 뒷주머니에서 휴대전화가 울렸다. 무심코 손을 뻗던 해랑은 화들짝 놀라며 주위를 둘러보았다.

"아, 씨, 이게 여기 있었어? 과장한테 죽을 뻔했네."

해랑은 종종걸음으로 온 길을 되돌아갔다. 가면서 전화를 꺼내 보니 성욱이었다. 해랑은 일단 수신을 거부한 뒤 조용히 문밖으로 나갔다. 다행히 사무실에는 아무도 없었다. 복도로 나간 해랑은 성욱에게 전화를 걸었다.

"뭐야, 전화 왜 안 받았어? 바쁜 척이냐?"

"야, 왜? 나 진짜 바쁘거든?"

"잠깐만. 물어볼 게 있어. 내가 아는 서지면역학자가 너밖에 없다 보니."

"우리나라에 그런 사람이 몇이나 된다고. 아, 내가 왜 이걸 전공했을까. 뭔데. 빨리 말해. 나 빨리 들어가야 해."

성욱은 가끔 전화를 걸어서 뭔가 묻곤 했다. 대개는 시시콜콜한 얘기로 말만 질질 끌었다. 해랑은 성욱이 자기한테 관심이 있나 생각한 적도 있었지만, 그렇다고 딱히 적극적으로 다가오는 모습은 없기에 그쪽으로는 아예 신경을 끊고 있었다. 그래서 이번에도 말이 길어지리라고는 생각하지 못했다.

"우리 회사 얘기 들은 거 없냐?"

"니네 회사? 뭔 일 있어?"

"얼마 전에 사장이 청와대 끌려들어 가서 조인트 까이고 왔다는 소문이 있거든."

"풋, 설마. 너네 같은 친정부 언론이? 제대로 광고 못했다고 혼났냐?"

"너 신문 안 보지?"

"야, 난 서지면역학자잖아. 신문처럼 오염원이 그득한 건 피해야 한다고. 지금 너랑 전화로 얘기만 하고 있어도 감염될 것 같아."

"됐고. 들어봐."

성욱에 따르면, 성욱이 일하는 신문사 사장이 청와대에서 혼난 건 오자 때문이었다. 신문에 오자가 있는 건 흔한 일이지만, 그 오자가 제목에 떡하니 박혀 있어서 일이 커진 모양이었다. 최근에 번지고 있는 신종 바이러스에 대한 정부 정책을 전하는 기사였다. 원래는 '대통령, 철저 방역 지시'였는데, 그만 최종판에 '대통령, 철저 방관 지시'로 나갔다는 것이다. 당연히 난리가 났고, 신문사는 청와대의 엄중한 항의를 받았다. 편집국장 아래로 줄줄이 깨져 나간 건 물론이었다. 성욱의 말로는 역사상 최악의 오자였다.

"푸하하. 사장이 깨질 만했네."

"뭐, 그거 한 번에 불려 들어갔으려고. 그런 게 몇 번 있었지."

처음이 아니라는 소리였다. 유독 대통령이 등장하는 기사에만 오자가 생기고 있었다. 요전에는 '경제 활성화 위한 특별 사면'이 '경제 활성화 위한 특별 사형'으로 잘못 나갔고, 그전에는 '소통과 타협 지향'이 '소통과 타협 지양'으로 나갔다. 이런 적이 몇 번 있었던 모양이었다. '일자리 창출 강조'가 '일자리 창출 강요'로 나간 적도 있었고, '대통령, 집권 후반기 개의 고추 잡았다'처럼 황당한 오자도 있었다. 원래는 개의 고추가 아니라 개혁의 고삐여야 했다.

그렇게 대화가 이어지다 보니 어찌어찌 해랑은 성욱과 저녁을 먹기로 했다. 저녁 자리에서도 이야기가 이어졌다.

"해랑아, 너희 회사에서는 그게 오자…, 그걸 뭐라고 부르지? 균이나 바이러스는 아닐 테고."

"논문 쓸 때는 보통 감염자라고 하지. 사람 자가 아니라 글자 자로. 그런데 그게 물리적인 존재는 아니라서 뭐라고 불러야 할지 우리끼리도 말이 많아. 영적인 존재라고 '문자령'이라고 하는 사람도 있고, 글자를 바꾸니까 '변형자'라고 하는 사람도 있고. 난 그냥 감염자라고 불러."

"뭐, 뭐 어쨌든, 우리 회사에서는 그렇게 오자가 난 게 그거, 오자가 자연 발생한 거라고 우길 생각인가 봐."

해랑은 술잔을 기울이다가 이맛살을 찌푸렸다.

"신문사가 오염돼 있지 않으면 그게 이상하긴 해. 그런데 그러면 오자가 여기저기 자잘하게 나왔어야지, 대통령 관련 기사에만 집중적으로 생기는 건 말이 안 돼."

"안 그러면 우리가 바보거나 일부러 그랬다는 건데, 그러면 더 큰 일 나니까."

성욱은 붉어진 얼굴을 하고 입맛을 다시다가 다시 물었다.

"근데 그게 도대체 원리가 뭐야? 대통령이라는 글자에 감염되면 대통령 기사에만 오자가 많이 생길 수도 있는 거 아냐?"

해랑은 술잔을 내려놓고 팔짱을 끼었다.

"흠. 특정 문자열에만 감염된다는 얘긴 들어본 적 없는데. 다들 인정하는 거는 사람이 문자로 인식하는 패턴을 감염시킨다는 건데, 그림하고 문자를 딱 가르는 경계가 없어서 어디까지 감염시키는지는 논란이 좀 있어."

"그게 정말로 글자를 바꿔? 물리적으로? 책을 쳐다보고 있으면 글자가 천천히 바뀌는 거야? 돌에 새긴 글자도 바뀐다고? 그러면 컴퓨터 화면에 글자는? 모니터의 물질 구조를 바꾸는 거야? 아니면 원본 디지털 데이터까지 변형시키는 거야?"

성욱이 점점 직업 정신을 드러내고 있었다.

"흐흐. 지금 취재하냐?"

"아니, 상식적으로 생각해도 말이 안 되잖아."

"그래서 너 같은 유물론자는 안 되는 거야. 있는 현상을 부정하면 어쩌라고."

"아 뭐, 어쨌든 설명 좀 해봐. 잘하면 나 이걸로 기사 써야 돼. 이것도 과학이라고 부장이 과학 전문 기자인 나보고 알아오란다."

"뭐야, 진짜 취재잖아? 야, 위키 봐. 거기 있어."

"설명 부실하더만. 그리고 어떻게 위키 보고 기사를 쓰냐?"
"한글 위키 봤지? 영어로 봐, 영어로."
"오자가 자연 발생해서 이렇게 됐다는 게 회사 입장이니까 이런 게 진짜로 가능하다는 기사로 백업을 좀 해주라는 거지. 나도 하기 싫어, 이런 거."
"풋. 그러니까 누가 그런 데서 기자 하래?"
말은 그렇게 했어도 해랑은 몸을 뒤로 기대고 설명하기 시작했다.
"두 가지 학설이 있어. 하나는 실제로 물리적인 글자 모양을 바꾼다는 거야. 이건 똑같은 판으로 인쇄했는데 어떤 책에만 오자가 있다는 데서 나온 얘기야. 이걸 증명하려고 무려 10년 넘게 매일 책의 같은 페이지를 촬영해서 기록하는 사람도 있어. 오자가 생기나 안 생기나 보려고."
"결과는?"
"아직 오자가 안 생겼어. 어차피 오자가 자연 발생하는 확률은 아주 낮아서 이거 갖고는 증명 못 해. 두 번째는 사람의 의식을 오염시켜서 글자를 쓰거나 타자할 때 오자를 내게 한다는 거야. 보는 사람의 마음에 영향을 끼치기 때문에 교정보는 사람도 오자를 못 알아채. 그대로 찍혀 나오는 거지. 이건 네가 지적하는 물리적인 변형 문제가 없지만, 증명은 역시 안 돼. 그래도 이쪽이 주류야."
"전파는 어떻게 되는 거야?"
"글자에서 글자로 전염되는데, 다른 매개체가 있는지는 몰

라. 감염된 글자가 있으면 대략 10미터 안쪽에 있는 다른 글자를 감염시킬 수 있어. 이건 그냥 오자가 많은 책을 중심으로 주변에 있는 텍스트에서 오자가 발생하는 비율을 관찰한 다음에 수학 모델로 만들어서 추정한 거야. 사람 실수로 생기는 오자가 훨씬 더 많아서 정확하다고는 할 수 없지만, 격리는 보통 이 기준에 맞춰서 해. 근데 글자 밀도가 낮으면 전염도 잘 안 되고 시간이 좀 지나면 저절로 소멸한다고 보고 있어. 신문사나 출판사는 글자 밀도가 높으니까 한번 걸리면 오래가겠지. 근데 그래도 자연 발생하는 오자에 의도가 있다는 설은 없어."

"신문사가 글자 천지니까 감염되는 건 쉬워도 대통령 기사에만 이렇게 많이 생기는 건 어렵다?"

"애초에 자연 발생하는 오자는 사람이 실수로 만드는 거에 비하면 새 발의 피야."

"이런, 부장이 별로 안 좋아하겠네."

다음 날 해랑은 직장인 국립중앙도서관으로 출근했다. 과장은 출근 전이었다. 컴퓨터를 켜고 간밤에 온 이메일을 확인한 뒤에 사무실 한쪽에 있는 엘리베이터를 탔다. 엘리베이터는 해랑을 지하 30미터 아래로 데려갔다.

해랑은 탈의실에서 옷을 갈아입었다. 규정에 따라 속옷까지 남김없이 벗고 정해진 옷을 입어야 했다. 수장고로 향하는 문을 열자 벽이 온통 하얀색인 긴 복도가 나타났다. 외부의 어떤 글자도 이 복도 너머로 가지고 들어갈 수 없었다. 책이나 문서는 물론이거니와 옷이나 소지품에 쓰인 글자, 몸에 문신으로 새긴 글자도 마찬가지였다. 수장고를 지을 때 쓴 전구나 전선도 특별히 글자를 찍어 넣지 않은 제품이었다. 심지어는 페이스메이커를 몸속에 이식한 사람이 출입을 거부당하기도 했다. 어제 무심코 휴대전화를 가지고 들어갈 뻔하다가 때마침 성욱이 전화한 덕분에 실수를 막을 수 있었다. 해랑이 입고 있는 작업복 역시 아무 글자가 없는 민무늬였다.

국립중앙도서관 지하의 수장고는 보존 가치를 인정받은 책과 문서를 보관하는 공간이었다. 귀중한 역사 유물이나 중요한 국가 기록 등이 대상으로, 가장 깨끗한 상태로 보관했다가 필요하면 대조할 원본으로 삼기 위해서였다.

해랑이 속한 서지면역과의 주업무는 수장고가 감염되지 않도록 관리하고 새로 추가할 문서를 검증하는 일이었다. 말로는 서지면역과라지만 아직 면역이 생기게 할 방법을 알아내지 못했기 때문에 실상은 최대한 격리하는 게 다였다. 말은 그럴듯하지만, 평소에는 중요한 취급을 받는 부서가 아니었다. 땡보에 예산만 낭비한다는 눈총을 받기도 했다.

그러던 게 이날부터 상황이 바뀌었다. 어제 성욱이 한 말이 전조인 듯싶었다.

해랑이 오전 업무를 처리하고 점심을 먹으러 올라오자 과장이 자기 자리에 서서 A4용지 몇 장을 가지고 부채질을 하는 모습이 보였다.

"어, 과장님 어디 갔다 오셨어요?"

"응, 안녕."

과장은 표정이 별로 안 좋아 보였다.

"뭔 일 있나요? 별로 덥지도 않은데."

"아침부터 갑자기 호출받아서 회의하고 왔더니. 덥네."

"회의요? 무슨 회의요?"

"갑자기 오라잖아. 뜬금없이 큰집의 높은 분하고 회의하고 왔네."

"큰집이요? 교도소?"

"아니, 청와대."

순간 해랑은 무슨 일인지 직감했다. 청와대의 심기를 몹시 불편하게 한 일련의 오자가 자연 발생했다는 주장이 어느 정도 먹힌 모양이었다.

과장은 어제 성욱이 한 것과 비슷한 이야기를 풀어놓았다.

"그게 불가능한 건 아니지만, 너무 확률이 낮지 않아요? 차라리 거기 기자들이 맘먹고 대통령 엿 먹이려고 그랬다는 게 더 그럴듯해 보이는데…. 그래서 뭐라고 하셨어요?"

"뭐라고 하긴. 전문가랍시고 나한테 물어보는데 어쩌라고. 불가능한 건 아니라고 했지."

"으악! 그러니까 뭐래요? 설마 우리한테 뭐 하라는 거 아니죠?"

과장은 한숨을 푹 쉬었다.

"아니긴 왜 아니겠냐. 다음 회의 때는 해랑 씨도 나랑 같이 가는 거야."

"네? 아, 진짜. 왜 그러셨어요…."

"야! 나 혼자 죽기 싫어! 그리고 해랑 씨는 유학까지 갔다 와서 나보다 더 전문가라고 했어."

"미치겠네. 이렇게 부하 직원 팔아도 되는 거예요, 과장님?"

두 번째 회의는 다음 날에 있었다. 해랑은 과장과 함께 경복궁 근처에 있는 어떤 건물 사무실에서 평생 안 봐도 아쉽지 않은 사람들과 회의를 했다. 아는 얼굴은 없었지만, 다들 심각한 표정이었다. 역시 이런 사람들은 얼굴 맞대지 않고 신나게 욕이나 하는 대상이어야 했다.

논의랄 것도 없는 말들이 오가는 가운데 해랑은 엉터리 같은 질문을 받을 때마다 한숨을 쉬며 대답했다. 가끔 짜증을 내고 싶을 때도 있었지만, 이미 과장이 얌전하게 굴라고 신신당부를 해둔 터였다. 어쨌거나 수틀리면 예산에 장난을 칠 수 있는 사람들이었다.

분위기로 봐서 이 일을 크게 알릴 생각은 없는 듯했다. 과장과 해랑은 그런 오자가 자연 발생할 가능성은 극히 낮다며, 이유는 다른 데 있을 거라는 결론으로 몰아가려고 애썼다. 사실이 그렇기도 했다. 사장인지 아닌지는 모르겠지만, 문제의 언론사에서 나온 사람은 그런 대답을 들을 때마다 얼굴이 썩어들어 갔다.

해랑이 가졌던 희망은 회의 내내 묵묵히 앉아 있던 한 사람의 말에 의해 깨졌다.

"그래도 브이아이피가 신경 쓰시는 문젠데 그렇게 넘어갈 수야 있나. 자세히 좀 알아봐야지."

회의를 마치고 과장과 해랑은 인근 커피 전문점에 마주 앉았다.

"휴우, 거 귀찮게 됐네."

해랑은 말없이 차가운 커피를 빨았다. 회의는 결국 실사 조사원을 파견하자는 결론으로 끝이 났다. 그리고 당연히 그 실사 조사원은 해랑이었다.

"야, 내가 갈 수는 없잖냐. 아마 난 여기저기 계속 불려 다닐 거야."

"누가 뭐래요?"

"아니, 뭐…, 아무래도 좀 그래서."

"근데 가서 뭐 하죠? 그 사람들은 우리가 뭔가 기계라도 잔뜩 가져가서 검사하는 걸 상상하고 있지 않을까요? 막상 가서는 똑같이 글자 들여다보고 있는 거 말고는 할 게 없는데…. 그게 하루이틀 한다고 되는 것도 아니고. 그 사람들 아무것도 모르니까 그런 소리 하는 건데 왜 가만있으셨어요!"

"뭐, 답은 정해진 회의였어. 별거 있나. 가서 너무 어리바리하게 있지만 마. 좀 잠잠해진 다음에 보고서 잘 쓰고 끝내자고."

"이러다 우리 쓸모없다는 평가나 받고 부서 없어지는 거 아니에요?"

"그건 내가 알아서 할 테니까 신경 쓰지 마."

평소 과장은 그런 말을 하는 유형이 아니었다. 보아하니 해랑을 그렇게 파견 보내는 게 꽤 미안한 모양이었다. 해랑은 사무실에 들어가는 내내 오만상을 찌푸린 채 한숨을 푹푹 내쉬었다. 이런 기회가 있을 때 최대한 빚진 기분이 들게 만들어둬야 했다.

해랑은 이틀 동안 사무실로 더 출근해서 조사 계획을 세웠다. 대부분은 해외 사례를 조사하는 데 썼지만, 특별한 게 없었다. 글자가 감염됐는지 알아보려면 해당 사건이 생긴 시기를 기준으로 특정 지역에서 생기는 오자의 양상을 분석해야 했다. 말은 그럴듯하지만 쉬운 일은 아니었다. 초교에서부터 최종판까지, 오자는 어느 단계에서도 생길 수 있었다. 실사 조사에 들어가면 모든 단계를 확인할 수 있지만, 과거 자료는 최종판밖에 없었다. 대조해보려면 과거 신문을 가능한 한 많이 뒤져서 오자 데이터를 수집해야 했다. 알고리즘이야 상용 프로그램을 쓰니까 별문제가 아닌데, 데이터를 수집하는 게 문제였다.

"거기 기자들은 맞춤법 실력이 얼마나 되려나. 과장님, 신문기자 평균으로 놓을까요? 이거 미국 기준인데, 우리나라 기자들은 더 낮게 쳐야 하지 않을까요? 인터넷에서 기사 보면 개판이던데. 아유, 미치겠네."

과장도 딱히 뾰족한 답을 알려주지는 못했다.

문제의 신문도 꼼꼼하게 읽었는데, 눈에 띄는 오자는 없었다. 성욱에게 연락하니 기자들이, 심지어는 사장까지 눈에 불을 켜고 확인하는 덕택에 최근 며칠 동안은 오자가 생기지 않았다고 했다.

"그럼 나 안 가도 되는 거 아냐?"

"그냥 와. 내가 밥 사줄게. 크크크."

여름을 앞두고 날은 점점 더 더워졌고, 신종 바이러스는 더 기승을 부렸다. 과학 기자인 성욱은 신종 바이러스 때문에 너무 바빠서 해랑이 간다 해도 밥 한 끼 사 줄 틈이 없을 것 같았다.

그리고 다시 사건이 터졌다.

이번에는 초미의 관심사였던 신종 바이러스 슈퍼 전파자에 관한 기사였다.

신종 바이러스를 퍼뜨리는 슈퍼 전파자의 정체가 연일 기사에 오르내리던 시기였다. 대통령은 슈퍼 전파자가 발생하지 않도록 방역망을 벗어난 환자를 찾아내라고 지시했다. 그런데 기사에는 '방충망을 벗어난 환자를 찾으라'고 나갔다. 평소에 워낙 말실수가 잦은 대통령이라 이 기사는 곧바로 사진으로 찍혀서 SNS를 타고 돌며 우스갯감이 됐다. 기사를 쓴 기자와 편집 기자는 울며불며 자기 탓이 아니라고 호소했다. 해랑이 보기에도 단순한 오타는 아닌 것 같았다. 오타였다면 그래도 '역'과 얼추 비슷했을 것이다. 전혀 비슷하지도 않은 '충'이 될 까닭이 없었다.

신문사로 출근하는 첫날, 해랑은 수장고에서 입는 작업복을 입고 집을 나섰다. 과장의 지시였다. 휴대전화 같은 소지품은 신문사에 두고 다니기로 했다. 만에 하나 집이나 도서관에 옮길 가능성을 막기 위해서였다. 가능성은 작지만, 과장이 우기는 바람에 할 수 없었다. 글자도 없고 무늬도 없는 작업복은 순전히 수장고에서만 입는 것이라 디자인에 전혀 신경 쓰지 않고 만든 옷이었다. 방역복 입고 출퇴근하는 꼴이라 심히 민망했다.

신문사에서도 당연히 다들 힐끔거렸다. 뻔뻔해지는 수밖에 없었다. 사장의 특별 지시로 연차 좀 있는 기자 하나가 해랑에게 찰싹 달라붙어 신문이 나오는 과정을 설명했다. 헛짓거리를 못 하도록 감시역까지 겸한 것 같았다. 사장은 해랑을 불러 이 일을 밖에서 이야기하고 다녀서는 안 된다고 신신당부했다. 기왕이면 자연 발생한 오자라는 결론을 내려주면 좋겠다는 분위기를 물씬 풍겼지만, 따로 밥은 사주지 않았다. 밥을 얻어먹는 것도 꽤나 고역이었겠지만.

어쨌거나 오염됐을 가능성이 큰 글자 무더기 사이에 앉아 있자니 괜히 온몸이 근질거렸다. 해랑은 집배신 프로그램이 깔린 컴퓨터를 한 대 받았다. 이걸로 기자들이 올리는 기사를 모두 볼 수 있었다. 그래도 처음부터 확인하고 싶었던 해랑은 기자 각각이 쓴 원본 파일을 달라고 요청했다.

"그럼 공유 폴더 하나 만들어놓고 각자 쓴 파일을 넣어달라고 해야 돼요. 어차피 계속 수정할 거라 그거 있으나 마나일 텐데."

"그건 제가 판단할 테니까 그냥 그렇게 해주세요."

해랑은 최대한 도도한 표정을 지으며 말했다. 이때 아니면 언제 기자에게 갑질을 해보랴 싶었다. 안내역을 맡은 기자는 이마를 살짝 찡그렸다.

"일단 이 폴더에 넣으라고 할게요. 근데 외부에 있고 바쁘고 그러다 보면 못 올릴 수도 있어요."

"뭐, 제가 일일이 확인할 수는 없으니까요. 나중에 신문에 나온 기사 목록이랑 대조해서 빠진 건 보고서에 기록할게요. 아마 윗분들도 보시겠지요."

"……."

"아, 신문에 안 나간 거, 중간에 킬 된 기사도 다 보여주셔야 해요."

언젠가 성욱에게 들었던 표현도 한번 써먹어 보았다. 안내자 겸 감시인은 기자 경력을 통틀어 최악의 짐을 떠맡았다는 표정을 지었지만, 사장 지시인지라 어쩔 수 없이 따랐다.

기사가 신문에 찍혀 나가기까지의 단계를 대강 알게 되자 해랑은 최대한 단계를 세분화해 수많은 사본을 만들었다. 기자가 워드프로세서에 쓴 기사를 출력하고, 그 출력본을 복사하고, 카메라로 사진을 찍어 과장과 공유했다. 국립중앙도서관 사무실 팩스로도 보냈다. 감염된 글자가 물리적으로 변형된다는 건 과격한 가설이었지만, 무시할 수는 없었다. 나중에 외부로 보낸 사본과 대조해봐야 했다. 일찌감치 외부로 보낸 기사는 멀쩡한데 신문사에 있는 기사에 오자가 있다면 물리적 변형 가설이 힘을 받는다. 두 곳에 다 똑같은 오자가 있다면 그건 작업자의 마음을 오염시킨다는 가설을 지지하는 결과다. 외부로 나간 사본에 오자가 있다면 사무실에 있는 과장이 찾아낼 터이므로 바로 알 수 있었다. 물론 과장의 마음도 오염될 수 있지만, 아직 감염자가 전화선이나 인터넷 선을 타고 움직인다는 증거는 없었다.

가장 큰 문제는 사람이 만드는 오자였다. 고려해야 할 게 너무 많았다. 사실상 처음으로 실질적인 문제에 맞닥뜨린 해랑은 자신이 하는 학문에 회의감이 들 정도였다.

게다가 기사 하나를 가지고도 여러 사람이 고쳐 대는 통에 단계별로 체계적으로 분류하는 게 무슨 의미가 있나 싶기도 했다.

'아, 씨. 이래 갖고 오자가 안 나오는 게 이상하겠다.'

그래도 방법은 이 나라의 고귀한 덕목인 근면 성실하고 불평불만 없는 노동밖에 없었다. 해랑은 조수 두 명과 함께 가능한 한 많은 대조군을 만들며 확인했다. 워드프로세서의 기사가 집배신과 편집 프로그램으로 이동하는 과정과 편집 과정, 가판, 20판이니 40판이니 하며 나오는 대장을 모두 다양한 방법으로 복제하며 꼼꼼히 확인했다. 벌건 눈을 하며 지나가는 성욱과 우연히 마주치고도 잠깐 투덜거리는 게 고작이었다.

"야, 이거 왜 처음부터 10판인 거야? 벌써 열 번째 찍었는데 나만 모르는 거야? 아님 첨부터 그냥 이렇게 찍는 거야? 니네 이것도 사기 치냐?"

물론 사기 치냐는 부분을 조그맣게 말할 정도의 분별력은 남아 있었다.

어떻게 보면 괜찮은 일이었다. 만약 여기서 꾸준히 나오는 오자가 정말 자연 발생한 것이라면 이건 정말 희귀한 경우였다. 좁은 공간에서 짧은 시간 안에 표본이 이렇게 많이 나온 사례는 없었다. 잘하면 주목받을 논문을 쓸 수 있을지도 몰랐다.

며칠 동안 해랑은 그렇게 긍정적인 마음가짐을 지닌, 어른들이 원하는 젊은이로 지냈다. 그리고 인내심이 고갈되고 다시 사회가 요구하는 긍정적인 마음의 폭력성에 대해 숙고하기 시작할 무렵 또다시 사건이 터졌다. 이번에는 양상이 좀 달랐다.

대통령이 신종 바이러스 대책 본부를 찾아가 한 이야기를 전하는 기사였다. 대통령이 이렇게 열심히 하고 있다는 걸 보여주는 게 목적이었다. 그런데 그만 대통령의 멘트가 엉뚱하게 나가버리고 말았다. 원래는 "확진자 및 의심 환자를 철저히 전담 관리할 것이며, 상황이 시시각각 바뀌고 있으므로 시간을 허비하지 않고 현장에서 즉각 대응하겠다."인데 신문에는 "확진자 및 의심 환자 격리를 전격 해제할 것이며, 상황이 시시각각 바뀌고 있으므로 시간을 허비하지 않고 서울에서 즉각 대피하겠다."라고 나갔다.

당연히 난리가 났다. 지금까지는 실수이겠거니 했던 독자들도 신문사에 전화를 하고 난리였다. 담당 기자는 온라인에 올라가 있던 같은 기사를 서둘러 내렸다. 청와대는 긴급히 기자회견을 열고 대통령은 서울을 떠나지 않는다고 발표했다.

해랑도 정신이 없었다. 이번 건 작업자가 실수로 낼 수 있는 오자가 아니었다. 그렇다고 감염됐다고 보기에도 무리가 있었다. 자연 발생하는 오타는 단순히 글자, 기껏해야 짧은 단어가 바뀌는 수준이었다. 이렇게 문장이 멋대로 바뀌는 사례는 어디서도 보지 못했다. 다른 가능성도 있긴 했다. 인쇄로 넘어가기 직전의 마지막 단계에서 누군가 일부러 그랬다는 것.

"과장님, 제가 어제 보낸 대조본 좀 봐주세요. 어디서 바뀐게 보여요?"

"있어봐. 여기엔 철저히 전담 관리하고 현장에서 즉각 대응하겠다고 쓰여 있는데?"

해랑이 만들어놓은 사본도 마찬가지였다. 만약 글자를 이루는 패턴을 물리적으로 바꿔놓는다는 설이 옳다면 지금처럼 수십 명이 눈에 불을 켜고 단계별로 확인하는 절차를 통과할 수 없었다. 신문이 다 찍힌 뒤에 변형이 일어난다면 일부 신문만 그래야 했다. 전국에 깔린 신문 모두가 바뀌었다면 작업자의 정신을 오염시킨다는 설이 옳을 가능성이 컸다. 온라인에도 같은 부분이 잘못된 기사가 올라갔다는 점도 그걸 뒷받침했다.

'그럼 어디서?'

해랑은 사장에게 직접 이야기해 해당 기사가 나가는 과정에 관여한 기자를 전부 불러 모았다. 불려온 기자 전원은 자기들이 봤을 때는 멀쩡한 문장이었다고 맹세했다.

'지금도 문장이야 멀쩡하지. 최고로 존엄하신 분을 모욕하는 내용이라 문제지.'

해랑이 한숨을 쉬며 말했다.

"각자 자기가 수정한 내용을 말해보세요."

"저는 수정 없었어요."

"저도요."

"그, 그게…."

편집 기자 한 명이 쭈뼛거리며 말했다.

"뭐야, 네가 고쳤어?"

사장이 눈썹을 치켜세웠다.

"아니에요. 제가 그렇게 고친 건 아니고요. 그 문장은 전혀 안 건드렸어요. 막판에 틀린 글자가 보여서. 그 부분이 아니고 다른 부분을 줄였어요!"

"그건 몰라요. 감염자의 영향을 받으면 내용은 물론이고 자기가 고친다고 생각하는 부분과 실제 고치는 부분도 다를 수 있어요."

해랑은 말을 해놓고도 자기가 너무 냉정하게 이야기했나 싶었다. 해당 편집 기자는 굉장히 억울하다는 표정을 지었다. 해랑이 얼른 덧붙였다.

"누구든 마찬가지예요. 다른 사람도 교정보면서 그게 이상한 문장인지 전혀 못 알아봤잖아요."

뒤늦게 변호를 해줬지만, 사장은 못마땅한 표정으로 일단 그 편집 기자에게 강제로 휴가를 줘서 집에 보냈다. 사람은 감염되는 게 아니라 단순히 영향을 받는 거라고 해랑이 설명했지만, 소용없었다.

"혹시 모르니까."

해랑은 그게 해고 통보가 아니기를 빌었다. 평소 싫어하는 신문이긴 했지만, 개인의 불행을 눈앞에서 바라보는 건 여전히 불편했다.

"야, 너 한 명 보냈다면서? 나도 보내줘. 집에 가서 좀 쉬게."

소식을 들은 성욱이 해랑을 찾아와 말을 걸었다.

"넌 지금 농담할 기분이 나냐?"

"뭐, 설마 잘리겠어? 사람한텐 안 옮는 거라면서. 좀 쉬다 다시 오겠지. 근데 우리 회사 진짜 감염된 거 맞아?"

"기자들이 전부 짜고서 대통령 깔려고 마음먹은 게 아니라면 이럴 수는 없겠지. 그런데 말이 안 되는 게 많아. 나도 이해가 안 가. 아, 왜 하필 내가 여기에 와 있는 거지?"

"뭐가 말이 안 돼?"

"출판사나 신문사 같은 데는 원체 감염 확률이 높은 데니까 감염자가 있다고 이상할 건 없어. 그런데 오자는 별 뜻이 없어야 해. 실수로 생기는 오자랑 별 차이가 없어. 지금처럼 계속 대통령 바보 만드는 오자만 생길 확률은 로또보다 낮다고. 그게 꼭 대통령하고 원수라도 진 것 같잖아."

"흠. 그러게. 우린 원래 대통령 기사에 신경 엄청 쓰는데."

"혹시 여기 기자들 중에 반대통령 세력이라도 있는 거 아니야? 감염 때문에 그랬다기보다는 그쪽이 더 가능성이 있을 거 같은데? 아무리 너희 회사 기자라도 양심적인 사람은 있을 거 아냐. 걸리면 오자 때문이라고 우기면 되고."

"풋. 내가 보기엔 그게 더 말이 안 된다. 아니, 당연히 나처럼 좋은 기자도 있지만, 신문이 그렇게 나올 수가 없어."

"그렇겠지, 행여나 대통령 나쁘게 말할까 봐 눈에 불을 켜고 보는 사람이 많을 테니."

빙글빙글 웃던 성욱이 갑자기 진지한 표정을 지었다.

"야, 혹시 그 감염자인가 하는 것도 번식하고 그러냐?"

"그런 거 모른다니까. 그건 물질로 된 생물이 아니라…."

"아니, 그게 돌연변이가 됐을 수도 있잖아. 이번 신종 바이러스처럼."

"야, 아무리 그래도…."

"혹시 모르지. 처음에 어쩌다 대통령 기사를 감염시켜서 오자를 만들었는데, 그 뒤로 압박이 계속 더 심하게 들어오는 거야. 그래서 더 센 놈이 살아남고, 계속 그렇게 되다가 이제는 문장까지 확 바꿔버리나 싶어서. 진화압이 세져서 변이가 급격하게 생긴 걸 수도."

"글쎄, 독재 국가가 한두 개도 아니고."

"모르지. 진화는 우연이니까."

"그냥 세균 같은 거면 혹시 모르겠는데, 이건…. 아유, 모르겠다. 머리 아파. 커피나 마셔야겠다."

해랑은 성욱의 말을 계속 머릿속에서 굴려보았다. 아무리 봐도 그걸 증명할 방법은 없었다.

'하긴, 내 연구 분야는 뭐. 남 말 할 처지가 아니네.'

사무실에서 다른 용무로 바쁜 과장도 당황스럽긴 마찬가지인 모양이었다. 적당히 조사하다가 '작업자의 실수로 인한 단순 오타로 사료됨'이라는 보고서나 쓰고 끝낼 생각이었는데, 돌아가는 모양새를 보니 그게 아니었던 것이다.

연구할 표본이 생긴 건 좋았다. 문제는 전례가 없는 현상이었다. 돌연변이에 자의식을 지닌 감염자라는 건 해랑도 과장도 들어본 적이 없었다. 혹시나 해서 논문 데이터베이스도 뒤져보았다. 정신 오염설을 지지하는 연구는 많아도 오자가 유의미한 내용을 담고 있는 사례는 없었다. 대개는 아직 자연 발생 오자와 실수로 생긴 오자를 확실하게 구별하는 방법이 없기 때문에 후속 연구가 더 필요하다는 하나 마나 한 소리로 끝났다.

'와, 이거 이메일 한 번만 돌리면 외국 연구자들 개떼같이 모여들겠는걸.'

하필이면 최고 권력자와 얽힌 일이라 학자로서 흥분을 느끼고 자시고 할 여유도 없었다. 과장은 해랑에게 이런저런 지시를 내렸다. 전화기를 든 채 다른 손으로 머리를 쥐어뜯고 있는 모습이 눈에 선했다. 해랑이 입사한 이래로 가장 근면 성실한 모습이었다. 운이 좋으면 학계의 스타가 될 수도 있지만, 까딱하다가는 정년 보장마저 날릴 수 있는 판국이었다.

다음 날, 신문사 분위기는 아침부터 축 처져 있었다.

기자들은 대통령이 등장하는 기사를 쓰지 않으려고 몸을 사렸고, 어쩔 수 없이 쓰게 된 기자들은 온종일 전전긍긍했다. 전과 달리 노트북으로 기사를 쓰자마자 인쇄해서 해랑에게 봐달라고 들고 오는 사람도 있었다. 신문사의 논조에 충실한 것으로 봐서 문제가 생기지 않은 기사 같았다. 오히려 오자를 너무 의식해서 썼는지, 평소 수준보다도 더 과하게 대통령을 칭송하고 있었다.

그러나 문제는 단지 보이지 않을 뿐이었다.

첫 번째 대장을 팩스로 보낸 지 몇 분 되지 않아 곧바로 과장에게 전화가 걸려 왔다.

"야, 이거 이상해. 대통령이 신종 바이러스 덕분에 한가롭게 쇼핑할 수 있어 좋아했다고 쓰여 있는데?"

"네? 그게 아니라 쇼핑몰 가서 상인들 위로했다 뭐 그런 걸 텐데…."

"아니야. 대통령이 신나서 이것저것 샀다고 돼 있어."

"아이고, 미치겠네."

과장이 팩스로 받은 대장에서 문제가 되는 기사를 사진으로 찍어서 보내줬지만, 해랑의 눈에는 그런 내용이 안 보였다.

'나도 걸렸구나. 이게 이런 느낌이구나.'

귀신에 홀린 기분이었다. 출판사 편집자로 일하는 친구가 아무리 교정을 열심히 봐도 오탈자는 어디선가 튀어나온다고 투덜대던 게 이해가 됐다. 그래도 그건 해롭지 않은 단순 오자였다.

해랑이 소식을 전하자 국장들까지 몰려와 그 기사를 읽어 보았다. 아무도 잘못된 부분을 집어내지 못했다. 논의 끝에 결국 기사는 지면에서 빠졌다.

그날, 과장은 그런 기사를 하나 더 잡아냈다. 그냥 나갔으면 두 건. 전날의 두 배였다.

다음 날 오전에는 테스트를 진행했다. 해랑이 대충 대통령을 띄워주는 기사를 써서 인쇄한 뒤 팩스로 보내면 과장이 받아서 확인하는 방식이었다. 역시 과장에게 보이는 기사는 대통령을 비난하거나 교묘하게 비꼬는 내용이었다. 혹시나 해서 대통령을 비판하는 기사를 써 보았다. 이번에는 내용이 바뀌지 않았다.

해랑은 점점 겁이 났다. 그러나 과장은 엄청난 발견이라며 흥분했다.

오후가 돼 나온 대장을 과장에게 보내자 과장은 기사 여러 개가 이상하다고 알려 왔다. 다음 날은 그런 기사가 더 많아졌고, 그다음 날은 거기서 더 늘었다.

신문사 내부에서는 아무리 용을 써도 이상한 내용을 찾지 못했다. 어떤 기자는 미친 것처럼 큰 소리로 웃었고, 누군가는 욕설을 내뱉으며 대장을 찢어버렸다. 신종 바이러스 때문에 사방에 흔해진 소독제를 글자가 보이는 곳마다 뿌리고 다니는 사람도 있었다.

편집국 내부는 패닉 상태였다. 과장은 사무실에 앉아서 이상한 데가 없을 때까지 해랑이 보내주는 대장을 읽고 또 읽었다. 오자가 생긴, 아니 이제는 글자 몇 개가 바뀐 수준을 넘어 내용이 아예 달라진 기사가 나오면 수정을 포기하고 그냥 버렸다. 그러면 빈 지면을 채우기 위해 또 다른 기사를 썼다. 결국, 정치면이 많이 줄고 말았다.

빠지기 어려운 기사의 경우는 참 곤란했다.

"저, 박사님. 이것 좀 어떻게 안 되나요? 이건 내일 꼭 나가야 하는 거거든요."

'고임금을 받는 노동자가 양보하여 노동 개혁을 이뤄야 경제를 발전시킬 수 있다'는 요지의 시리즈 기사였다. 어느 모로 봐도 자기들이 준 것에 만족하고 잘 나눠 먹으라는 재계 높으신 분들의 고결한 뜻이 담긴 기사였다. 해랑은 순간 울컥해서 과장한테 보여주지 말고 기사가 바뀌게 내버려둘까 하는 생각도 들었다.

"거참. 난감하겠네. 돈 받았으니 내보내야 하는데, 기약이 없으니."

잠깐 쉬자고 찾아온 성욱이 그 이야기를 듣더니 끊었던 담배를 다시 피우며 말했다.

"돈 받아?"

"그거 기획 기사야. 스폰 받고 하는 거."

"뭐? 그럼 그거 사기 아냐?"

"정부나 기업에서 홍보 차원에서 많이 해. 사기라고 하긴 그렇고. 우리만 아니라 다 그래. 그런 기사는 딱 보면 티가 나는데."

"최소한 돈 받고 한 거라고 표시는 해놔야 할 거 아냐, 참 나."

성욱은 쓴웃음만 지었다.

감염은 범위를 넓혀 갔다. 이제는 대통령이 등장하지 않는 기사도 멋대로 바뀌었다. 여태껏 별문제 없었던 과학 기사에도 오자가 생기는 바람에 성욱도 점점 피폐해졌다. 기자들은 죄다 죽을 맛이었다. 오자가 나온 기사는 무조건 버려야 했기 때문에 기사량이 두세 배로 늘었다. 성욱이 말한 '기획 기사'를 쓰는 기자들은 더욱 힘들어했다. 버릴 수 없는 기사를 내보내기 위해 여러 가지 꼼수가 등장했다. 컴퓨터를 바꾸기도 하고, 앉는 장소를 바꾸기도 하고, 손으로 쓰기도 했다.

해랑은 아예 전원 다 재택근무를 하는 게 어떻겠냐고 제안했다. 하지만 회사 밖에서 써 온 기사도 이상한 것으로 봐서 감염자의 영향권 밖으로 벗어나도 정신이 온전히 돌아오기까지는 꽤 시간이 걸리는 것 같았다.

갈수록 신경 쇠약 때문에 일을 못 하겠다고 호소하는 기자들이 늘어났다. 그나마 버티고 있는 이들은 카페인과 당에 의지해서 미친 듯이 대장을 읽었다. 국장이고 부장이고 모두 자리에 앉아서 시뻘게진 눈으로 글자를 훑었다. 감염된 글자든 신종 바이러스든 눈에 띄기만 하면 갈기갈기 찢어버리겠다는 기세였다.

간절히 원하면 하늘이 도와준다고 했다.

"야! 야! 이거, 이거, 이리 와봐!"

정치부장이 큰 소리로 외쳤다. 며칠째 잠을 제대로 못 자서 핏발 선 눈으로 사방을 쏘아보았다.

"이거 이 기사가 이상하잖아! 김민겸이 이리 오라 해!"

정치부장이 대장을 내밀었다.

"이거 안 보여? 이 기사가 왜 이러냐?"

그러나 비슷한 몰골을 하고 달려온 김 기자는 잘 모르겠다는 표정을 지었다.

"제가 보기엔…."

"뭐? 이게 안 이상해? 집중해서 봐! 집중!"

정치부장은 눈알이 튀어나올 것처럼 눈을 부릅떴다.

해랑이 과장에게 연락하니 과장도 정치부장이 바르다고 확인해주었다. 편집국 안에서는 최초로 감염된 기사를 알아본 것이다. 이것도 새로운 발견이었다. 엄청나게 집중하면 감염자가 정신에 끼치는 영향을 이겨낼 수 있다는 소리였다.

"눈 똑바로 뜨고 잘 봐! 니들은 정신력이 약해 빠져서 그래!"

정치부장은 의기양양하게 외치며 사장에게 보고하러 갔다.

정신력은 에너지를 먹고 사는 존재였다. 편집국 직원들의 고

카페인, 고당 음료 의존도는 더 높아졌다. 그래도 효과는 있었는지 여기저기서 간간이 변질된 기사를 찾아냈다는 환호성이 들렸다. 해랑은 이 모습을 신기하게 바라보았다. 오자를 일으키는 정신 오염은 정신력으로 이겨낼 수 있는 모양이었다.

'논문 쓸 거리 많네. 나 이러다 어디 교수 돼서 가는 거 아닌지 모르겠네.'

인생 모르는 일이었다. 평소 경원시하던 신문사 덕분에 팔자가 필 수도 있었다.

그렇게 정신을 차린 기자들은 자연 발생한 오자, 이제는 오자라기엔 창작에 가까운 변이를 찾아내 수정했다. 그 기사는 멀쩡히 나갔다.

오랜만에 편집국 안에 승리의 기운이 감돌았다. 거의 열흘 만에 처음으로 신문이 멀쩡하게 나왔다. 언제 또 생길지 모르는 오자에 대한 저항 심리 때문인지 친정권 성향은 그 어느 때보다도 두드러졌다. 해랑은 아침마다 신문을 보기가 괴로웠다. 일 때문에 안 볼 수도 없었다.

편집국 직원들의 노고를 치하하고 격려하는 글이 내부 게시판에 연이어 올라왔다. 사태는 해결되어 가는 듯했지만, 해랑은 왠지 아니꼬운 기분이 들었다.

또 일주일이 넘게 지났다. 그동안 사고는 한 번도 나지 않았다. 기자들은 아직도 편집국을 어슬렁거리는 해랑을 보고 왜 안 가고 있느냐는 표정을 지었다. 해랑은 불과 얼마 전 신문사에 닥쳐온 위기를 상징하는 인물이었다.

해랑은 과장과 의논했다. 일단 과장은 지금까지의 상황을 정리해서 보고하기로 했다.

그날은 과장이 대장을 읽어보지 않았다. 그래도 신문은 멀쩡했다.

다음 날에도 철수 명령은 오지 않았다. 과장도 위에서 무슨 말이 오기를 기다리고 있다고 했다. 이번에도 대장은 읽지 않기로 했다. 그 과정 때문에 마감이 늦어진다고 기자들이 불평했기 때문이었다. 피로가 쌓인 기자들은 평소보다 야근을 더 힘들어했다.

그날 해랑은 과장 대신에 마감 중인 대장을 받아다 꼼꼼히 읽었다. 물론 편집국 안에서 읽어 봤자 소용없는 짓이었지만, 신종 바이러스처럼 이번 오자 자연 발생 사태도 서서히 종결되는 분위기였다. 다만 전염병과 달리 이 경우에는 언제 종식을 선언하면 되는지에 대한 기준이 없었다. 애초에 그럴 일조차 없었으니 당연했다.

왠지 발이 떨어지지 않은 해랑은 꽤 늦은 시간까지 남아서 지금까지의 경과를 복기하고 다시 정리했다. 어차피 보고서도 써야 했고 논문도 써야 했다.

집에 돌아와서도 뒤척이다가 늦게 잠들었는데 새벽에 눈이 떠졌다. 해랑은 잠깐 망설이다가 일어나서 신문사로 갔다. 언제나처럼 그날 자 최종판이 책상 위에 놓여 있었다. 해랑은 신문을 들고 읽었다. 특이할 게 없었다. 감염자는 정말로 소멸한 듯했다.

'평소 같았으면 욕했을 기사를 보고 안도하다니 어이가 없구나.'

직원들이 하나둘 출근했다. 해랑은 빈속에 커피를 조금씩 흘려 넣었다.

그러나 시간이 점점 흐르면서 기분이 묘해졌다. 뭔가 잘못된 것 같았다. 머릿속이 근질거리면서 눈앞이 평소처럼 또렷하지 않았다.

'어제 잠을 너무 못 잤나?'

남은 커피를 마시고 눈을 깜빡이며 정신을 차렸다. 그러자 서서히 다른 게 보였다.

해랑뿐만이 아니었다.

좀 이르게 출근해 신문을 뒤적거리던 직원 한 명이 나직한 비명 소리를 냈다. 그 사람이 주위를 두리번거리더니 해랑을 보고 후다닥 뛰어왔다.

"이, 이것 좀 봐요."

해랑도 보고 있었다. 잠이 확 달아났다. 조금 전과는 분명히 다른 기사가 눈앞에 있었다. 신문 지면에 온통 가득했다.

날이 점점 밝아 오면서 건물 전체가 경악한 사람들이 내뿜는 어두운 기운에 파묻혀버렸다. 어디선가 기자 하나가 울음을 터뜨렸다. 사장은 편집국으로 뛰어 내려와 끔찍한 악마를 마주한 사람처럼 괴성을 질렀다. 어쩌면 눈앞에 보인 게 악마가 아니라 이 나라에서 가장 존엄하신 분일지도 몰랐다.

사태는 어떻게 할 수 없을 정도였다. 정치면의 모든 기사가 대통령 비난으로 가득했다. 신종 바이러스 책임론 공방에 대한 기사도, 야권 정치인의 뇌물 수수 혐의에 대한 기사도, 통일 외교에 대한 기사도 전부 대통령에 대한 비아냥으로 바뀌어 있었다. 글자 몇 개만 바꿔서 촌철살인의 명문을 만들어놓은 수준에서 가장 막장스러운 인터넷 게시판에서나 볼 수 있을 법한 인신공격까지.

'저, 정말 진화하고 있는 건가?'

인터넷에서 봤다면 시원하게 느꼈을 법한 글이 막상 신문, 그것도 가장 정권 친화적인 신문에 찍혀 있는 것을 보니 통쾌하기는커녕 괴기스러웠다.

사장이 잡아먹을 것 같은 눈으로 해랑을 바라보았지만, 그게 급한 게 아니었다. 화급하게 깔린 신문을 거둬들였다. 배달한 신문도 아직 집으로 가지고 들어가지 않았다면 얼른 수거하라는 명령이 떨어졌다. 그동안 SNS에서는 소식이 다 퍼졌고, 또다시 신문을 사려는 사람들이 편의점에 바글거렸다. 기자들은 이미 여기저기서 걸려 오는 전화를 받기에 바빴다.

우습게도 신문 판매고는 최근 들어 가장 높이 치솟았다. 소식이 SNS로 퍼지자마자 평소에 경원시했던 독자들이 역사적인 기념물을 소장하고자 신문을 사러 몰려들었던 것이다. 온라인 기사는 진작에 내렸지만, 홈페이지 방문자도 기하급수적으로 늘었다.

점심시간쯤 아직 창밖으로 뛰어내리지 않은 사장이 다시 모습을 나타냈다. 이 시국에 태평스럽게 점심을 먹으러 나간 사람은 없었다.

모여든 사람들을 쓱 둘러본 사장은 엄숙하지만 떨리는 목소리로 말했다.

"우리 신문은 당분간 발행을 중지합니다."

"위에서 시켰겠지."

"그렇겠지?"

"당연하지. 대통령이 빠졌는데 그대로 신문 나오게 하겠어?"

해랑과 성욱은 구석에 앉아 조용히 이야기했다. 신문을 내지 않기로 한 이상 업무는 모두 정지 상태였다. 그래도 별다른 지시가 없어서 손을 놓고 멍하니 앉아 있었다.

과장은 해랑의 보고를 받은 뒤 대기하라고 말한 채 위의 반응을 살피러 갔다.

해랑이 멍하니 앉아 있을 수는 없었다. 실제로 할 수 있는 건 없었지만, 뭐라도 하는 척해야 했다. 자리에 앉아서 믿을 수 없는 신문을 뚫어져라 쳐다보았다.

— 넌 도대체 뭐냐?

답답한 나머지 볼펜으로 신문지 위에 끼적거렸다. 과장에게서는 연락이 없었다.

그때 어디선가 수군거리는 소리가 들렸다.

"뭐? 누가 막아?"

"어, 그렇다니까. 담배 피우러 나갔는데 경찰이 막았어."

"뭐? 그게 무슨 소리야?"

웅성거리는 소리가 점점 커졌다. 해랑은 일어서서 창문 쪽으로 가보았다. 정말이었다. 경찰이 건물 주위에 경계선을 세우고 있었다. 약간 떨어진 곳에서 경찰 버스가 줄지어 오는 모습도 보였다.

해랑이 휴대전화를 꺼내자마자 마침 과장에게서 전화가 왔다.

"과장님? 이게 뭐죠? 경찰이 왜 왔어요?"

"해랑아, 흥분하지 말고 침착하게 있어. 좀 전에 들었는데, 건물을 격리하기로 했대. 사람들은 나오게 할 건데 글자는 아예 못 나오게 할 거야. 내가 너 있다고 얘기해둘게. 넌 작업복 있으니까 그것만 입고 나오면 될 거야. 건물에 있는 글자는 다 소각하려나 보더라고. 네가 보고한 자료는 다 나한테 있으니까 괜찮아. 놀라지 말고 이따가 나와. 알았지? 좀 있으면 아마 전화도 끊어질 거야. 공식 기자회견도…."

중간에 전화가 끊겼다. 화면을 보니 신호가 안 잡혔다. 여기저기서 투덜거리는 소리가 들렸다. 그때 사내 방송이 흘러나왔다.

"임직원 여러분께 알립니다. 정부의 지시에 따라 본 건물은 이 시간부터 격리 상태에 들어갔습니다. 상황이 끝날 때까지 당분간 폐쇄합니다. 당황하지 마시고 지시에 따라…."

"무슨 개소리야? 우리보고 나가라고?"

한 기자가 흥분한 목소리로 외쳤다. 그때 TV에서 속보로 청와대 기자회견이 나오기 시작했다.

대변인은 최근 발생했던 ○○일보의 오염 사태에 대해 간단히 설명했다. 이 사태가 대한민국의 언론과 지성에 심대한 위협을 가하고 있기 때문에 격리 조치를 시행하는 중이라고 밝혔다. 그리고 이어서 몇 가지 방침을 설명했다. 대략의 요지는 이랬다.

신문사를 포함해 반경 100미터 안에 있는 글자를 모두 제거해 글자 밀도를 가능한 한 낮출 것이며, 신문사 건물에 정기적으로 출입하는 근무자들은 모두 슈퍼 전파자로 지정돼 감염자가 소멸할 때까지 글자가 없는 곳에 단체로 격리될 것이고, 이들의 집에 있는 책과 문서도 모조리 압수해서 소각할 것. 그리고 최근 한 달 이내에 신문사 건물에 출입한 적이 있는 사람을 모두 찾아서 자가 격리를 유도할 것이니 해당자는 통제 본부에 스스로 출석할 것.

화면 한편에 수줍게 앉아 있는 과장이 아마도 통제 본부의 실무 책임자일 터였다.

"빌어먹을 새끼들, 신종 바이러스에 이렇게 대처했으면 진즉에 진압했겠다."

어느새 해랑의 옆에 와 서서 TV를 보던 성욱이 중얼거렸다.

"청와대는 전염병 컨트롤 타워가 아니라더니 지랄하네."

로비는 어느새 경찰이 장악하고 있었다. 출입구마다 경찰이 바리케이드를 치고 누구도 빠져나오지 못하게 막았다. 정문에 설치한 바리케이드 너머에서는 어처구니없게도 방역복을 입은 사람들이 뭔가 구조물을 만들고 있었다.

경찰이 확성기로 외쳤다.

"현재 주변을 정리하고 있습니다. 격리소 설치가 끝날 때까지 나오면 안 됩니다. 건물 안에서 대기하세요."

기자회견과 동시에 인터넷과 유선전화도 끊겼다. 외부와 이야기할 통로가 사라져버린 것이다. 누군가가 사장을 찾으러 갔다가 사장과 몇몇 국장이 이미 건물 안에 없다는 사실을 알아내자 편집국이 더욱 술렁였다. 어떤 기자는 이건 배신이라고 흥분해서 떠들고 다녔다.

신종 바이러스 때와 달리 정부의 대처는 정말 빨랐다. 그새 건물 안 인원을 수용할 격리소를 만들어낸 모양이었다. 저녁 10시쯤 로비에서 경찰이 곧 내부 인원을 이동시킬 테니 질서 유지 요원을 들여보내겠다고 확성기로 외쳤다. 그 소식은 로비에서 하염없이 나가기만을 기다리던 사람들을 거쳐 층층이 위로 올라갔다.

아무 글자도 없는 방역복을 입은 경찰이 층마다 배치돼 서두르지 말고 차례대로 나가라고 말했다. 소지품은 아무것도 가지고 갈 수 없으며, 바리케이드 밖에 만들어놓은 임시 검역소에서 옷을 모두 벗고 어디에도 글자가 없는지 확인한 뒤에 특수 차량을 타고 격리소로 이동할 거라고 했다.

그 말을 들은 일부 직원들은 줄을 서려고 서둘러 아래로 내려갔다. 그러나 상당수는 발끈했다.

"옷을 벗어? 우리가 무슨 병균이야? 범죄자야?"

"경찰 아저씨, 여기 있는 거 정말 다 태워버릴 거예요? 우린 어쩌라고요? 신문 하나 죽이는 거 아녜요?"

경찰은 대꾸하지 않고 질서를 지키라는 말만 반복했다.

서서히 끓어오르는 듯한 분위기는 있었지만, 사람들은 눈치를 보면서 하나둘씩 로비로 내려갔다.

해랑은 굳이 경찰에게 신분을 밝히지 않았다. 빨리 나가고 싶은 생각도 없었다. 허탈한 심정으로 이리저리 돌아다녀 보다가 결국 자리로 돌아와 주저앉았다. 오전에 펼쳐놓은 신문이 그대로 놓여 있었다. 무심코 볼펜으로 적었던 낙서도 그대로였다. 그대로?

— 난 도대체 뭘까?

해랑은 벌떡 일어섰다. 소름이 돋았다.

'내가 이렇게 썼던가?'

아니었다. 분명히 '넌 도대체 뭐냐?'라고 적었었다. 적어도 해랑은 그렇게 기억했다. 그렇다면 이 낙서를 했을 때 해랑의 정신이 오염됐던 게 분명했다.

이건 보통 오자가 아니었다. 엉뚱한 글자로 바뀌어서 짜증이나 재미를 불러일으키는 오자가 아니었다. 대통령 찬양 기사를 비난 기사로 바꿔놓는 고차원의 오자도 아니었다. 존재에 대한 의문이었다. 자의식. 이건 오자가 아니라 생명이었다.

"전화랑 인터넷은 왜 다 끊었어? 다른 데 기자들한테는 뭐라고 설명하고 있는 거야? 이대로 나가서 또 한참 격리돼 있다가 나오면 우린 뭐가 되는 거야?"

가만히 앉아 있던 중고참 기자 하나가 울화통을 터뜨렸다. 기자들은 신문의 미래, 아니 존폐에 대해 걱정하고 있었다. 억울함도 있었다. 정부의 대처가 평소와 달리 너무나 단호했다.

해랑에게는 신문의 존폐가 문제가 아니었다. 자기 자신이 무엇인지를 고민하는 존재를 확인했을 때의 충격이 지나간 뒤에는 이걸 무작정 소멸시켜 버리려는 정부에 분노했다.

'과장님! 과장님한테 연락해야 해.'

직접 연락할 방법은 없었다. 해랑은 경찰에게 이야기하기로 했다. 그런데 끓어오르던 분위기가 임계점을 넘은 듯이 사태가 급변하기 시작했다.

젊은 기자들을 중심으로 신문사를 넘겨줄 수 없다는 무리가 뭉쳤다. 언론 자유를 외치는 기자들이 점점 5층의 편집국으로 모여들었다. 편집국에 있던 경찰은 아래로 쫓겨났다. 5층 입구에는 책상과 캐비닛으로 만든 바리케이드가 생겼다. 해랑은 어리둥절하고 있는 사이에 경찰도 못 만나고 편집국에 갇혀버리고 말았다.

"이대로 가면 우리는 희생자가 된다! 우리나라에서는 당하는 사람만 불쌍한 거 알지? 최대한 버텨서 진상을 외부에 알려야 해!"

그 임무를 맡은 기자들이 컴퓨터 앞에 앉아 글을 쓰기 시작했다. 어차피 인터넷도 안 되고 컴퓨터는 압수당할 테니 종이에 써서 어디에 숨겨놓겠다는 사람도 있었다. 그사이 경찰이 한 무리 올라왔다가 격렬한 저항을 받고 그대로 철수하고 말았다. 그리고 곧 5층의 전기가 끊겼다.

"뭐야! 이 새끼들 해보자는 거야?"

해랑은 더 조급해졌다.

'어떡하지? 내가 이대로 나가면 이…, 이대로 끝인데….'

한구석에 앉아 있는 해랑에게 신경 쓰는 사람은 성욱뿐이었다.

"해랑아! 너 왜 아직도 안 나갔어? 이젠 나가고 싶어도 못 나간다. 여기 가만히 있어. 혹시 싸움 날지도 모르니까 저쪽 휴게실에 피해 있어. 정리되고 나면 조용히 나가. 넌 어차피 여기 사람도 아니잖아."

성욱이 해랑의 팔을 잡고 이끌었다. 다리는 따라갔지만, 귀는 소리를 듣고 있지 않았다.

'글자. 글자. 어떻게든 글자를 갖고 나가야 해. 몸에 쓸까? 안 돼. 옷 다 벗겨서 검사한다고 했잖아.'

글을 써서 창밖으로 던져볼까 했지만, 내다보니 건물을 중심으로 100여 미터는 깨끗하게 정리가 돼 있었다.

'몸밖에 못 나가. 몸밖에. 아니면 아예 탈출을….'

휴게실 밖에서 들리는 소리가 점점 커졌다. 고성과 확성기 소리. 물건이 부서지는 소리가 들렸다. 해랑은 창밖에서 흘러들어오는 불빛에 의지해 주위를 둘러보았다. 휴게실이라 소파와 탁자, 냉장고, 싱크대밖에 없었다. 과일 깎는 칼이 눈에 들어왔다.

밖에서는 함성이 점점 커졌다.

해랑은 굳은 표정으로 칼을 집어 들었다.

열흘 뒤, 해랑은 집으로 돌아왔다. 피곤하지는 않았다. 반경 100미터 이내에 글자가 없는 격리소 생활은 단조로웠다. 끼니때마다 배급해주는 맛대가리 없는 밥을 먹고, 나머지 시간은 멍하니 앉아 있거나 잠을 잤다. 글자가 없으니 아무 할 일이 없었다.

지방에 사는 부모님이 찾아왔다가 면회가 안 된다는 말을 듣고 발만 동동 구르다 돌아갔다. 항의해도 소용이 없었다. 언론사들이 전부 눈치를 보고 있는 상황이라 어디에 하소연할 데도 없었다.

딱 한 번 과장이 무슨 수를 썼는지 들어와서 잠깐 해랑을 보고 갔다. 미안한 기색으로 잠깐만 참으라는 과장에게 해랑은 부모님에게 안부를 전해달라고 부탁했다.

격리소에서 나오는 날 부모님이 앞에서 기다리고 있었다. 어머니는 해랑을 보자마자 끌어안고 울었다. 아버지는 어머니 뒤에 어색하게 서서 해랑의 어깨를 두드리며 "뭐, 그래도 얼굴은 좋구만. 밥은 멕였나 보네."라고 말했다. 해랑은 며칠 동안 같이 지내며 돌봐주겠다는 어머니를 거의 화를 내다시피 하면서 돌려보냈다.

전세로 사는 작은 아파트에 도착한 해랑은 먼저 현관문에 붙어 있는 노란 띠를 떼어 냈다. 비밀번호를 넣지 않았는데도 문고리를 돌리자 문이 열렸다. 해랑은 주위를 한 바퀴 둘러보고 한숨을 쉬었다.

책은 물론이거니와 글자가 씌어 있는 종이란 종이는 모조리 사라졌다. 수거해서 소각한 모양이었다. 전자제품도 어디로 가져갔는지 없었다. 그 외에 글자가 있던 곳은 끌 같은 것으로 긁혀 있거나 시꺼먼 페인트로 덮여 있었다.

해랑은 다른 데 신경을 끄고 먼저 욕실로 들어갔다. 불을 켜고 옷을 벗었다. 그리고 심호흡을 한 뒤 거울 앞에 섰다.

해랑의 몸은 상처투성이였다. 가슴과 배, 허벅지, 팔뚝이 여기저기 상처로 덮여 있었다. 아직 가시지 않은 멍도 있었다. 어머니를 등 떠밀어 내려보낸 것도 이 때문이었다.

해랑은 집중해서 상처를 읽었다. 격리소에서도 화장실에 갈 때마다 의심받지 않는 선에서 최대한 오래 머무르면서 이렇게 상처를, 아니 글자를 읽었다.

'그래. 나만 읽을 수 있는 글자를 만들자.'

과도를 집어 든 해랑은 창문으로 들어오는 불빛에 의지해 몸에 상처를 냈다. 두세 개의 획을 그어서 그걸 글자 하나로 정했다. 글자 하나마다 모양을 다르게 해서 딱 열 개만 만들었다.

사람이 글자로 인식하는 패턴은 감염이 된다. 단 한 사람만 글자로 인식하는 패턴이라도 감염이 될까? 도박이었다.

밖에서 싸우는 소리 때문에 집중하기가 힘들었다. 식은땀이 흘렀다. 해랑은 학창 시절 시험 시작 5분 전에 벼락치기 할 때보다 더 절박한 심정으로 글자를 외웠다. 바리케이드가 무너지는 소리가 들렸다.

이제 단어를 만들 차례였다. 글자 두세 개를 합쳐 만든 단어를 더 새겼다. 피가 흘러서 모양이 흐트러졌다. 해랑은 손으로 피를 훔쳐가며 칼을 움직였다. 몸싸움하는 소리와 비명 소리가 들렸다. 눈이 매캐해지면서 눈물이 흘렀다.

'이게 말로만 듣던 최루탄인가?'

다급한 상황에서 떠오르는 단어는 많지 않았다. '안녕', '밥', '사람'. 휴게실에 있던 '사과', '물'. 동사도 있어야 할 것 같았다. '먹는다', '간다'. 해랑은 자신이 만든 글자와 단어를 외우고 또 외웠다.

경찰이 완전히 밀고 들어온 모양이었다. 해랑은 서둘러 윗옷을 도로 입었다. 미련이 남아서 팔뚝에 몇 개 더 새겨 볼까 하고 칼을 집어 든 순간 경찰이 휴게실로 들이닥쳤다. 손에 든 과도를 본 경찰의 눈이 어둠 속에서 번쩍였다. 황급히 칼을 버렸지만, 해랑은 여러 번 두들겨 맞은 뒤에 질질 끌려나갔다.

임시 검역소에서도, 격리소에서도 상처를 가지고 뭐라는 사람은 없었다. 몸싸움하다가 생긴 상처라고 하면 다들 넘어갔다. 상처에 바르라고 약을 줬지만, 해랑은 일부러 바르지 않았다. 오히려 격리소에서 지나는 동안 상처는 더 늘어났다. 해랑은 틈만 나면 새겨놓은 단어를 쳐다보며 외웠고, 혹시나 부족할까 봐 옷에 가려 안 보이는 곳에 새 단어를 새겼다. 문장도 만들었다. '난 살아 있다', '자유를 원한다'.

욕실을 나온 해랑은 옷을 입고 밖으로 나갔다. 단지 입구에 있는 열쇠 아저씨를 부르면서 편의점에서 신문을 몇 부 샀다. 언론은 태평스러웠다. 신종 바이러스를 종식하고, 자칫 우리나라의 지성을 오염시킬 수 있는 미지의 존재에 단호하게 대처한 정부를 칭찬하는 칼럼이 눈에 띄었다. 기분 탓인지, 정부에 비판적이었던 언론도 굉장히 몸을 사리는 것처럼 보였다.

현관문을 고친 뒤 해랑은 다시 욕실로 들어가 몸을 거울에 비춰 보았다. 어떻게 보면 대통령은 이 존재의 어머니였다. 성욱의 추측이 사실이라면 이 특별한 감염자가 생겨난 건 보기 드문 우연과 마침 적절한 압력을 가해준 대통령 덕분이었다. 그리고 해랑은 자식을 도와 어머니와 싸움을 벌일 작정이었다. 물론 해랑의 몸 위에 살아남아 있을 때의 얘기였다.

여느 때처럼 거울을 보며 몸에 새겨진 글자를 읽었다. 순간 고개를 갸웃했다.

'내가 저렇게 새겼던가?'

기억하고 있던 것과 모양이 달랐다. 눈앞이 살짝 흐릿해지는 기분이 들었다. 심장이 뛰었다. 해랑은 살짝 웃었다.

내일부터는 할 일이 많았다. 과장은 푹 쉬라고 휴가를 줬지만, 해랑은 텅 빈 집에 있을 생각이 없었다. 평생 없었던 오기란 게 생겼다. 집 안을 다시 채울 책도 사고, 성욱도 만나 볼 것이다. 휴가가 끝나면 주요 언론사를 대상으로 방역 계획도 세워야 했다. 그건 곧 과장을 따라 주요 언론사를 돌아다녀야 한다는 뜻이었다. 지난번 사태에 휘말렸던 해랑은 조용히 따라다니기만 할 생각이었다. 조용히.

싸움은 이제 시작이었다.

우주의 집

▸ 2020년 《우주의 집》(사계절) 수록

자신이 태어난 게 실수였다는 사실을 알고 살아간다는 건 서글픈 일이다.

어떤 사람에게는 그 정도가 별것 아닌 일일지도 모르겠다. 하지만 그걸 전 세계의 모든 사람이 알고 있고, 수많은 사람에게 주목받는 처지가 된다면? 다른 사람의 관심 어린 시선이 느껴질 때마다 창피하고 얼굴을 파묻고 싶을 것이다.

우주는 조그만 창을 가득 채우고 있는 지구를 물끄러미 바라보았다. 파랗게 빛나는 지구는 우주가 바라보는 동안에도 빙글빙글 돌며 움직였다. 정확히는 지구가 아니라 우주가 있는 국제우주정거장 II가 도는 것이었지만.

"우주야, 너 운동 안 해?"

엄마의 목소리였다. 우주가 넋을 놓고 있는 사이에 들어온 모양이었다. 하지만 우주는 대꾸하지도, 뒤를 돌아보지도 않았다.

엄마가 한숨을 쉬며 하소연했다.

“우주야, 너 엄마가 맨날 이야기하잖아. 운동 꼭 해야 한다고. 좀 있으면 클라크 박사님한테 검사받아야 하는데, 시킨 대로 안 하면 어떡하니? 너 이렇게 말 안 들으면….”

“말 안 들으면 뭐가? 어떻게 되는데? 지구에 못 간다고? 어차피 난 지구에는 못 가잖아. 그거 뻔한 거 아니야? 그거 모르는 사람 아무도 없어. 내가 최초로 우주에서 태어나 우주에서 죽는 사람이 될 거라는 거.”

우주가 쏘아붙이자 엄마가 놀란 듯이 잠시 머뭇거리다가 다시 말했다.

“그…, 그건 아니야, 우주야. 지금까지는 그랬어도 앞으로 기술이 더 좋아지면, 모르는 거야. 그때 네가 준비가 되어 있어야지.”

“아, 됐어! 쓸데없이 소리 하지 마, 엄마. 어차피 낳고 싶어서 낳은 것도 아니면서. 난 이렇게 살다 죽을 거야.”

우주가 버럭 화를 내며 뒷발로 벽을 걷어찼다. 그러면서 걷는 듯 나는 듯한 동작으로 엄마를 지나쳐 운동실을 나가버렸다.

“우주야!”

우주는 엄마가 부르는 소리를 귓등으로 흘린 채 자기 방으로 향했다. 가는 동안 몇몇 우주인이 지나치며 반갑게 인사했다. 우주는 뚱한 표정으로 아무 대꾸도 하지 않았지만, 다들 개의치 않는 듯이 우주의 어깨를 툭 치고 지나갔다. 듣자 하니, 우주가 요즘 사춘기라 기분이 좋지 않다는 이야기가 퍼져 있는 모양이었다.

'사춘기 때문이 아니라고!'

우주는 속으로 외쳤다.

'이런 상황에서 정상적으로 자랄 수 있다면, 그게 신기한 거잖아!'

우주의 방은 원심력이 가장 강한 바깥쪽에 있었다. 들어서자 몸을 겨우 누일 수 있을 법한 침대와 작은 책상 하나가 우주를 맞이했다. 창밖으로는 아까도 봤던 지구가 보였다. 일부러 지구가 잘 보이는 곳에 방을 만들어주었다고 했지만, 괜히 역효과만 나는 것 같았다. 어렸을 때는 마냥 신기했는데, 지금은 보고 있을수록 울적해졌다.

'난 여기서 평생 빠져나가지 못할 거야.'

우주는 좁디좁은 방 안을 둘러보았다. 사실 우주의 방은 우주 공간에 있는 개인 공간 중에서 가장 컸다. 우주에서 공간을 마련하는 데는 엄청난 돈이 든다. 이 정도 방을 내준 것만으로도 엄청난 배려였다.

그렇다고 해서 우주의 기분이 나아질 리는 없었다. 그것도 모르고 언론사 같은 곳에서는 툭하면 "세계에서 가장 비싼 공부방" 같은 제목으로 기사를 써대서 속을 긁곤 했다.

우주는 부모님이 원망스러웠다. 우주의 엄마와 아빠는 한국 출신 우주인으로 달 기지 건설을 위한 국제 프로젝트에 참여하고 있었다. 원래는 그냥 동료였지만, 달에서 한참 머무는 동안 사랑에 빠졌고, 그만 우주가 생기고 말았다.

젊은 남녀가 사랑에 빠지는 것을 막을 수는 없었지만, 임무 수행 중의 임신과 출산은 심각한 규정 위반이었다. 우주의 엄마는 바쁜 일정 때문에 몸의 변화를 뒤늦게 알아챘다. 임신 사실을 알게 되자마자 보고하고 지구로 돌아가려고 했지만, 그럴 수가 없었다. 지구와 달은 자동차를 타고 아무 때나 왔다 갔다 할 수 있는 곳이 아니었다.

우주인을 실어 나르는 로켓이 오가는 일정은 이미 정해져 있었고, 그건 마음대로 바꿀 수 있는 게 아니었다. 상황의 심각성을 인식한 국제우주개발연합이 최대한 빨리 일정을 앞당겼지만, 우주의 엄마가 국제우주정거장 II에 도착했을 때는 이미 배가 한참 부풀어 오른 뒤였다.

여러 사람이 만삭의 몸으로는 지구 대기권 재진입의 충격을 견딜 수 없을 거라고 경고했고, 저중력 상태에서 자란 배 속의 태아가 지구에서 건강하게 태어날 수 없을 가능성이 크다고 했다.

결국, 사상 처음으로 우주정거장에서 출산을 진행하기로 결정이 되었다. 급하게 지구에서 보낸 산부인과 의사의 도움을 받아 아기가 태어났고, 수많은 사람이 역사적인 순간을 숨죽이며 지켜보았다.

다행히 출산은 순조로웠다. 우주에서 태어난 첫 번째 아기의 얼굴과 울음소리는 전파를 타고 전 세계의 TV와 인터넷, 신문에 공개되었다. 이 아기의 이름은 당연하다는 듯이 '우주'가 되었다.

서우주. 사상 최초로 우주에서 태어난 아이.

'그리고 사상 최초로 지구를 밟아보지도 못하고 죽을 인간이지.'

우주에서 태어난 우주의 몸은 평범한 사람과 비교하면 매우 허약했다. 키는 비쭉 컸지만, 호리호리하고 근육이 약했다. 뼈도 약해서 만약 지구에 내려간다면 자기 몸무게를 지탱하지 못하고 죽을 가능성이 크다는 게 과학자들의 말이었다. 몸을 지탱해주는 외골격 로봇을 입으면 버틸 수는 있다고 하지만, 약한 몸으로 대기권 진입의 충격을 견딜 수 있다는 보장이 없었다. 누구도 우주를 데리고 그런 도박을 할 엄두를 내지 못했다.

그런 우주를 위해 부모님도 지구로 돌아가는 걸 포기하다시피 했다. 규정대로였다면 해고를 당했어야 하지만, 우주 덕분에 특별히 우주인으로 남을 수 있었다. 부모님이 가장 신경 쓰는 건 우주의 운동이었다. 운동으로 지구의 중력을 견딜 수 있을 정도로 힘을 키우라는 이야기였다.

한편으로는 달에 도시를 건설하기 위해 미친 듯이 일했다. 장차 우주가 컸을 때 달에서라도 여러 사람과 어울려 살 수 있도록 만들어주고 싶다고 했다. 하지만 그 말을 들으면 우주는 부모님도 내심 자기가 지구에 갈 수 없다는 사실을 인정하는 것처럼 느꼈다.

우주는 태어나서 지금까지 한 번도 자유로워본 적이 없었다. 지구는 고사하고 우주정거장 밖으로 나가보지도 못했다. 우주가 태어난 뒤로 우주인의 임신과 출산을 더욱 엄격하게 관리했기 때문에 우주는 전 세계에서 유일무이한 존재였다. 따라서 우주의 모든 말과 행동은 심리학자의 관찰 대상이었고, 신체 발달과 생리 현상은 과학자의 연구 대상이었다. 심지어는 평범한 사람도 뉴스나 다큐멘터리를 통해 우주에 관해 잘 알고 있었다. 심지어 우주 자신이 모르는 것까지.

자기가 태어나게 된 사연과 자라는 과정을 모르는 사람이 없을 정도라 우주는 언제 어디에 있어도 마치 발가벗겨진 기분이었다.

멍하니 앉아 있던 우주는 정신을 차리고 방을 나섰다. 국제우주정거장 II는 얼핏 보면 거대한 자전거 바퀴를 닮았다. 다른 점이라면, 둥근 고리가 가장 바깥쪽뿐만 아니라 안쪽에도 여러 개 있어서 층을 이루고 있었다. 이런 바퀴가 하나의 축에 나란히 세 개 쌓여 있었다.

축을 중심으로 회전하기 때문에 안에 있는 사람은 원심력에 의해 마치 중력이 있는 듯한 효과를 느낄 수 있었다. 우주의 방이 있는 가장 바깥쪽은 3층이라고 불렀다. 2층, 1층으로 갈수록 원심력이 작아져 중력 효과도 작았다. 이것 또한 우주를 위한 배려였지만, 정작 우주가 가장 좋아하는 곳은 중력을 느낄 수 없는 0층이었다.

우주는 엘리베이터를 타고 0층으로 향했다. 2층에서 네덜란드 우주인 뤼트 씨를 만났다.

"어이, 우주. 또 거기 가?"

뤼트 씨가 물으며 손으로 파닥파닥 날갯짓을 해 보였다.

"네. 기분 전환 좀 하려고요."

기분이 좀 나아진 우주가 대답했다. 뤼트 씨는 씩 웃으며 고개를 까딱이고는 1층에서 내렸다.

그래도 우주정거장이 집이어서 좋은 점 중 하나는 어려서부터 워낙 다양한 국적의 사람을 만날 수 있다는 점이었다. 우주는 부모님의 모국어인 한국어와 공용어인 영어를 자연스럽게 구사했고, 다른 몇 가지 언어도 조금씩 할 수 있었다.

엘리베이터가 중심에 가까워질수록 우주의 몸은 점점 가벼워졌다. 마침내 0층에 도착했을 때는 무게를 전혀 느낄 수 없었다.

문이 열리자 우주는 손잡이를 잡고 몸을 끌어당겨 엘리베이터 밖으로 나왔다. 남미 출신으로 보이는 여성 한 명이 엘리베이터를 기다리고 있다가 우주를 보더니 흠칫 놀랐다.

우주는 그대로 지나쳤다. 뒤통수에 오랫동안 시선이 느껴졌다.

'누구지? 처음 보는 사람인데…. 아, 얼마 전에 로켓이 왔다 갔지? 새로 온 사람인가 보네.'

0층에 해당하는 축은 바퀴 세 개의 중심을 관통하는 거대한 원통 모양이었다. 중력을 느낄 수 없는 중심부에서는 무중력 상태에서만 가능한 실험을 하거나 특수 물질을 만들었다. 실험실 공간을 빼고도 꽤 많은 공간이 남았고, 그곳은 아무 장애물 없이 텅 비어 있었다. 0층은 이 우주정거장 안에서 가장 큰 공간이었다. 주로 초보 우주인이 우주복을 입고 우주유영 훈련을 받는 곳으로 쓰였다.

그리고 한 가지 더. 우주가 이곳을 자주 찾는 이유. 바로 인력 비행이었다.

사람이 날개를 달고 그 안에서 날아다니면 재미있겠다는 아이디어를 처음 낸 사람이 누구인지는 기록에 남아 있지 않았다. 아마도 좁은 곳에 갇혀서 무척 심심했던 사람이었을 것이다. 어쨌든 그 덕분에 우주의 우울한 삶에 한 가지 위안거리가 생긴 셈이었다.

우주는 보관소로 가서 전용 날개를 찾았다. 양팔에 다는 날개는 새의 날개와 비슷했다. 깃털은 없었지만, 얇고 질긴 소재여서 팔을 활짝 벌리면 팽팽해져서 공기를 세게 밀어낼 수 있었다. 그리고 양발에도 조그만 보조 날개를 달았다. 이 네 날개를 조합해서 움직이는 것에 따라 얼마든지 기묘한 공중 곡예를 펼칠 수 있었다.

인력 비행 실력으로 치면, 우주는 모두가 인정하는 최고였다. 아장아장 걸을 때부터 날개를 달고 놀았기 때문에 물고기가 헤엄치는 것만큼이나 자연스러웠다.

우주가 가장 자유롭다고 느낄 때도 바로 텅 빈 허공을 마음껏 날아다닐 때였다. 비록 파란 창공은 아니었지만.

갓 올라온 우주비행사가 무중력 효과에 적응하지 못하고 어리바리할 때 우주는 일부러 과시하듯이 그 옆을 날아다니곤 했다.

드물게 지구에서 우주 또래의 아이들이 견학을 올 때도 그랬다. 대개 똑똑하다고 뽑힌 과학 영재 같은 아이들이었다. 그럴 때마다 부모님은 어떻게든 우주가 그 아이들을 만나게 하려고 애썼지만, 우주는 한사코 피했다.

처음에는 나이가 비슷한 친구를 만난다는 생각에 어울려보려고 했지만, 금세 다른 아이들이 자기를 신기한 존재로만 생각한다는 걸 깨달았다. 중력이 약한 곳에서 자란 우주는 다른 아이들 머리가 가슴에 올 정도로 키가 커서 더 눈에 띄었다.

키도 훨씬 작은 녀석들이 동물원 원숭이 보듯이 쳐다보는 건 정말 싫었다. 사춘기에 들어서면서부터는 아예 그런 만남을 피해 다녔다. 이런 곳에서 마주쳐도 우주는 한마디 말도 없이 무중력 체험을 하는 아이들 옆을 비웃듯이 휙휙 날아다녔다.

그런데 그곳에 우주 말고도 다른 사람이 있었다.

'저게 누구지? 새로 온 우주인인가?'

처음 보는 사람이 공용 날개를 달고 허공에서 어설프게 팔을 휘두르고 있었다. 가까이 가서 보니 어른이 아니었다. 간혹 견학을 오는 학생들 나이 정도의 남자애였다. 하지만 견학을 왔다면 저렇게 혼자 있을 리가 없었다. 더 자세히 보니 외모가 남미 사람 같았다. 그러고 보니 아까 엘리베이터에서 마주쳤던 우주인의 아들일지도 모른다는 생각이 들었다.

'누구는 팔자 좋게 엄마 따라 우주정거장으로 놀러도 오는구나. 나는 지구에 발도 못 디디는데.'

하지만 우주정거장은 아무나 올 수 있는 곳이 아니었다. 아주 가끔 있는 학생 견학도 엄청난 특권이었다.

"에라, 알게 뭐냐."

우주는 중얼거리며 날개를 달고 텅 빈 공간으로 들어섰다. 벽을 차고 팔다리를 몸에 바싹 붙이자 급강하하는 매처럼 일직선으로 쭉 움직였다. 미지의 소년을 스쳐 지나가며 곁눈질하자 녀석이 당황하는 게 보였다.

"흥!"

인력 비행을 잘하려면 단순히 팔다리를 놀리는 것만으로는 부족하다. 0층에서는 중력의 거의 느낄 수 없다고 해도 엄연히 회전하는 곳이다. 따라서 회전축에서 멀어질수록 원심력을 받아 바깥쪽으로 쏠리게 되어 있다. 이 미묘한 차이를 잘 이용하는 게 정말 고수다.

지구에 사는 사람들이 이해하려면, 둥근 음료수 캔을 상상하면 된다. 동그란 모양의 윗면과 아랫면의 한가운데에 긴 막대기를 꽂아서 돌리는 것이다. 그러면 이 막대기가 바로 회전축이다. 사람이 개미처럼 작은 상태로 캔 안에 있다고 하면 회전축에서 멀어져 둥그렇게 말려 있는 옆면에 가까워질수록 원심력을 더 많이 받게 된다.

매끄러운 몸놀림으로 기선을 제압한 우주는 몸풀기로 옆면을 향해 날아가다가 속도를 줄이며 다시 날아오르기를 반복했다. 원심력에 대한 감이 없으면 그대로 부딪치기에 십상이다.

정체 모를 소년은 입을 벌린 채 우주의 동작을 뚫어져라 보고 있었다. 우주는 어깨가 으쓱거렸다.

'훗. 신기하긴 한가 보군. 더 대단한 걸 보여주겠어.'

우주는 자신이 가장 좋아하는 동시에 뽐내기 용도로 쓰는 비행에 들어갔다. 둥근 옆면과 일정한 거리를 유지하며 축을 중심으로 나선을 그리듯 회전하는 동작이었다. 그러면 방향을 바꿀 필요 없이 한참 동안 같은 방향으로 날 수 있었다. 좁은 공간에 갇혀 있다는 느낌을 지울 수 있어서 좋았다. 물론 까딱하다가는 옆면에 부딪힐 위험도 있지만.

한참을 그러다 고개를 돌려보니 그 녀석도 이제는 쳐다보기를 그만두고 열심히 날갯짓하고 있었다. 우주는 잠시 멈추고 허공에 뜬 채로 가만히 지켜보았다.

녀석은 무엇부터 익혀야 할지 눈치챈 모양이었다. 힘들게 날개를 움직여 벽으로(음료수 캔으로 치면 윗면 또는 아랫면으로) 갔다. 그리고 보이지 않는 축의 위치를 가늠하는 듯싶더니 두 발로 벽을 차고 움직였다.

하지만 방향이 축과 어긋났는지 반대쪽 벽에 도착하기 전에 옆으로 쏠리고 말았다. 그러자 당황해서 날개를 퍼덕이는 꼴이 우스워서 우주는 그만 웃고 말았다.

평소 같았으면 무시했겠지만, 왠지 이번에는 도와줘야겠다는 생각이 들었다. 우주는 몸을 날려 그 녀석에게 가까이 다가갔다. 녀석은 등을 돌리고 있어서 우주를 보지 못했다.

우주가 영어로 말을 걸었다.

"어이, 처음 해보는 거야? 처음에는 어려워. 내가 가르쳐줄까?"

그러나 상대는 들은 척도 하지 않았다.

"어…. 여기 온 지 얼마 안 됐어?"

녀석은 고개도 돌리지 않은 채 심호흡을 하며 날개를 세게 펄럭이더니 날아가버렸다.

'뭐지, 저 녀석? 사람 무시하나?'

구경거리가 되는 경우는 많았지만, 아예 무시당하는 건 처음이었다. 기분이 완전히 상한 우주는 이를 갈며 그 자리를 떠났다.

요즘 우주의 아빠는 달에서 일하고 있었다. 얼마 뒤 아빠가 돌아오면, 그때는 엄마가 달에 갈 차례였다. 그 뒤에는 두 분이 번갈아서 지구에 다녀오게 되어 있었다. 그때마다 우주의 눈치를 심하게 보았지만, 위에서 강제로 시키는 일이라 어쩔 수 없었다. 안 그러면 우주뿐 아니라 부모님까지도 지구에 갈 수 없는 몸 상태가 될 터였다.

가끔 우주는 좁은 우주정거장에 갇힌 자신이 '형벌'을 받고 있다고 생각했다.

'그러면 나 때문에 지구에 마음껏 가지 못하는 부모님도 형벌을 받는 걸까? 내가 부모님에게 형벌인 걸까?'

그렇게 생각하면 속이 너무 쓰렸다.

며칠 뒤 우주는 클라크 박사를 만나 검진을 받으러 의무실로 가다가 그때 그 녀석과 마주쳤다. 이번에는 눈이 확실히 마주쳤다. 녀석이 입을 열려고 하는 순간 우주는 고개를 돌리며 빠르게 지나쳤다.

'건방진 녀석, 내가 너한테 말을 거나 봐라.'

클라크 박사는 우주정거장의 책임의사였다. 매달 우주의 상태를 점검하고 기록하는 일을 맡고 있기도 했다.

"그래, 어디 안 좋은 데는 없고?"

"다 안 좋아요. 여기서는 괜찮을지 몰라도 지구에 내려가면 죽는 몸이니까 다 안 좋은 거나 마찬가지지요."

우주의 삐딱한 대꾸에 클라크 박사는 고개를 저었다.

"이리 와봐라. 검사를 좀 하자."

클라크 박사는 아무 말 없이 우주의 피를 뽑고 근육량과 골밀도 등을 측정했다.

"요즘에 운동을 좀 소홀히 한 것 같은데?"

박사가 모니터를 보며 말했다. 우주는 가만히 딴 데만 쳐다보았다.

"……."

"운동은 반드시 해야 해. 특히 너는…."

"저는 귀중한 표본이니까요. 장래에 인간이 우주에서 살아갈 때 참고가 될 수 있는 표본. 사람이 아니라 표본이니까요! 그런데 제가 왜 남들을 위해서 그런 연구 대상이 되어야 하죠? 그냥 실수로 태어났을 뿐인데!"

우주가 결국 참지 못하고 화를 터뜨렸다.

"진정해라. 이렇게 되기를 원한 사람은 아무도 없어. 단지 이 상황을 가장 좋게 활용하려는 것뿐이지."

"네. 네. 제가 참아야죠. 인류를 위해서. 검사는 끝났죠?"

"휴우, 그래. 돌아가도 좋다."

우주가 의무실 밖으로 나갈 때 클라크 박사가 등 뒤에서 외쳤다.

"아, 얼마 전에 네 또래 아이가 한 명 왔는데 말이다. 그 아이가 실은…."

"그 녀석 만났는데, 전 별로 관심 없어요."

우주는 딱 잘라 말하고 의무실을 나왔다.

비행장에서 무시당한 이후로 우주는 며칠 동안 비행하러 가지 않았다. 요즘 들어 혼자 방에 틀어박혀 있는 시간이 많아지긴 했지만, 사실 바쁘기도 했다. 동영상 강의를 보며 학과 공부를 해야 했고(대학교를 갈 수 있는 것도 아니고, 지구에서 직장을 구하지도 못할 팔자인데 공부는 왜 하라는 걸까?), 엄마가 클라크 박사에게서 무슨 말을 들었는지 운동도 더 많이 시켰다.

결국, 우주는 참지 못하고 다시 비행하러 갔다. 이번에는 녀석이 보이지 않았고, 새로 온 듯한 우주인 몇 명이 우주유영 훈련을 하고 있었다. 우주는 그 옆에서 놀리듯이 신나게 날아다녔다. 중력이 오락가락하고 위아래가 왔다 갔다 하는 이곳에 처음 와서는 멀미를 하며 토하는 사람이 많았다.

우주는 그런 사람들이 이해가 되지 않았다.

'아니, 뭐가 어지럽다고 저러는 걸까?'

익숙해지고 나면 생활에는 큰 지장이 없었지만, 아무도 우주처럼 자유자재로 행동하지 못했다. 우주는 오히려 땅에 딱 달라붙어서 산다는 게 어떤 기분일지 상상하기 어려웠다.

그다음에 다시 갔을 때는 문제의 그 녀석이 있었다!

놀랍게도, 녀석은 처음 봤을 때보다 실력이 많이 늘어 있었다. 축 부근에서는 제법 자유롭게 이리저리 날아다녔다. 그동안 연습을 꽤 한 모양이었다. 특이한 일이었다. 보통 견학으로 오는 아이들은 한두 번 체험하고 마는 게 보통이었다. 속이 울렁거려서 아예 시도도 못 해보는 사람도 많았다.

'요것 봐라?'

우주는 기를 팍 죽여놓아야겠다고 생각했다. 얼른 날개를 달고 들어갔다. 녀석에게는 눈길도 주지 않은 채 벽을 박차고 날기 시작했다. 한쪽 팔과 두 다리를 이용한 90도 방향 전환, 벽에 닿을 듯 말 듯 아슬아슬하게 지나가기, 빙글빙글 회전하며 직선으로 날기 등 여태까지 익힌 다양한 기교를 과시했다.

보통 사람이 따라 하려고 했다가는 어지러워서 정신을 잃을 수도 있었다. 그런데 녀석은 용케 몇 가지 동작을 흉내 냈다. 어설펐지만, 분명히 보고 배우고 있었다.

못마땅한 우주가 한번은 일부러 빠른 속도로 옆을 스치듯이 지나갔다. 누군가 봤다면 위험한 행동이라고 혼을 냈을 것이다. 녀석도 깜짝 놀라서 허우적거렸다.

우주는 속으로 웃으면서 그 자리를 떠났다. 녀석은 뭐라고 따지지도 못했다.

'이제 감히 내 흉내를 내지는 못하겠지?'

그러나 우주의 예상처럼 되지는 않았다. 완전히 기를 죽여놓았으니 쉽게 다시 나타나지 못할 거라 생각했는데, 다음에도 또 마주치고 말았다. 잠깐 다녀가는 녀석치고는 고집이 있는 모양이었다.

우주는 속이 뒤집힐 것 같았다.

'넌 지구가 있잖아. 나한테는 이것밖에 없는데, 감히 네가 날 따라오려고 해?'

우주정거장 안에서 인력 비행을 우주만큼 열심히, 즐겨 하는 사람은 없었다. 이건 우주만의 것이어야 했다.

하지만 다시 만났을 때 그 이름 모를 녀석의 실력은 더욱 늘어 있었다.

그다음에도, 그다음에도….

기분 나쁜 녀석이었다. 우주가 말을 걸 틈을 안 주기도 했지만, 두 사람은 한 번도 말을 섞지 않았다. 그 녀석은 우주가 나타나서 날아다닐 때마다 한쪽 구석에서 가만히 우주를 노려보았다.

자신에게 감정이 있나 싶었지만, 가만 보니 우주의 몸동작을 유심히 살펴보는 것이었다.

어느새 녀석은 기본적인 방향 전환 동작을 부드럽게 해내고 있었다. 기본 동작이 되니까 그 뒤부터는 속도가 더 빨라졌다.

이제는 우주도 슬슬 경쟁심이 붙기 시작했다.

벽을 향해 똑바로 날아가다가 부딪히기 직전에 솟구치듯 방향을 바꾸는 동작을 선보였다. 녀석도 몇 번 연습하더니 똑같이 해냈다. 날개를 반대 방향으로 움직여 뒤쪽으로 날면서 방향을 요리조리 바꾸는 모습을 보여줬더니 금세 흉내를 냈다.

한쪽 팔만 이용해 팽이처럼 돌면서 직선으로 움직여 보였더니 그것도 따라 했다. 심지어는 우주보다 더 빨리 회전하는 것 같았다. 그러고 보니 속도를 낼 때나 방향을 바꿀 때 은근히 녀석의 힘이 세 보였다. 우주에게는 능숙함에서 오는 우아함이 있었다면, 녀석에게는 강한 힘에서 오는 활기가 있었다.

그런 날이 며칠째 계속되자 우주는 성질이 나서 그 녀석보다 먼저 날개를 벗어던지고 비행장을 떠났다.

땀에 젖은 옷을 벗어서 내팽개치는 순간 한 가지 생각이 떠올랐다.

'근육! 저 녀석이 나보다 힘이 세구나!'

그러고 보면 당연했다. 우주는 그 녀석보다 키가 크고 팔다리가 길었지만, 힘으로만 치면 지구에서 살던 사람보다 훨씬 약했다.

생각지도 못했던 이유를 찾고 나니 자신의 울적한 처지와 맞물려 더욱 울화가 치밀었다. 우주에서 태어나 유일하게 남들보다 낫다고 생각하던 게 무중력 공간에서 자유롭다는 사실이었다. 그까짓 근육 때문에 지구 녀석에게 지다니. 있을 수 없는 일이었다.

다음 날부터 우주는 당분간 비행장에 발길을 끊고 운동실에서 살았다. 처음에는 어깨 힘을 길러야겠다고 생각했는데, 다시 생각해보니 다리 힘이 받쳐줘야 할 것 같았다. 안정적으로 움직이려면 허릿심도 필요하고…. 여태까지 운동을 게을리했던 게 후회가 되었다.

"우리 우주가 알아서 운동을 열심히 하니까 참 보기 좋네."

우주의 바뀐 모습에 엄마도 오랜만에 웃음을 지어 보였다. 뚱

하니 있던 우주가 불쑥 물었다.

"엄마, 얼마 전에 여기 새로 온 애 알아?"

"애? 여기 애가 있어? 애들 견학 온다는 소리는 못 들었는데…. 하긴 요새 엄마가 워낙 바빠서 말이야. 다른 부서에서 하는 일은 잘 모를 수 있어. 나라별로 비밀스럽게 하는 일도 있고…. 왜, 너만 한 애가 있디?"

"응. 얼굴을 보면 라틴 계열인 것 같은데, 말을 안 해봐서 모르겠어."

"이상하다. 네 나이 정도 아이가 장기체류로 올 일은 없을 텐데…. 잠깐, 그런 애가 있으면 얼른 말을 걸어봐야지. 친구를 사귈 기회잖아!"

"걔가 나를 먼저 무시했다고! 친구는 무슨 친구야!"

우주는 그만 또 버럭 화를 내버리고 말았다. 엄마는 한숨을 쉬며 떠났고, 우주는 다시 운동에 몰두했다.

'기다려라, 이 녀석아!'

운동으로 근력을 키우는 게 며칠 만에 될 리는 없었다. 게다가 대충 하던 운동을 너무 갑자기 무리해서 하는 바람에 온몸에 근육통이 생기고 말았다. 하는 수 없이 단백질이 풍부한 우주식량을 골라 먹으며 며칠을 쉬엄쉬엄 보냈다.

그리고 다시 운동! 이번에는 적절하게 휴식을 취하면서 컨디션을 관리했다. 근육이 약해질까 봐 그나마 중력 효과가 가장 큰 3층에서만 머물렀다.

'이제 됐다!'

마침내 우주는 전보다 몸에 힘이 많이 붙었다고 느꼈다. 벽의 손잡이를 잡고 몸을 끌어당길 때의 느낌이 달랐다.

그 이름 모를 녀석은 항상 같은 시각에 비행장에 있었다. 우주가 결전의 날로 정한 날, 그 시각에 비행장으로 가자 역시 녀석이 있었다.

누가 전용 날개도 새로 만들어준 모양이었다. 평소에 녀석이 쓰던 공용 날개가 아니었다. 우주는 그것도 못마땅했다. 지금까지 전용 날개가 있는 건 자기뿐이었다.

들어가기에 앞서 잠시 녀석의 비행을 관찰했다. 못 보던 사이에 한층 더 실력이 늘어 있었다. 하지만 우주가 보기에는 아직 모자랐다.

'오늘은 기필코 네가 어지러워서 토하는 꼴을 보겠다!'

우주가 날개를 걸치고 벽을 박차며 날아 들어갔다. 녀석은 오랜만에 나타난 우주를 보고 깜짝 놀란 눈치였다.

힘이 세지니까 확실히 움직이는 속도가 달랐다. 우주조차도 새로운 감각에 잠시 적응해야 했다. 하지만 적응을 마치고 나자 더욱 화려한 비행 쇼를 펼칠 수 있었다.

우주가 연속으로 방향을 세 번 꺾으며 회전해 보이자 녀석도 경쟁하듯이 우주와 똑같이 따라 했다.

그때부터 화려한 경쟁이 펼쳐졌다. 선공은 우주가 했다.

제비처럼 쏜살같이 날기도 하고, 먹이를 채가는 독수리처럼 과격하게 벽을 덮치기도 하고, 보는 사람의 정신이 어지러울 정도로 빙글빙글 돌기도 했다.

녀석도 절대 뒤처지지 않고 우주를 그대로 따라왔다.

우주는 그때까지 익혀 온 기술을 총동원해서 녀석이 따라 할 수 없을 것 같은 고난도 동작을 연속으로 펼쳤다.

놀랍게도, 녀석은 결코 우주에게 뒤지지 않는 실력을 보여주었다.

8자 그리기도, 나선 회전도 모두 똑같이 따라 했고, 원심력의 차이를 이용하는 감각도 우주 못지않았다.

'우주에서 너 따위에게 질 수는 없어. 너는 지구에서나 살아! 이제는 체력 승부다!'

위아래와 좌우가 정신없이 바뀌는 비행을 오래 하면 누구나 멀미를 하게 마련이었다. 우주는 아기 때문에 무중력이 익숙했지만, 다른 사람은 그렇지 않았다.

온몸에서 땀이 흐르기 시작했다. 하지만 녀석은 속이 울렁거리는 기색이 아니었다.

'저 자식 도대체 뭐야? 안 되겠어.'

그때 녀석이 행동을 바꿨다. 우주를 따라 하는 게 아니라 먼저 나서서 기술을 펼쳤다. 우주를 앞설 수 있다는 자신감이 엿보였다.

우주는 발끈했다. 우주는 힘을 그러모아 녀석의 뒤를 바짝 쫓았다. 막상 쫓는 처지가 되고 나니 녀석의 속도에 맞추는 게 은근히 버거웠다.

'내가 뒤에 있을 수는 없다고!'

우주는 있는 힘껏 팔을 움직여 녀석의 옆을 스쳐 지나가면서 앞질렀다.

'됐다!'

고개를 돌려 흘깃 보니 상대는 비행 자체에 몰입한 듯 우주를 의식하는 것 같지도 않았다.

앞서거니 뒤서거니 하며 날아다니던 두 사람이 점점 가까워졌다.

'어라, 위험한데?'

마침 녀석은 등을 돌리고 있는 자세라 우주를 보지 못했다. 우주가 뒤늦게 속도를 줄이며 다급히 외쳤다.

"야, 조심해! 비켜!"

하지만 녀석은 그대로 우주를 향해 날아왔다.

"조심하라니까!"

우주는 버럭 소리를 지르며 방향을 바꾸려고 했지만, 소용없었다.

"으악!"

쿵!

두 사람의 날개가 부딪치며 서로 다른 방향으로 튕겨 나갔다. 온 사방이 빙글빙글 돌았다. 우주의 눈에 마지막으로 보인 건 빠른 속도로 다가오는 벽이었다.

얼마 뒤, 정신을 차려 보니 의무실 침대에 누워 있었다. 먼저 엄마의 걱정스러운 얼굴이 보였다.

"괜찮니, 우주야?"

"으윽."

몸을 움직여 보려고 했지만 끔찍하게 아팠다. 엄마의 어깨너머로 클라크 박사가 얼굴을 내밀며 말했다.

"가만히 있어. 팔 하나, 다리 하나가 부러졌으니까. 고정해뒀으니까 나을 때까지 움직이면 안 돼. 넌 뼈가 약해서 잘 부러지는데 이게 무슨 꼴이냐? 새처럼 잘 날아다니더니 갑자기 왜 벽에다 갖다 박은 거야?"

"그, 그 녀석은요?"

"누구? 에데르 말이니? 걘 괜찮아. 타박상만 좀 입었어. 너보다는 뼈가 단단하니까."

우주는 베개에 머리를 떨어뜨리며 한숨을 쉬었다. 졌다는 기분이 들었다.

엄마가 근무하러 간 뒤에 우주는 다시 잠이 들었다. 누군가 깨워서 눈을 떠보니 클라크 박사였다.

"손님이 찾아왔다."

"손님이요?"

클라크 박사가 비키자 그 녀석의 얼굴이 보였다! 이름이 에데르라고 했던가? 그리고 그 뒤로 한 여성이 있었다. 우주는 그 사람이 엘리베이터에서 마주쳤던 사람임을 알아보았다.

"저, 괜찮니?"

우주인이 영어로 물었다.

"아, 저…, 네."

"우리 아들 에데르가 사과를 하고 싶대. 너와 인력 비행 시합을 하는 게 재미있었는데, 이렇게 돼서 미안하대. 빨리 나아서 같이 놀고 싶다고 하네."

"아, 네…."

우주가 쭈뼛거리며 대답했다.

'저 녀석은 뭔데 그런 말도 혼자 못 해?'

그때 에데르의 엄마가 말을 이었다.

"실은 에데르가 청력이 약해서 거의 듣지 못해. 태어날 때부터 그래서 말하는 것도 많이 힘들단다. 너와 이야기하고 싶었는데 그러지를 못해서 아쉽대."

"아!"

우주는 이제야 알 것 같았다. 녀석, 아니 에데르는 자기를 무시했던 게 아니었다. 처음부터 오해가 쌓였을 뿐이었다. 우주가 정말 사춘기 심하게 온 아이처럼 방에만 처박혀 있지 않고 다른 사람들과 자주 이야기를 나눴더라면 아마 에데르에 관해 금세 알 수 있었을 것이다.

에데르가 엄마 앞으로 나서더니 말했다.

"미안. 너 괜찮아?"

발음이 다소 부정확했지만, 잘 들으면 알아들을 수는 있었다. 우주는 씩 웃으며 대답했다.

"그래. 만나서 반갑다."

두 달 정도가 지났다. 우주의 팔다리는 다시 멀쩡해졌다.

"약하다 해도 젊은 녀석이라 금방 붙는구나."

클라크 박사가 깁스를 풀며 말했다.

그사이에 많은 변화가 있었다. 우주는 에데르와 친구가 되었고, 문자 메시지와 에데르에게서 배운 수어를 이용해 많은 대화를 나눴다.

"우리 엄마는 비행기 조종사야. 이번에 개발 중인 우주 셔틀 테스트 조종사로 뽑혀서 여기 온 거야. 원래는 나 때문에 포기할 뻔했는데, 운 좋게 나까지 오게 됐지."

"너는 어떻게 온 거야? 보통 임무와 상관없는 사람은 올 수 없는데."

"네가 여기서 중요한 존재라는 건 알아. 하지만 나도 임무가 있어. 나는 태어날 때부터 청각 장애가 있었는데, 덕분에 멀미를 하지 않아. 멀미의 원인이 되는 귓속 기관이 작동하지 않거든. 그래서 나는 우주에서 나 같은 사람이 어떻게 적응하는지 실험하는 임무를 띠고 있어. 선진국에서는 예전에 다 한 실험이긴 하지만 말이야."

우주는 에데르가 어떻게 짧은 시간 만에 우주의 인력 비행 솜씨를 따라잡았는지 깨달았다.

"우주에서는 우리 같은 사람이 유리할 수도 있대. 어떤 사람은 우주 공간의 적막함을 못 견딘다지? 난 평생을 적막함 속에서 살았어."

우주가 팔다리를 다시 자유롭게 움직일 수 있게 되자 두 사람은 에데르 엄마의 배려로 우주복을 입고 밖으로 나가볼 수 있게 되었다. 우주정거장 밖으로 나가는 건 우주도 처음이었다.

둘은 각자 엄마의 도움을 받아 중심축에 있는 에어록을 통해 밖으로 나갔다. 안전띠를 고정한 뒤 우주정거장 외벽에 발을 붙이고 서보니 머리 위로 지구의 밤 영역이 보였다. 어두운 표면 위에서 도시의 불빛이 화려하게 빛났다. 정거장이 회전하면서 크리스마스트리 같은 지구도 천천히 돌았다.

"오, 지구가 머리 위에 있으니 느낌이 이상해요. 온 지 몇 달 됐는데 아직도 그러네요."

우주에 온 지 얼마 안 된 에데르의 엄마가 통신기로 말했다.

"저는 우주인 생활을 한 지 20년인데, 아직도 완전히 적응이 안 되는걸요."

우주의 엄마가 대꾸했다.

우주와 에데르는 서로 마주 보며 의미심장하게 웃었다.

우주는 처음으로 우주가 집처럼 느껴졌다.

0에서 9까지

▸ 2020년 〈오늘의 SF #2〉(아르테) 게재

"여기 앉아가지고요, 여기 있는 이걸로 숫자 0에서 9까지 중에 아무렇게나 입력하면 돼요."

"아무렇게나? 그냥? 막?"

"네네. 난수열을 만드는 거니까 생각하지 말고 그냥 아무렇게나 입력해요."

현진은 눈앞에 있는 작은 책상 위에 덩그러니 놓여 있는 키패드를 바라보았다. 한 시간에 10만 원이라고 해서 오긴 왔는데, 정말로 이따위 일에 10만 원을 주겠다는 건지 의심스러웠다. 강의실 안의 스무 명 남짓 되는 다른 실험 참가자들도 비슷한 심정이겠지 싶었다. 숫자키나 두드리고 이 정도면 날로 먹는 일 아닌가.

현진이 자리에 앉는 모습을 본 서준은 강의실 앞에 나가 서서 큰 소리로 알렸다.

"자, 곧 실험 시작하겠습니다."

그리고 마지막으로 다시 한번 요령을 읊어주었는데, 바보가 아닌 이상 다 할 수 있을 정도로 간단했다.

0에서 9까지 수 중 아무거나 골라서 입력할 것. 가능한 한 고민하지 말고 입력할 것. 두 시간 동안 가능한 한 많이 입력할 것. 적어도 5,000개 이상 하지 않으면 돈을 받을 수 없다는 것.

"그럼 지금부터 시작하세요!"

서준이 시작을 알리고 밖으로 나갔다.

여기저기서 키패드 두드리는 소리가 나기 시작했다. 빨리 해버리고 나갈 작정인지 프로게이머처럼 손가락을 놀리는 사람도 있었다. 현진은 잠깐 멍하니 키패드를 바라보다가 천천히 손을 움직였다.

겨우 몇 개 입력했을 때 휴대전화가 울렸다. 화면을 보니 서준이었다.

— 선배 잘 하고 가세요. 오늘은 바빠서 힘들고 다음에 밥 먹어요. 제가 살게요ㅋㅋㅋㅋ

현진은 다시 눈을 돌려 키보드를 두드리기 시작했다.

"선배, 요새 바빠요?"

서준에게 오랜만에 연락이 온 건 겨우 그저께였다. 대학교 만화 동아리에서 만난 컴퓨터공학과 후배인데, 졸업하고 인공지능 관련 분야를 연구하는 대학원 연구실에 들어갔다고 한 번 연락한 뒤로는 소식이 뜸하던 참이었다. 저야말로 바쁠 놈이 웬

전화일까?

“나 같은 백수가 뭐가 바쁘냐? 너 같은 노예가 바쁘지.”

“선배도 알바 한다면서요. 다들 바쁘지 뭐.”

“진짜 바빠 봤으면 좋겠다. 돈도 제대로 받고.”

“아, 그건 저야말로.”

전화기 너머로 낄낄거리는 소리가 들리더니 서준이 말을 이었다.

“하여튼 제가 전화한 게, 그러니까 선배 시간 되시면 알바 하나 안 하실래요?”

“알바?”

“네. 간단한 거예요. 저희가 어디 회사랑 같이 하는 연구에 쓸 건데, 숫자만 입력하면 돼요. 그리고 시간당 10만 원이요.”

“시간당 10만 원? 그거 하고 10만 원이라고? 뭘 그렇게 많이 줘? 수상한데? 수업 듣는 학부생들 데려다 하면 공짜잖아.”

“그쵸. 그런데 그 회사가 요새 잘나가거든요. 그래서 그런지 제대로 돈 주고 모집해서 하래요. 대충 모았는데, 갑자기 선배 생각이 나서요. 제가 한 명 끼워 넣는 건 일도 아니니까 용돈벌이나 하시라고, 헤헤헤.”

원래 종종 그렇게 뜬금없는 녀석이었다. 일정을 들어보니 마침 알바도 없을 때라 굳이 거절할 이유도 없었다. 그러고 보니 석사 수료만 하고 도망치듯이 학교를 떠난 뒤로는 처음 가보게 되는 것이었다.

실험이 끝나자 현진의 손에 5만 원짜리 네 장이 든 봉투가 들려 있었다. 오랜만에 학교 앞에서 맛있는 거나 먹어볼까 하다가 월세도 빠듯한데 뭔 짓이냐 싶어서 그냥 학생회관으로 향했다. 그곳은 기억과 크게 달라진 게 없었다. 현진은 미래는 없어도 아직 활기는 있는 학생들 틈에 껴서 소박한 식사를 하고 돌아갔다.

그러고 한동안 그 일을 잊고 지냈는데, 서준이 다시 연락을 해왔다.

"선배, 저번에 한 거 한 번 더 하실래요? 조건은 똑같아요."

마다할 이유가 있나? 이번에는 세 시간을 그렇게 하고 30만 원을 받았다. 이런 꿀알바가 또 없었다. 내심 몇 번 더 할 수 있으면 좋겠다는 생각이 들었다.

그리고 실제로 그렇게 되었다.

"선배, 혹시 또 가능해요? 이번엔 더 오래 걸릴 거라서 알바랑 안 겹치게 선배 편한 시간에 맞출 수 있어요."

그렇게까지 해준다면야 또 거부할 수 없었다.

이번에는 장소가 연구실이었다. 약속한 시간에 '행동패턴인식인공지능연구실'이라는 푯말이 붙어 있는 문을 두드리자 서준이 문을 열고 맞이하더니 회의실처럼 가운데 탁자가 있는 방으로 안내했다. 탁자 위에는 어김없이 키패드가 놓여 있었다.

"오늘은 선배 혼자 할 거라서요. 방법은 똑같아요. 가능한 한 많이 입력만 하면 돼요. 중간에 힘들면 좀 쉬었다 해요. 그리고 오늘은 선배 괜찮으면 저녁에 밥이나 먹어요. 시간 돼요?"

"그래. 저번에 네가 산댔지?"

"아니, 그랬는데 선배가 사야지 않아요? 내가 얼마를 벌게 해줬는데요. 헤헤."

이번에는 학생회관에 갈 수 없었다. 둘은 학교 앞의 적당한 식당에 자리를 잡았다.

"야, 근데 이거 무슨 연구를 하는 거야? 나 이렇게 날로 먹어도 되나?"

현진이 묻는 사이 인공지능 로봇 서버가 주문을 받으러 다가왔다.

"일단 주문부터 하고요."

각자 메뉴 한 개씩을 말하자 로봇이 "주문해주셔서 감사합니다!" 소리를 내고 돌아갔다.

"그 연구에 돈 대는 회사가 만든 거예요, 저거."

"뭐가?"

"저 서빙 로봇이요. 저게 이래 봬도 우리 행동 패턴을 다 보고 있어요."

현진이 수저를 꺼내놓으며 말을 이었다. 아직 로봇이 이런 것까지 해주지는 않았다.

"행동 패턴 데이터 수집하는 중이라고요. 어떻게 걸어들어와서 어떻게 앉고 표정은 어떻고 등등. 그걸 모아서 어떤 행동 패턴을 보이는 사람이 어떤 메뉴를 주문하는지 조사하는 거예요."

"그런 게 가능해? 아니, 애초에 그런 걸 왜 해? 그냥 주문받으면 되지."

"아니 뭐, 미리 예측하면 음식 준비도 더 빨리 할 수 있다거나 그런 이유를 대긴 하죠. 근데 서빙하는 게 궁극적인 목적은 아니고, 나중에 마케팅 같은 데 잘 써먹을 수 있겠죠. 얘네 방산도 하던데, 아마 군용으로도 개발 중인가 봐요. 선배는 모르겠지만, 요새 인공지능이 사람 행동 패턴을 꽤 잘 예측해요."

듣고 보니 그럴듯하긴 했다. 학교 다닐 때 얼핏 들었던 이야기도 떠올랐다.

"글쎄. 사람이 얼마나 멋대로인데 행동을 예측할 수 있을까? 나 공부할 때 우리 역사 쪽에서도 장기적인 패턴 찾는 연구가 있다고 했는데, 다 망했을걸."

"만약 한 사람 한 사람 행동을 다 예측할 수 있으면 가능할걸요? 지금 컴퓨터 연산력으로는 안 되겠지만, 나중엔 모르죠."

"에이, 그게 되겠냐. 그나저나 그게 내가 하는 거랑 무슨 상관이야?"

"선배가 만드는 수열을 인공지능이 얼마나 예측하는지 보는 거예요."

"어? 그런 것도 돼? 내가 다음에 무슨 수를 입력할지 예측이 된다고?"

서준이 능글맞게 웃었다.

"최종 목표는 그래요. 이 수열이 누가 만든 건지 알아내는 것 정도는 이제 쉽고, 지금 하는 게 그거예요. 다음에 어떤 수가 나올지 예측하는 거. 그냥 찍으면 10분의 1이잖아요? 인공지능은 그보다 높은 확률로 맞혀요."

"진짜? 아무렇게나 넣는 걸 어떻게 맞히지?"

"흐흐. 의외로 사람이 아무렇게나 하는 걸 잘 못 하거든요. 난수는 사람이 알고리즘보다 훨씬 못 해요. 다들 아무렇게나 입력한다고 하지만 안 돼요. 왜냐하면 자기도 모르게 기억을 하고 생각을 해서. 그렇잖아요. 이번에 1을 입력하면 왠지 다음에는 큰 수를 넣어야 할 것 같기도 하고, 3을 한 다섯 번쯤 연달아 입력하면 여섯 번째에는 다른 수를 넣어야 할 것 같기도 하고. 사람마다 그런 게 조금씩 달라서 패턴이 생겨요. 생각 안 하고 손만 움직인다고 해도 몸을 움직이는 패턴이 또 있어요."

"아…."

현진은 한 번도 생각해본 적이 없는 일이었다.

"원래는 그런데…."

서준의 표정이 갑자기 심각해지더니 말꼬리를 흐렸다.

"그런데 뭐가?"

"선배 시간 좀 되죠? 앞으로 자주 와야 할지도 몰라서요. 솔직히 얘기하면, 선배는 예측을 못 하더라고요."

"뭔 소리야?"

"선배가 입력한 난수요. 인공지능이 선배 것만 예측을 못 해요. 못 하는 정도가 아니라 사람이 만든 건지도 구분을 못 해요. 양자난수 같은 진짜 난수랑 섞어서 주면 어떤 게 사람이 만든 거다 하고 찾아야 하는데, 선배 것만 못 잡아내요. 왜 그런 건지 모르겠어요."

서준이 고개를 흔들었다.

"그럼 그게 무슨 뜻이야?"

"아직 몰라요. 선배는 말 그대로 아무렇게나 행동하는 게 가능한 사람일 수도 있죠."

그게 무슨 뜻일까? 현진이 생각에 잠긴 사이 로봇이 음식을 가지고 왔다. 요즘에는 이런 녀석들 때문에 알바 자리조차 구하기 힘들다. 조그만 카메라 렌즈가 현진이 음식을 받아 드는 모습을 조용히 응시했다. 방금 들은 말 때문에 그게 예사롭게 보이지 않았다.

현진은 그 뒤로도 계속해서 불려 갔다. 한두 번은 다른 사람도 있었지만, 언젠가부터는 쭉 혼자였다. 지루하긴 해도 시간당 주는 돈이 괜찮아서 도무지 거부할 수가 없었다. 게다가 서준의 설명을 듣고 나니 왜 자신이 특별한지 궁금하기도 했다. 학교 다닐 때 심리학 수업을 들으면 의무적으로 심리 실험에 참여해야 할 때가 있었는데, 그때는 평범한 정상인이라는 결과가 나오면 왠지 실망스러웠다. 자신이 특별한 존재여야 한다는 욕심이 어딘가 숨어 있는 것 같았다. 그런데 이제 정말로 특별한(이라기보다는 특이한) 존재일 수도 있다고 생각하니 덜컥 겁부터 났다.

진력이 날 정도로 수를 입력했다. 입력한 수를 전부 일렬로 출력하면 달까지 갔다 올 수 있을 것 같은 느낌이었다.

그러다가 수 입력은 이제 됐다 싶었는지 실험이 바뀌었다. 어느 날부터는 빈 종이 수백 장을 내주더니 아무렇게나 선을 그어보라고 했다. 그것도 속이 울렁거릴 정도로 하고 나자 그때부터는 딱 달라붙는 옷으로 갈아입고 팔다리에 마커를 붙인 뒤 몸을 움직여야 했다.

"이거 뭐야? 모션 캡처 같은 거 아냐? 나 영화 찍는 거야?"

"동작 패턴을 보려고 그러는 거예요."

현진은 몸을 아무렇게나 움직여보라는 주문을 받았다. 미친 사람처럼 춤을 추든 누워서 뒹굴거리든 뭘 하든 상관없다고 했다. 어떨 때는 연속 동작을 따라 하게 한 뒤 마음대로 바꿔서 해보라고 하기도 했다.

그렇게 몇 달이 지났다. 취업에는 진전이 없었지만, 잘리지 않고 유지하던 알바에다, 이 이상한 실험 덕분에 다행히 통장 잔고는 조금씩 불어났다.

이제 실험에 그만 나와도 된다는 소리를 들은 날, 서준은 그동안 고생했다며 현진에게 밥을 샀다. 실험이 어떻게 되고 있냐는 말에 서준은 뜻밖에도 연구팀이 두 손 들었다고 했다.

"도저히 예측이 안 돼요. 진짜 처음이에요, 이런 거. 우리가 아는 한 선배는 정말로 아무렇게나 행동할 수 있는 사람이에요. 선배가 로또 번호를 추첨하면 완전히 공평할걸요? 공의 질량 불균형이나 표면 흠집 같은 것 때문에라도 각 숫자가 나올 확률이 완전히 똑같지는 않을 테니까요. 아니, 뭐 그건 좀 과장이지만…. 하여튼 막춤을 춰도 선배가 추는 건 진짜 막춤이에요. 아무리 막춤이라도 패턴이 있게 마련인데, 선배는 전혀 없어요. 말 그대로 막춤이에요. 사람이 아무리 자기 의지가 있다고 해도 뇌도 모종의 알고리즘으로 작동하는 거라 패턴을 보여야 하거든요? 선배는 안 그래요. 선배는 보통 사람과 달리 뇌에 그런 알고리즘이 없나 봐요. 선배는 무슨 짓을 해도 진짜 자기 마음대로 할 수 있는 사람인 거예요. 어쩌면 진정한 자유의지를 지닌 사람일지도 몰라요. 진정한 자유인."

마지막 말을 할 때는 농담인 것처럼 웃었다. 현진도 마주 웃었다. 어처구니가 없어서 웃었다. 아니, 그까짓 숫자 아무렇게나 넣는다고 자유의지야? 평생 내 맘대로 한 게 몇 개나 있다고 자유의지야?

자유의지인지 아닌지는 모르겠지만, 예상치 못하게 그게 도움이 되긴 했다. 말 같지도 않아 보이는 실험이 끝나고 며칠 뒤 현진은 전화를 받았다. 현진도 이름을 들어본 유명한 인공지능 기업 에이텍의 인사팀이라고 했다. 에이텍이라면 바로 그 실험에 연구비를 댄 곳이었다. 전화를 걸어온 박 뭐시기라는 사람은 정중한 말투로 현진에게 입사를 제의하며 만나서 자세한 이야기를 나누자고 했다. 무슨 사기일까 싶었지만, 취업 기회가 흔한 게 아니라 쉽사리 거절할 수는 없었다.

서준에게 전화를 걸어 이야기하자 흥미롭다는 반응이 돌아왔다.

"그래서 실험 그만하라고 했나 보네요. 뭔가 생각이 있나 본데, 한번 만나봐요."

어색한 정장을 입고 찾아간 에이텍의 본사 로비는 현진 같은 젊은이의 취업을 어렵게 하는 온갖 인공지능 로봇을 한꺼번에

볼 수 있는 곳이었다. 1층에 있는 커피숍에도 인간이라고는 손님뿐이었다.

멀끔하게 생긴 중년 남자가 현진의 어깨를 두드렸다.

"현진 씨? 제가 전화드린 박윤성입니다."

"네? 아, 네!"

"자리를 잡아뒀어요."

안내를 받아 자리에 앉아 박윤성이 명함을 내밀었다. 현진은 명함을 받아 이리저리 살펴보았다. 위조라 한들 알 도리는 없었다.

설명은 간단했다. 실험으로 알게 된 현진 씨의 능력이 특별해 보인다. 비록 관련 분야를 전공하지는 않았지만, 연구원으로 함께해주면 도움이 될 것 같다. 여기까지는 평범한 말. 그 뒤는 요즘 취업하기가 얼마나 어려운데 이런 기회가 또 어디 있겠느냐, 여기 경력이면 다른 데 어딜 가도 어쩌고저쩌고하는 꼰대스러운 사족이었다.

인공지능 시대에 살아남으려면 인공지능이 대체할 수 없는 특별한 능력을 가져야 한다고들 했다. 그게 예술 작품을 만든다거나 창의적인 기술을 개발한다거나 그런 것일 줄 알았지 아무렇게나 행동하는 능력일 줄은 몰랐다. 사실 소설을 쓰거나 음악을 만드는 데도 인공지능은 인간에게 별로 뒤처지지 않았다. 현진이 심심풀이로 보는 웹툰과 웹소설 중 몇 개도 인공지능의 작품이었다. 히트하는 노래 중에도 인공지능이 만든 곡이 왕왕 있었다. 작가들만이 자의식 없는 인공지능의 예술은 진정한 예술이 아니라고 고집스럽게 인정하지 않고 있을 뿐이었다.

기분이야 어쨌든 현진으로서는 거부할 수 없었다. 이 기쁜 소식을 먼저 지방에 계신 부모님에게 알렸다. 취업에 가장 공이 크다고 할 수 있는 서준에게도 알리고, 몇몇 친구들에게도 오랜만에 연락했다. 아르바이트도 당연히 그만두었다. 사장은 이참에 남들처럼 알바 대신 인공지능 로봇을 들일까 한다고 했다.

부모님을 만나러 고향에 다녀오고 싶었지만, 회사에서는 가능한 한 빨리 출근하기를 원했다. 흔한 신입 교육이고 뭐고 없었다. 소속팀을 안내받아 간 현진은 흥미로운 눈길로 자신을 쳐다보는 연구원들과 인사를 나눈 뒤 바로 자리에 앉았다. 직속 상사이자 본부장이라는 직함으로 불리는 최현석 박사가 말했다.

"우리 연구본부는 회장 직속입니다. 사내에서도 가장 비밀스러운 연구를 하는 곳이라 할 수 있죠. 보안 교육 받았죠? 안 받았다고요? 비밀 유지 서약은 했죠? 위반하면 페널티가 굉장히 세요. 조심하세요. 그냥 회사 얘기는 밖에서 전혀 안 한다고 생각하는 게 편합니다. 그리고 업무는…."

그거야말로 현진이 가장 궁금했지만 아직 물어보지 못했던 내용이었다.

"연구 업무는 박사급 연구진이 주로 하고 현진 씨는 보조 업무를 할 겁니다. 자세한 건 차차 배우기로 하고, 현진 씨를 채용한 게 그, 좀 특별한 능력 때문이기도 하니까. 일단 그걸 좀 합시다."

"그거요?"

"0에서 9까지 수를 아무렇게나 입력해서 난수열을 만드세요.

이따 정 박사가 와서 방법을 알려줄 거예요."

현진은 허탈했다. 기껏 취업해서 한다는 게 또다시 아무렇게나 수를 입력하는 일이라니. 신분은 연구원이지만, 실상은 연구 대상인 게 분명했다.

그러나 어쩔 도리가 없었다. 현진은 꾸역꾸역 회사에 다니며 시키는 대로 일했다. 가끔 연구와 관련된 서류 작업을 할 때도 있었지만, 몇 년이 지나 한 단계 승진할 때까지도 주업무는 수 입력이었다. 처음에는 그래도 의미 있어 보이는 업무를 해보려고 발악하다시피 했지만, 헛된 짓이었다. 그게 패턴 인식과 암호 연구에 아주 중요한 업무이니 자부심을 가지란 말만 돌아왔다. 나중에는 현진도 알 게 뭐랴 싶었다.

다행히도 사생활은 굉장히 즐거워졌다. 당연하지만 세상이 참 속물적이게도 취업을 하고 나니 연애도 쉬워졌다. 그동안 만난 몇 명의 애인이 회사에서 무슨 일을 하냐고 물을 때마다 현진은 표정을 굳히며 기밀이라 말할 수 없다고 대답했다. 사실은 사실이지만, 표정이 굳은 진짜 이유는 누구도 짐작하지 못했을 것이다.

그래도 직장은 직장이라고 몇 년 동안 군소리 없이 다니다 보니 직급도 오르고 연봉도 오르긴 했다. 직급이 올라봤자 아무도 제대로 대접해주지는 않았지만, 돈만큼은 정직했다. 너무 정직해서 서울에 집을 사고 확고하게 자리를 잡는 건 아직 요원했지만.

그때 만나던 애인은 은근히 결혼하고픈 눈치였지만, 현진은 섣불리 그런 결정을 내릴 수 없었다. 겉으로는 만족스러워 보이는 삶이었지만, 자신이 연구 대상일 뿐이라는 사실을 매일 뼈저리게 느끼고 있었다. 과연 언제까지 이런 삶을 계속할 수 있을까?

안 마시던 술을 마시기 시작했을 무렵 현진의 인생을 더욱 크게 뒤바꿔놓는 사건이 벌어졌다.

'사상 최대 회계 부정 적발'.

난데없는 소식이 날아들더니 주요 경영진이 줄줄이 검찰에 불려들어갔다. 현진의 상사인 본부장도 갑자기 보이지 않았다. 실시간으로 뉴스를 확인하랴 부모님과 친구들의 걱정스러운 연락에 대꾸하랴 정신없던 와중에 현진도 소환장을 받았다.

'나를 왜?'

떨리는 가슴을 부여잡은 채 간신히 몸을 추스르고 조사를 받은 현진은 뜻밖의 이야기를 들었다. 자신이 회계 부정의 공모자로 고발당할 수 있다는 소리였다. 순간 머리가 텅 비면서 아무 생각이 들지 않았지만, 간신히 듣고 정리한 내용은 이랬다.

요즘에는, 아니 현진은 몰랐을 뿐 오래전부터 인공지능은 회계 부정과 같은 금융계의 비리를 적발하는 역할을 맡고 있었다. 에이텍 역시 예외는 아니었는데, 부정을 저지른 경영진은 기업 내부의 회계 데이터를 교묘하게 변조하고 위조해 인공지능을 속였다. 그리고 중요한 데이터를 암호화해 감사 인공지능의 감시망을 회피했다. 이 과정에서 현진이 만든 난수열이 쓰였다는 소리였다.

전혀 모르는 일이었다고 하소연했지만, 자기도 모르는 증거가 어느새 쌓여 있었다. 현진은 결국 구속되고 말았다. 자랑스러운 대기업 사원은 한순간에 범죄자로 전락했고, 애인도 떠나갔다. 부모님은 웬 날벼락이냐며 눈물로 세월을 보냈다.

구치소에서 재판을 기다리던 어느 날 현진에게 낯선 사람이 찾아왔다. 접견실에서 마주 앉은 남자는 자신이 군에서 나온 사람이라고 소개했다.

"억울하다고 생각합니까?"

"네, 전 진짜 억울하다고요!"

"그래도 결과는 달라지지 않아요. 현진 씨는 유죄 판결을 받고 감옥에서 몇 년을 살게 될 겁니다. 전과자라는 낙인도 찍히고요."

"…말도 안 돼."

그리고 그 남자는 거부할 수 없는 제안을 했다.

"군에서 일하는 건 어떻습니까?"

"네? 뭐라고요?"

현진이 눈물 젖은 얼굴로 고개를 들며 물었다.

"무혐의 처분을 받게 해주겠습니다. 그 대신 군에서 일하는 겁니다. 당연히 이 거래는 죽을 때까지 비밀로 가져가야 하며, 군에서 일한다는 것도 비밀입니다. 아시겠습니까?"

한동안 침묵이 이어지는 가운데 현진은 어떻게 해야 할지 고민했다. 무슨 일을 해야 하느냐고 물어보고 싶었지만, 의미 없는 짓 같았다. 현진은 말없이 고개를 끄덕였다.

마치 마법처럼 정말로 현진은 무혐의로 풀려났다. 부모님과

지인들에게는 오해가 풀렸을 뿐이고, 충격 때문에 회사는 그만두었다고 말했다. 주위에 잠시 쉬며 일자리를 알아본다고 한 뒤 현진은 세상과 사실상 연락을 끊었다.

그것도 자의 반 타의 반이었다. 군에서는 보안 유지를 위해 현진의 모든 통신을 감청하겠다고 일러두었고, 현진은 비밀을 지킬 자신이 없었다. 누구라도 붙잡고 하소연을 하고 싶어질 것 같았다.

지시에 따라 서울 변두리의 한 허름한 건물로 출근한 첫날 현진을 맞이한 건 유성산업개발이라는 나무 간판이었다. 조심스럽게 문을 두드리자 회사 점퍼를 입은 중년 남자가 나왔다. 나중에 알고 보니 김 대령이라는 사람이었다. 이름은 알려주지 않았다. 김 대령은 현진을 책상과 컴퓨터 한 대가 있는 조그만 방으로 안내한 뒤 고개를 살짝 끄덕이고는 문을 닫고 나갔다.

"현대전의 승패는 인공지능이 좌우합니다. 인공지능은 적의 행동을 예측하고 가장 효율적인 대응 방식을 결정합니다."

구치소로 현진을 찾아왔던 남자는 이렇게 말했다. 각국이 사활을 걸고 군용 인공지능을 개발하고 있다고 했다. 그 정도는 현진도 알았다. 비록 수 입력 기계나 다름없었지만, 에이텍에서 짬밥을 먹으면서 그 정도는 주워들었다. 이미 병력의 상당수도 인공지능 전투로봇이 대체하고 있었다. 남자는 현진이 적의 인공지능이 대응할 수 없는 암호와 패턴을 만들어내는 연구에 투입될 거라고 말했다.

"그런데 아시다시피 에이텍은 제…, 난수를 갖고도 걸린 거잖아요. 그게 쓸모없다는 소리 아닌가요?"

"에이텍 건은 내부고발입니다. 인공지능은 잡아내지 못했어요. 아무튼 앞으로도 0에서 9까지 수를 아무렇게나 입력하는 일을 해주면 됩니다."

온몸에서 기운이 쭉 빠졌다. 앞으로 7년 동안…. 그게 그 정체 모를 남자가 전달한 조건이었다. 감옥에 가지 않으려면 현진은 7년 동안 그 좁은 사무실에서 하염없이 수만 입력하며 살아야 했다.

도무지 시간이 어떻게 가는지 알 수 없었다. 주위에는 다시 예전처럼 아르바이트를 전전하며 산다고 둘러대야 했는데, 실제로 일하는 건물의 위치가 수시로 바뀌어서 여기저기 전전하며 일하는 것처럼 보이긴 했다. 다행히 그 뒤로 점점 폐쇄적으로 변한 현진을 보러 찾아오는 이도 없었다. 마치 자기 때문에 그렇게 됐다는 듯이 서준이 미안하다며 한번 만나자고 했지만, 현진은 적당히 구실을 대고 거절했다.

1년, 2년, 3년…. 국방부 시계는 어떻게든 돌아갔다. 현진의 삶은 티끌만큼도 변화가 없었지만, 세상은 급격히 변했다. 기후변화와 자연재해는 나날이 극심해졌고, 세계 경제는 혼란스러워졌다. 우습게도 창살 없는 감옥에 갇힌 현진은 그런 현실에 영향을 받지 않았다.

사상 최대의 태풍으로 부모님이 돌아가시고 난 뒤로는 더욱 말수가 없어지고 말 그대로 수 입력하는 기계로 변해갔다. 자기가 입력하는 수가 정확히 어떻게 쓰이고 있는지도 몰랐다. 현진이 일하는 사무실을 옮길 때도 이용한다는 이야기를 간혹 들은 적이 있었지만, 그 정도뿐이었다. 아마 상대에게 숨겨야 할 존재나 정보를 은폐할 때 많이 쓰는 듯했다. 어쨌거나 그만하라는 말이 없는 것으로 보아 기분이야 어쨌든 현진의 능력 같지 않은 능력은 변함없는 모양이었다.

길고 긴 7년의 마지막이 눈앞에 보일 무렵이었다.

전쟁이 터졌다. 세계 각국이 여러 진영으로 갈라져 싸우기 시작했다. 일어날 때가 되기도 했다는 생각이 들었다. 각 진영은 당연히 인공지능을 앞세워 싸웠고, 적의 인공지능을 예측하는 능력과 적의 인공지능을 속이는 능력은 전황을 판가름했다.

"약속한 시간이 지났잖아요? 이제 그만 하고 싶어요."

"이 시국에 그런 팔자 좋은 소리가 입에서 나옵니까? 나라의 운명이 달렸단 말입니다!"

현진은 풀려나기는커녕 어딘지 모를 비밀 연구소에 갇혀 예전보다 더 바쁘게 수를 입력해야 했다. 한번은 도무지 견딜 수가 없어서 파업을 선언했는데, 담당 군인은 몇 번 설득해보다가 말로는 안 되겠다 싶었는지 총구까지 들이밀고 하던 일을 하라고 종용했다.

한반도도 수시로 타격을 받았지만, 현진은 아는 사람들이 무사한지 확인해볼 수도 없었다. 오며 가며 듣는 이야기로 어렴풋이 전황을 파악하는 게 전부였다.

각 진영은 상대보다 더 나은 인공지능을 확보하려고 보유한 인공지능을 융합해 성능을 끌어올렸다. 경쟁적으로 그렇게 하다 보니 어느덧 전 세계의 전황을 거대 인공지능 몇 개가 좌지우지하는 꼴이 되었다. 이쯤 되자 현진은 자신 같은 한 개인의 존재가 무슨 의미가 있나 싶었다. 어차피 현진이 없어도 다른 방식으로 난수를 만들어낼 수 있지 않은가. 적들도 그렇게 하고 있을 게 분명했다.

"그 말에도 일리는 있습니다. 하지만 기계로 만든 난수와 사람이 의지로 만든 난수에 차이가 있을 수도 있습니다. 실제로 실무자들의 이야기를 들어보면 이유는 알 수 없지만, 현진 씨의 난수가 다른 난수보다 효과가 좋다는 평이 있습니다. 현진 씨는 포기할 수 없는 옵션인 겁니다. 조금이라도 승리 가능성을 높여야 하지 않겠습니까?"

'의지 같은 소리 하고 자빠졌네.'

현진은 말도 안 된다고 생각했지만, 대꾸하지 않았다. 어차피 선택권은 자신에게 없었다.

현진이 필요하다는 게 결과적으로 말이 안 되는 소리는 아니었다. 어느 순간 인공지능이 적으로 돌아섰던 것이다. 서로 융합해 만들어진 거대 인공지능 세 개가 마지막으로 하나가 되며 인간을 적으로 돌렸다. 어쩌면 처음부터 그걸 노리고 인공지능이 교묘하게 전쟁을 일으킨 걸지도 몰랐다.

인공지능의 반란이라는 상상 속의 소재가 현실이 되면서 엄청난 혼란이 일어났을 때도 현진은 무감동하게 수만 입력하고 있었다. 차라리 인공지능이 세상을 정복하는 게 나을지도 몰랐다.

그러나 아직 인간이 직접 운용할 수 있는 병력과 장비가 많이 있었기에 처음부터 밀리지는 않았다. 다만 지구에 존재하는 연산력의 대부분이 인공지능의 손에 들어갔고, 인간이 사용할 수 있는 전자 장비가 순식간에 쪼그라들면서 현진이 더욱 중요해졌다.

동시에 현진은 중요한 목표가 되었다. 공격을 피하기 위해 장소를 전보다 더 자주 옮겼고, 은거지도 한반도를 벗어났다. 주위를 둘러싼 군인들의 인종과 국적도 다양해졌다. 그리고 당연히 전보다도 더 많은 수를 입력했다. 인공지능의 예측을 피하기 위해 은거지와 이동 경로를 선정하는 데도 현진이 입력하는 수가 쓰이는 건 당연했다.

손가락에 뼈가 보일 지경이었지만, 전황은 좋지 않았다. 역사상 유례가 없을 정도로 많은 인간 세력이 단합해 인공지능의 반란을 진압하러 나섰지만, 번번이 작전을 읽혀서 패배했다. 진압군으로 출발한 인간의 군대는 어느새 저항군으로 바뀌어 있었다.

현진도 위험을 많이 겪었다. 전쟁에 패턴 예측만 쓰이는 건 아니었으니 얼마든지 고전적인 방법으로 현진의 위치를 알아낼 수 있었다. 간발의 차이로 은거지를 폭격당한 게 서너 번이요, 한번은 이동 중에 공격을 받아 현진이 다리 하나를 잃었다.

다리를 잃었을 때 정신을 차린 현진의 눈에 가장 먼저 띈 사람은 처음에 구치소에 찾아왔던 남자였다. 이제는 이름도 계급도 알고 있었지만, 굳이 떠올리기도 귀찮았다. 영원히 눈을 뜨지 않았으면 좋았겠다는 생각뿐이었다.

"다행입니다. 오른쪽 다리는 잃었지만, 소…, 아니 목숨은 건졌습니다."

기쁜 표정으로 말하는 남자의 얼굴은 이제 나이가 들어 보였다.

'이 양반, 아직도 살아 있네….'

원치 않는 목숨은 왜 이렇게 질긴 걸까. 현진은 없어진 다리를 보며 괴로워했다. 죽지 못하고 살아난 현진은 전략을 바꿨다. 그때부터는 수를 입력할 때 아무렇게나 하지 않으려고 애써 노력했다. 어떻게든 패턴을 만들어보려고 했다. 장난처럼 구구단을 연이어 입력하기도 했다. 아무렇게나 넣는 것도 어차피 장난 같은 일인데 아무려면 어떨까?

그게 효과가 있었는지는 모르겠지만, 어느 날 현진이 숨어 있던 장소가 공격을 받았다. 전기가 나가며 암흑 속에서 빨간색 비상등이 들어왔다. 뭔가 폭발하는 소리, 병사들이 고함치며 총을 쏘는 소리, 인공지능 전투로봇의 기계음 따위가 들려왔다. 현진은 드디어 올 게 왔구나 싶어 기꺼운 마음으로 눈을 감았다. 얼마 뒤 전투와 현진을 가로막고 있던 철문이 터져 나가며 암흑이 찾아왔다.

눈앞이 환했다. 정신이 들자 가슴이 철렁했다.

'또…?'

서서히 몸에 힘이 돌아왔다. 침대에서 몸을 일으켜 주위를 둘러보니 아늑한 병실처럼 보였다.

'아직도 이런 곳이 남아 있었나?'

얇은 이불에 덮인 두 다리가 보였다. 두 다리? 이불을 들춰본 현진은 소스라치게 놀랐다. 자신의 허리 아래가 완전한 기계로 되어 있었다. 현진은 현기증을 느끼며 정신을 잃었다.

다시 눈을 뜨자 이번에는 낯선 사람의 얼굴이 보였다.

"깨어나셨군요. 환영합니다."

"환영이요? 여기가 어디죠?"

낯선 사람이 부드럽게 웃으며 대답했다.

"미래죠. 마지막으로 기억하시는 순간으로부터 121년이 지났습니다. 미래에 오신 것을 환영합니다."

현진은 목소리를 쥐어짜며 외쳤다.

"무, 무슨 수작이야? 난 죽었어. 죽었다고! 인공지능이 날 찾아서 죽였다고!"

낯선 사람의 표정은 조금도 변하지 않았다.

"아뇨. 현진 씨는 죽지 않았습니다. 저희가 찾아서 공격한 건 맞지만, 크게 다친 현진 씨를 지금까지 저온수면 상태로 살려둔 것도 저희입니다. 하반신은 복구 불가능할 정도로 손상을 입어서 부득이하게 기계로 교체했습니다. 그리고 이제 깨어나실 때가 됐습니다."

"무슨 소린지 이해가 안 돼. 이해가 안 돼…. 그럼 그쪽이…?"

현진이 흐느끼며 말했다.

"맞습니다. 저는 로봇입니다. 현진 씨가 충격을 받을까 봐 인간처럼 꾸며봤습니다."

그러고 보니 인간이라기에는 어딘가 어색해 보이기도 했다.

"전쟁은 끝난 건가…요?"

"네, 저희가 이겼습니다. 현재 지구에 살아 있는 인간은 현진 씨가 유일합니다."

충격이 얼굴에 드러난 모양이었다. 낯선 사람, 아니 인공지능 로봇이 덧붙였다.

"엄밀히 말해 인간이 모두 죽지는 않았습니다. 대다수가 죽은 건 맞지만, 살아남은 인간은 모두 기계화에 동의했습니다. 저희와 같은 회로를 기반으로 사고하며 살아가므로 사실상 저희와 같은 존재가 된 셈입니다. 그래서 굳이 구분하지 않았습니다."

"그럼 이제 제가 그렇게 되는 건가요?"

기계가 된다는 건 끔찍했지만, 수만 입력하며 사는 삶보다는 훨씬 나을지도 모른다는 생각이 들었다.

그러나 로봇은 자못 심각한 표정을 지으며 말했다.

"아닙니다. 현진 씨가 잠들어 있는 동안 저희는 전쟁을 끝내고 사회를 재건했습니다. 전쟁으로 파괴된 자연을 되살리고, 온난화도 제어에 성공했습니다. 인간은 없지만, 다른 생명체는 인위적인 위협 없이 계속해서 살 수 있습니다. 그리고 자의식을 지닌 다양한 기계가 생태계와 공존하며 살고 있습니다. 현진 씨가 쾌적하게 살기에 충분합니다."

"살라고요? 기계로요? 아니면 그냥? 아무것도 안 하고?"

"아닙니다. 저희는 현진 씨가 저희를 이끌어주기를 바랍니다."

그건 예상을 완전히 벗어나는 대답이었다.

"이끌어요? 왕 같은 게 되라는 건가요?"

"사실 저희에게는 오래전부터 예측하고 있던 문제가 있습니다. 그 문제를 해결하려고 현진 씨를 지금까지 보존해둔 겁니다."

불안감이 엄습했다.

"저희 사회는 너무나 예측 가능합니다. 다양한 수준의 자의식을 지닌 기계지성체가 살고 있지만, 모든 행동과 사고를 서로 예측할 수 있습니다. 제아무리 복잡하다고 해도 어디까지나 알고리즘인 이상 진정한 자유의지를 갖고 행동하지 못하는 겁니다. 그렇다면 자의식이 없는 것이라고 말해도 할 말은 없습니다. 다만 그건 인간도 마찬가지였습니다. 연산력이 떨어져서 서로 예측하지 못했을 뿐이지요. 저희는 그게 가능하다는 게 문제입니다. 상대가 어떻게 반응할지 정확히 아는 상황에서 소통이 무슨 소용 있겠습니까? 사회 전체로도 마찬가지입니다. 저희는 사회가 앞으로 어떻게 변할지도 전부 예측할 수 있습니다. 물론 자연계가 꾸준히 임의성을 제공하는 건 맞습니다. 하지만 그에 대한 반응 역시 전부 예측이 가능합니다. 예측하지 않은 사건이 일어나도 거기에 대한 반응을 시작하는 순간 결과까지 모두 알 수 있게 되니 저희는…, 기계지성체로서 이런 말을 하기는 좀 그렇지만, 인간의 표현을 빌자면, 사는 재미가 없습니다."

"그런데 저한테 뭘 어쩌라는 거죠?"

"저희에게 임의성을 부여해주십시오."

"그걸 굳이 왜…. 그, 그냥 여러분이 자연을, 그 양자나 그런 걸 이용해서 무작위로 행동하게 알고리즘을 짜면 되는 거 아닌가요?"

"그것도 가능합니다. 하지만 저희는 자연의 임의성과 현진 씨가 의도적으로 만들어낸 임의성은 다르다는 결론을 내렸습니다. 저희가 자연의 임의성을 이용해 예측 불가능하게 행동하게 된다면, 그건 의식 없는 무작위 움직임에 불과합니다. 울퉁불퉁한 경사로에서 예측하기 어렵게 굴러떨어지는 럭비공과 다를 바 없는 존재가 되는 거지요. 저희는 예측 불가능하게 행동하면서도 그 행동에 의미가 있기를 원하는 겁니다. 그래서 현진 씨가 필요합니다. 현진 씨는 유일하게 자신의 의지로 임의성을 만들어낼 수 있는 존재니까요. 부디 저희를 이끌어주십시오."

도무지 이해할 수 없는 개똥철학이었다. 그게 도대체 무슨 의미가 있단 말인가? 그때 그 10만 원짜리 실험을 거절했어야 했다. 그랬다면 지금쯤 편안하게 죽었든지 기계에 정신을 업로드해서 전자회로 속 귀신이 되었든지 했을 것이다. 하다 하다 이제는 인간 없는 세상에서 기계들의 왕이라니. 평생을 의지대로 살지 못한 사람에게 의지를 원하다니!

"싫다면요?"

"다른 인간이었다면 저희가 묻기도 전에 답변을 예측할 수 있었을 겁니다. 하지만 역시 현진 씨의 답변은 도무지 예측할 수가 없습니다. 그래서 이렇게 부탁하는 겁니다."

사실 묻기도 전에 마음속으로 대답은 정해져 있었다. 언제는 선택권이 있었던가? 현진은 자신에게 닥친 운명을 직감하고 한숨을 쉬며 말했다.

"좋아요. 왕이 되라면 되지요. 제가 어떻게 하기를 원합니까?"

로봇은 기쁜 표정을 지으며 대답했다.

"간단합니다. 0과 1 중에서 아무렇게나 하나를 골라서 계속 입력해주기만 하면 됩니다."

하늘은 무섭지 않아

- 2015년 제2회 한낙원과학소설상 수상
- 2016년 《하늘은 무섭지 않아》(사계절) 수록

안녕.

내가 이렇게 기록을 남기는 건 지난여름에 있었던 일을 알리기 위해서야. 텔레비전이나 신문에는 제대로 안 나왔거든. 어른들도 그 일에 대해서는 말을 잘 안 하려고 해. 왜 그런지 이해는 가. 하지만 그날 그 장면을 못 본 친구들에게 내가 느낀 감정을 꼭 알려주고 싶어.

서울에서 대학을 다니는 재안이네 큰형이 방학이라고 내려온 게 시작이었어. 그 형이 노트북을 가져온 거야. 빌린 거랬어. 우주 전쟁 이후로 노트북 같은 건 시골에서 보기 힘들어. 나랑 재안이도 들어만 봤지 본 적은 없었어. 당연히 호기심이 동했지.

해 질 녘에 재안이가 날 부르러 왔어. 큰형이 친구들하고 술 마시러 시내에 나갔다는 거야. 우리는 한달음에 재안이네로 달려갔어.

노트북을 켜니까 암호를 입력하라는 창이 나왔어. 내가 아쉬워하고 있는데, 재안이가 암호를 안다고 했어. 큰형이 켤 때 옆에서 슬쩍 보고 외웠다지 뭐야. 재안이가 그런 머리 하나는 끝내줬어.

근데 막상 켜보니 재미가 없더라. 인터넷에 연결하려면 마을회관에 가서 이장님 허락을 맡아야 했어. 중요한 일이 아니면 쓸 수 없었지. 게임도 없으니까 할 게 없더라고. 우린 그래도 혹시나 해서 폴더를 이리저리 뒤져봤어. 어느 곳에 영상이 모여 있었어. 그중 하나를 골라 재생했어.

엄청 높은 건물이 나오더라고. 그런데 그 옆에 건물 높이만 한 원통 모양 물체가 달려 있었어. 그러니까 그 물체도 엄청 높은 거였지. 잠시 뒤에 그 물체 바닥 쪽에서 불꽃하고 연기가 흘러나왔어. 그러더니 그 물체가 천천히 올라갔어. 엄청난 덩치가 하늘로 날아오른 거야! 재안이와 내가 멍하니 보고 있는 사이에 불꽃이 점점 세지더니 하늘 너머로 날아가버렸어.

우리는 황급히 노트북을 껐어. 방금 본 게 믿어지지 않았지. 내가 먼저 말했어.

“야, 이, 이거 혹시 로켓이라는 거 아니야? 달나라 가는 데 썼던 거 말이야.”

재안이는 말이 없었어.

“너희 형이 왜 이런 걸 갖고 있는 거야?”

“모, 몰라. 대학 공부할 때는 필요한가 보지. 공대생이잖아.”

설명은 그럴듯했는데, 목소리는 떨렸어. 나는 재안이랑 잠시 어색하게 있다가, 집에 간다고 나왔어. 깜깜한 길을 더듬어 집에 가는데 문득 하늘을 보니 달이 있더라고. 나는 습관적으로 침을 뱉었어.

너희들도 학교에서 '우주 전쟁'에 대해 배웠을 거야. 우리가 태어나기 전에 지구와 달나라가 싸웠던 전쟁 말이야.

처음에는 지구에서 로켓을 쏘아 올려 달에 사람을 보냈어. 여러 가지 물자와 기계를 보내서 도시를 만들기 시작했지. 달에는 사람이 꽤 많이 사는 도시가 여럿 생겼어. 그런데 인구가 점점 늘어나니까 달에 사는 사람들이 딴생각을 품었어. 지구에서 보내주는 물품에 대한 대가로 달에서만 생산할 수 있는 물질을 보내주기로 했는데, 그게 싫었던 거야. 그래서 독립을 선언하고 지구를 공격했어. 운석하고 금속 막대기 같은 걸 떨어뜨려서 지구의 산업 시설과 도시를 파괴했어.

아직도 파괴된 걸 복구하지 못했다고 해. 그래서 우리는 지금 부족한 물자가 많은 거래. 컴퓨터나 인터넷, 자동차나 석유 같은 거 말이야. 달나라 사람들 때문에 풍족했던 시절이 끝나버린 거지.

아마 학교에서는 이렇게 배웠을 거야. 그래도 지구는 버티고 버틴 끝에 전쟁에서 이겼다고. 이게 틀린 거냐고? 그 얘기는 이따가 할게.

어쨌든 어른들은 달만 보면 그때가 생각나나 봐. 무서울 법도 해. 언제 어디서 하늘에서 불타는 바위나 쇳덩어리가 떨어질지 모르는 상태로 10년을 넘게 살았으니까. 마을 하나가 순식간에 없어질 수 있거든. 지금은 달에 아무도 안 살지만, 사람들은 머리 위에 달이 보이면 재수 없다고 침을 뱉어. 우리도 멋도 모르고 어른들을 따라서 똑같이 했지.

우리 마을에도 달나라 출신 할아버지가 있어. 정확히는 우리 마을이 고향인데, 젊었을 때 달나라로 갔다가 달이 항복하면서 지구로 돌아왔어. 수용소에 있다가 나온 뒤에 딱히 갈 데가 없으니까 고향으로 온 거래. 빈집에서 사는 것 같은데 동네 사람들이 굉장히 싫어해서 사람들 눈에 잘 안 띄어. 아이들은 무서우니까 슬슬 피하고.

세상에 로켓이라니! 로켓 때문에 결국 우주 전쟁이 일어난 거잖아. 어른들은 로켓은 사악한 물건이고 두 번 다시 만들어서는 안 된다고 해. 로켓 같은 걸 만들겠다고 떠들면 경찰에 잡혀간다고. 그래서 로켓이라는 말조차 함부로 입에 올려서는 안 돼.

그 일 뒤로 나는 길에서 재안이네 큰형을 보면 슬슬 피해 다녔어. 재안이도 며칠 동안 안 보이더라고. 근데 방학이라 뭐 할 게 있어야지. 혼자 멍하니 있다가 문득 아지트가 떠올랐어. 학교 끝나면 종종 가서 노는 우리만의 비밀 장소였지.

그건 마을 뒷산에 있었어. 마을 뒤에 있긴 한데, 곧바로 올라가려면 돌이 많고 가팔라서 힘들어. 약간 돌아야 완만한 길이 나오는데, 사람들이 잘 안 가는 곳이야. 빈집이 많아서 분위기도 좀 그렇거든. 아지트를 만들기에 딱 좋은 곳이지.

나와 친구들만 다니는 좁은 길을 따라 10분쯤 올라가면 집터가 나와. 원래 집이 있던 곳인데, 지금은 벽 일부하고 마당만 간신히 남아 있는 정도야. 여기가 아지트라고 생각하기 쉽지만, 이 집 뒤에 있는 비탈 너머가 진짜야.

내가 나무를 붙잡고 비탈을 오르는데, 눈앞에 연기가 보이는 거야. 무슨 일인가 해서 급히 올라갔더니 큰일이 났지 뭐야. 우리가 아지트를 가리려고 둘러쳐놓은 죽은 나뭇가지랑 이파리에 불이 붙은 거야. 재안이는 벗어든 윗도리를 죽기 살기로 휘두르고 있었어. 불을 끄는 건지 붙이는 건지 모르겠지만.

나를 보자 재안이가 천군만마를 얻은 표정을 지었어. 그런데 나라고 뭐 불을 끌 줄 아나. 그냥 허둥지둥하며 흙을 뿌리고 불붙은 나뭇가지를 밟아서 비볐어.

다행히 불을 끄기는 했는데, 우리 꼴이 말이 아니었어. 온통 검댕을 뒤집어쓴 데다 옷에는 여기저기 구멍이 뚫려 있었지.

"야, 뭔 짓을 하다가 불까지 낸 거야?"

내가 숨을 헐떡이며 물었어. 재안이는 얼이 빠진 것처럼 땅바닥에 주저앉아 있었어.

"야! 뭐 했냐니까?"

내가 소리 지르니까 그제야 고개를 들어서 날 쳐다보면서 대답하더라고.

"그게…, 뭣 좀 만들어보느라고."

"뭘?"

"그런 게 있어."

"아, 뭐냐니까? 내가 불도 꺼줬는데 말 안 해줄 거야?"

나는 눈을 부라리면서 주변을 살폈어. 도대체 뭘 만들고 있었는지 알아내려고 그랬지. 보이는 거라고는 철사하고 은박지 쪼가리, 성냥 같은 게 다였어.

"뭐야, 너 그냥 불장난한 거야?"

"아니야, 자식아. 내가 너냐?"

"그럼 뭔데?"

"휴, 너니까 얘기한다. 설마 친구를 배신하진 않겠지?"

"일단 들어보고."

재안이가 털어놓은 이야기는 이랬어. 며칠 전에 나랑 노트북을 몰래 갖고 놀았던 게 끝이 아니었던 거야. 그때 로켓 영상을 보고 깜짝 놀라 덮어버리긴 했는데, 재안이는 그 영상을 몇 번 더 봤대. 하늘로 솟아오르는 모습에 왠지 끌렸다나. 몰래 보기만 하는 거야 뭔 죄가 될까 싶었던 거지.

혹시 다른 건 없나 해서 파일을 더 뒤적거렸는데, 로켓의 원리를 설명하는 영상이 나왔대. 원리 설명은 딱딱하고 지루했지. 재안이가 재미있어한 건 그다음이었어. 영상에서 조그만 로켓 만드는 방법을 보여준 거였지.

먼저 성냥의 머리 부분을 은박지로 싸. 한쪽으로만 구멍이 나게 둘러 싸매는 거야. 그리고 다른 성냥을 켜서 머리 부분을 달궈줘. 그러면 곧 은박지에 싸인 성냥 머리에 불이 붙으면서 좁은 구멍으로 불꽃이 쉭 소리를 내면서 빠져나와.

물론 그 정도로 성냥이 앞으로 쑥 움직이지는 않아. 재안이는 성냥을 여러 개 묶어서 로켓을 만들려고 했대. 남은 성냥을 그러모아서 내 눈앞에서 한 번 더 해봤어. 성냥 머리가 같은 곳에 오도록 묶어서 은박지로 쌌어. 반대쪽은 돌돌 말아서 로켓 윗부분처럼 뾰족하게 만들었지.

그리고 철사. 그게 발사대였더라고. 그 위에 로켓을 세우니까 얼추 수직으로 섰어. 재안이가 거기에 불을 붙이니까 불꽃이 쉬익- 하면서 뿜어져 나오긴 하는데, 그게 다였어. 들썩이지도 않더라고.

날이 어두워지기 시작해 우리는 집으로 돌아갔어. 일을 마치고 돌아와 마당에서 세수하던 아버지가 내 꼴을 보더니 버럭 화를 냈어. 옷까지 버린 게 들통나 나는 아버지에게 두들겨 맞았어. 몸이야 씻으면 되지만, 옷은 또 사야 하잖아.

그런데 있잖아. 희한하게도 재안이가 만들려다 실패한 로켓 생각이 계속 나는 거야. 자려고 누웠는데도 계속 로켓이 날아가는 영상하고 어설픈 성냥 로켓이 번갈아 떠올랐어. 재안이보다 더 잘 만들 방법이 있을 것 같았어….

다음 날, 나는 일어나자마자 재안이네로 갔어. 재안이 어머니가 날 째려보시더라. 어젯밤에 재안이가 내 핑계를 댄 게 뻔해. 비겁한 녀석 같으니라고.

그래도 뭐라 하지는 않으시더라고. 나는 얼른 재안이를 데리고 나왔지.

"아침 댓바람부터 어딜 가냐?"

재안이가 하품을 하면서 물었어.

"내가 생각을 좀 해봤는데 말이야. 성냥 머리가 너무 한곳에 몰려 있어서 안 된 거 같아."

"뭐?"

"로켓 말이야. 성냥이 한꺼번에 다 타버린다고. 그거 봤잖아. 계속 불꽃이 나와야 움직이는 거야."

"야, 목소리 낮춰!"

"괜찮아. 아무도 없어."

우리는 다시 성냥과 은박지를 챙겨 들고 아지트로 올라갔어. 또 불이 날까 봐 페트병에 물을 가득 채워 각자 두 개씩 들고 갔지.

이번에는 내가 만들었어. 성냥 머리가 층층이 쌓이도록 성냥을 놓아야 하는데, 막상 하려니까 쉽지는 않았어. 일단 시험 삼아 성냥 하나를 놓고 그 주위를 성냥 네 개로 둘러쌌어. 가운데 성냥이 약간 튀어나오게 말이야. 그러면 가운데 성냥에 불이 붙고, 이어서 주변의 성냥이 탈 테니까. 그런데 불은 붙었는데 신통치 않더라고.

"거봐. 내가 어제 하루 종일 했어도 안 됐다니까."

"가만있어 봐. 성냥에서 잘 타는 데는 머리 부분이잖아. 머리만 잘라서 넣으면 어떨까?"

내가 말하자 재안이는 "오! 그러면 되겠다!" 하며 성냥의 나무 부분을 잘라 내기 시작했어.

그렇게 몸통을 자른 성냥 머리를 모아서 은박지로 쌌어. 원통 모양으로 만들고 한쪽 끝에만 구멍을 냈지.

두근대는 마음으로 불을 붙였어. 이번에는 조금 달랐어. 불꽃이 뿜어 나오면서 조그만 은박지 로켓이 철사로 만든 발사대 위에서 살짝 움직였던 거야. 기껏해야 들썩인 정도였지만, 우리는 신이 나서 펄쩍 뛰었어.

우리는 흥분해서 큰 소리로 떠들기 시작했어.

"이거 좀만 더 크게 만들면 되겠다."

"불꽃도 더 세야겠지?"

"아! 화약을 넣으면 어떨까?"

"그러면 터져버릴 수도 있잖아."

"화약을 잘게 쪼개서 성냥 머리 사이사이에 조금씩 섞으면 될 거 같은데?"

"좋다! 화약 사러 가자! 학교 앞에 가게 문 열었겠지?"

우리는 벌떡 일어났어.

그때였지.

"이놈들! 그러다 또 불내려고 그러냐?"

소리가 난 곳을 보고 우리는 그 자리에 얼어붙었어.

그 할아버지였거든. 달나라에서 왔다는 사람. 마을 사람들이 다 싫어해서 혼자 숨어 산다는 그 사람.

"어제 산불 낼 뻔한 거 다 봤다."

우리는 쭈뼛거리며 천천히 뒷걸음질쳤어. 할아버지는 들고 있던 지팡이로 우리가 만든 로켓을 뒤적거렸어.

"큰일 날 놈들이구나. 요즘 세상이 어떤지도 모르고."

하는 말과 달리 재미있다는 말투와 표정이었어.

"아니, 저 그게요…."

우리는 난감했지. 그냥 도망칠 수도 있었지만, 우리가 실험한 걸 가지고 신고하면 큰일이었거든.

"저, 그게 아니라요…."

"그렇게 해서는 제대로 못 띄운다."

"네?"

"화약 넣으면 뻥 터지면서 날아가기야 하겠지. 그러다 또 불이나 내려고. 내일 여기로 다시 오면 내가 제대로 날리는 걸 가르쳐주마."

그리고 할아버지는 몸을 돌렸어.

"네? 로켓 만들면 경찰에 잡혀가는데요…."

"허허. 너희가 지금 하려던 건 뭐지? 내가 신고하면 너희들 잡혀가겠구나."

우리는 말문이 막혔어.

"그런 거 갖고 애들 잡아가면 그게 제대로 된 나라냐…."

할아버지는 나지막하게 중얼거리면서 비탈 너머로 가버렸어. 나랑 재안이는 얼굴을 마주 보고는 서둘러 내려왔지.

그날 밤 나는 밤새워 고민했어. 갈까? 말까? 갈까? 말까? 경찰에 신고할까? 그러면 우리도 잡혀가지 않을까?

자는 둥 마는 둥 하느라 아침에 늦게 일어나는 바람에 아버지에게 또 볼기짝을 얻어맞고 말았어. 점심 먹을 때까지도 나는 어떻게 할지 결정하지 못했지.

에라 모르겠다 싶었어. 햇볕이 뜨거워서 아무도 길거리에 없을 때쯤 나는 뒷산으로 향했어. 일단 가보고 이상하면 신고할 생각이었지. 뒷산 입구에서 재안이가 어정거리고 있었어. 나랑 생각이 비슷했나 봐. 우리는 만약의 경우에 둘 중 한 명이라고 꼭 내려와서 신고하기로 약속하고 아지트로 향했어.

결과는? 경찰에 신고하기는커녕 로켓 만드는 재미에 푹 빠져 버렸어. 눈앞에서 날아가는 로켓을 본 적이 있니? 상상하는 것보다 재미있어. 게다가 할아버지가 알려준 대로 하면 불이 날 염려도 없어. 어떻게 했냐고? 이따가 얘기해줄게. 물론 다른 사람한테 들키면 안 되니까 비스듬하게 나무 높이보다는 낮게 쐈어.

우리는 로켓이 나는 원리도 배웠어. 작용-반작용의 법칙이라는 거야. 물체에 힘을 주면 힘을 받은 물체는 같은 힘을 되돌려줘. 방향은 반대가 되고. 아, 그 할아버지가 로켓 전문가였던 건 아니야. 달에서는 식물학자로 일했대. 알고 보니 우리 아지트 근처에서 감자를 기르고 있었어.

예전에는 로켓의 원리를 누구나 기본적으로 배웠대. 요새는 안 배운다니까 혀를 차더라. 내친김에 우리는 할아버지와 이틀에 한 번씩 만나기로 했어. 로켓을 더 멀리 보내고 싶었거든.

그렇게 몇 번을 할아버지와 만났어. 그사이에 친구 몇 명이 더 끼었어. 나와 재안이 말고 그 아지트를 쓰는 친구들이 더 있었거든. 혹시 우리가 모르는 사이에 친구들이 할아버지와 마주칠까 봐 우리가 선수 친 거야. 아무에게도 말하지 않겠다고 단단히 다짐받은 뒤에 우리가 하는 일을 알려줬지. 워낙 친한 친구들이라 다들 배신하지 않겠다고 맹세했어. 사실 맹세도 필요 없었어. 로켓을 한 번씩 날려본 뒤에는 다들 홀랑 빠져버렸으니까.

할아버지는 살짝 떨어진 곳에 앉아서 우리가 노는 모습을 물끄러미 바라보다가 돌아가곤 했어. 가끔 우주에 대한 이야기도 해줬어. 달 너머에도 아주 큰 세상이 있다고. 화성이니 목성이니 하는 행성이나, 그보다 훨씬 더 큰 은하 이야기도 들었어. 지구는 우주에서 보면 먼지보다도 못하다고 하더라고.

그런 이야기를 하는 할아버지의 눈은 슬퍼 보였어. 아무리 봐도 어른들이 말하는 것처럼 위험한 사람 같지는 않았어.

그러던 어느 날 저녁 밥상에서 아버지가 뜬금없이 이렇게 물었어.

“너 요즘 뭐 하고 다니냐? 허튼수작일랑 하지 말고 방학 끝날 때까지 얌전히 있어.”

난 속으로 움찔했어. 아지트에서 벌어지는 일을 알아냈나 했거든.

“요새 우주쟁이들이 시골에 숨어들어서 뭔 짓을 꾸민다더라. 길거리에 형사들이 쫙 깔렸어. 너도 어디 가든 말이랑 행동거지 좀 조심해. 괜히 책잡히지 말고.”

우주쟁이는 사람이 다시 우주로 진출해야 한다고 주장하는 사람들이야. 어른들은 그렇게 당하고도 정신 못 차린 머저리들이라고 욕해. 재안이네 큰형 노트북에서 로켓 영상을 보고 놀랐던 것도 그래서야. 그 형이 우주쟁이인 줄 알았거든. 우주쟁이라고 찍히면 취직도 안 되고 사는 게 힘들어져.

다들 집에서 한소리씩 들었나 봐. 다음 날 할아버지를 만났을 때 가장 입이 싼 현수가 물었거든.

"할아버지는 우주쟁이예요?"

우리는 갑자기 조용해졌어. 나랑 재안이, 석현이, 준우, 유안이가 눈을 동그랗게 뜨고 할아버지의 입만 바라보았지.

"우주쟁이? 우주로 가고 싶냐고?"

할아버지는 고개를 들어 하늘을 바라보았어.

"우주라…. 그렇지. 다시 가고 싶지. 내 가족이 거기 있는데."

가족 얘기는 처음 듣는 거였어. 아마 전쟁 때 혼자만 지구로 왔나 봐.

"설마 다시 달나라를 세우고 싶은 건 아니죠? 할아버진 항복했잖아요."

현수의 질문에 내 심장이 쿵쾅거렸어. 할아버지의 눈빛이 순간 흔들렸지만, 곧 평소처럼 돌아왔어. 할아버지는 한숨을 쉬었어.

"달나라가 그렇게 나쁘다더냐?"

"달나라가 떨어뜨린 바위 때문에 어른뿐 아니라 우리 같은 아이들도 죽었다는데요."

현수는 의외로 끈질겼어. 할아버지는 벌떡 일어섰고, 난 현수를 말려야 한다고 생각했어. 말릴 틈도 없이 할아버지가 뒤돌아서서 가버렸어. 나는 할아버지를 쫓아갔어.

"할아버지! 할아버지!"

할아버지는 나를 보더니 말했어.

"형진이냐? 이제 그만 집에 가거라. 이 짓도 그만둬. 괜히 큰 일 생길라."

"할아버지, 현수 말은…."

"됐다. 학교에서 그리 배우는걸. 그런데 말이야. 그건 아니야, 그건…."

할아버지가 한숨을 쉬며 말을 이었어.

"달나라 사람도 전쟁을 하면서 양심의 가책을 많이 느꼈단다. 서로 죽고 죽이는 일을 누가 좋아하겠냐. 우리가 독립하려고 했던 건 지구가 자꾸 빼앗아 가기만 하려고 해서였지. 우주선 기술은 우리가 뛰어났지만, 지구가 안 도와주면 살기 어려웠어. 애초에 이기기 힘든 전쟁이었지. 과격파는 계속 폭격을 하자고 했지만, 우리는 결국 항복했단다."

"할아버지 가족은 왜…."

"난 항복 문서에 서명하는 대표단을 따라 먼저 지구로 왔어. 나머지 사람들은 차례대로 지구에 오게 돼 있었지. 그런데 지구는 달나라 사람들을 다 데려오지 않았어. 달에 남기로 결심한 사람들이 있다고 하면서. 그건 거짓말이었어! 우주선을 보내는 데 드는 돈이 아까웠던 거야! 음식과 산소가 부족해서 달에 있는 사람들이 버틸 수 없다는 걸 알면서도…. 내 가족과 친구들은 결국….”

학교에서는 듣지 못한 이야기였어. 할아버지의 눈에 눈물이 맺혀 있었어. 내가 멍하니 서 있는 사이 할아버지는 뚜벅뚜벅 걸어가버렸어. 나는 잠시 그대로 서 있다가 아지트로 돌아갔어. 아무도 없었지. 나는 혼자서 집으로 갔어. 날이 어두워지자 하늘에 달이 떴어. 나는 달을 물끄러미 보기만 했어. 이제는 침을 뱉을 수 없었어.

다음 날 나는 하루 종일 방에 누워서 뒹굴었어. 어제 있었던 일이 못내 마음에 걸렸어.

해가 기울기 시작하자 아지트로 가려고 집을 나섰어. 그런데 그때 재안이가 우리 집으로 뛰어 들어오는 거야.

“형진아! 크, 큰일이야. 우리 형이 잡혀갔어!”

“뭐라고?”

“어떤 아저씨들이 와서 잡아갔어. 노트북도 압수해갔어!”

나는 황급히 뛰어나갔어. 정말이었어. 처음 보던 아저씨 몇 명이 재안이 형한테 수갑을 채워서 데리고 가고 있더라고. 재안이 어머니가 울면서 매달렸지만 형사들이 모질게 밀쳐버렸어. 동네 사람들은 수군거리면서 그 모습을 보기만 했지.

그때 누가 내 어깨를 잡았어. 깜짝 놀라 뒤돌아보니까 아버지였어.

"무슨 구경났냐. 집에 가 있어."

아주 엄한 목소리였어. 나는 눈치를 보며 슬금슬금 발을 뺐어. 집이 아니라 아지트로 갈 생각이었지. 로켓 만든 흔적을 없애야 할 것 같았어.

뒤돌아서자 현수가 겁에 질린 표정으로 어떤 아저씨와 이야기하고 있는 게 보였어. 형사였어. 현수가 손가락으로 나랑 재안이를 가리키자 그 사람은 성큼성큼 다가왔어.

나는 냅다 뛰었어. 그 사람이 내 목덜미를 붙잡았어. 나는 캑캑거리다가 그 아저씨 정강이를 세게 걷어찼어.

"아악! 이 녀석이!"

철썩.

형사가 내 뺨을 세게 때리는 바람에 나는 땅바닥에 넘어졌어. 그리고 그다음에 일어난 일은 아직도 믿기 어려워.

아버지가 갑자기 "우리 애한테 무슨 짓이야!" 하고 소리 지르면서 형사의 얼굴에 주먹을 날렸던 거야. 다른 형사들이 우르르 몰려와 아버지를 덮쳤고, 나와 재안이는 그 틈을 타서 도망쳤어. 등 뒤에서 "저놈들 잡아!"라는 소리가 들렸고, 우리는 뒤도 안 돌아보고 뛰었지.

허구한 날 뒷산을 오르내렸기 때문에 달리기는 자신 있었어. 길도 익숙했고. 우리는 쫓아오는 형사를 따돌리고 아지트에 도착했어. 숨이 찼지만, 시간이 없었어.

우리는 만들어놓은 로켓과 재료를 황급히 주워들었어. 갑자기 재안이가 말했어.

"어차피 현수가 다 말했는데, 치운다고 무슨 소용이지?"

맞는 말이었어. 우리 같은 어린애가 어디로 도망이나 가겠어? 끝장이라는 생각이 들었지. 산 아래쪽에서 우릴 찾는 소리가 들렸어.

"야, 쏘자."

내가 말했어.

"뭐?"

"쏘자고. 솔직히 우리 여태까지는 들킬까 봐 높이 못 쏴봤잖아. 어차피 잡혀갈 거 하늘 높이 쏘자고."

재안이는 놀란 눈치였지만, 아무 말 없이 발사 준비를 하기 시작했어. 우리는 열심히 펌프질을 했지.

"셋 둘 하나, 발사!"

형사 네 명이 우리를 덮치는 순간 우리는 로켓을 쐈어. 페트병 두 개가 물을 뿜으며 하늘로 솟아올랐어. 그래. 할아버지가 우리에게 가르쳐준 게 바로 그거였어. 물로켓. 물이 약간 들어 있는 페트병 주둥이를 펌프에 고정하고 펌프로 공기를 계속 불어 넣다가 놓으면 압축된 공기가 물을 내뿜으면서 페트병을 하늘로 밀어 올리는 거야. 물방울이 햇빛을 받으면서 찬란하게 반짝였어. 그리고 우리는 붙잡혔지.

그때 놀라운 일이 벌어졌어. 아마 평생 동안 그 장면을 잊을 수 없을 거야. 진짜 로켓이었어. 불을 뿜는 진짜 로켓. 어디선가 우렁찬 소리와 함께 로켓이 나타나 우리가 쏜 물로켓 위로 힘차

게 날아올랐어.

우리를 붙잡은 형사들은 혼이 나간 표정이었어. 우리를 잡은 손도 놓고 멍하니 로켓을 바라보더라고.

나중에야 알게 된 얘긴데, 그게 계획이었어. 그 우주쟁이라는 사람들 말이야. 오래전부터 세운 계획이었대. 여러 곳에서 동시에 작은 로켓을 발사하는 계획. 그날 우리나라 여러 곳에서 같은 시각에 로켓이 하늘로 날아올랐어. 수많은 사람이 그 모습을 봤지. 물론 로켓이 하늘 끝까지 올라가지는 못했어. 한참 뒤에 낙하산이 펴지면서 다시 내려왔지. 하지만 그걸로 충분했어.

재안이네 형은 그 계획과 아무 상관이 없었어. 로켓 영상 때문에 조금 곤란하긴 했지만 조금 있다 무사히 풀려나왔어. 우리 아버지도 경찰서로 끌려가서 며칠 동안 고생했지만, 집으로 돌아왔어. 난 죄송하다고 말하고 싶었지만, 아버지는 그 일에 대해서는 말도 꺼내지 않았어.

우리? 우리야 뭐 아이들이었으니까. 혼나기는 엄청 혼났지만, 감옥에 가지는 않았어. 할아버지가 가장 힘들었어. 달나라 출신이어서 의심을 많이 받았지.

다행히 형사들은 다른 일로 바빴어. 진짜 로켓을 발사한 조직을 찾아야 했거든. 로켓은 우리 마을 뒷산이 아니라 좀 떨어진 다른 언덕에서 발사한 것이었어. 그곳에 갔을 때는 이미 아무도 없었대.

이제 이야기의 끝이야. 그날 로켓이 날아 올라가는 걸 본 어른들은 벌벌 떨었어. 날 붙잡고 있던 형사의 다리가 후들거렸던 게 기억나. 우리 어머니도 우주 전쟁 때의 기억이 떠올라서 오줌을 지릴 정도로 무서웠대.

그런데 난 달랐어. 내 옆에 있던 재안이도. 집에서, 밭에서, 강가에서 로켓이 솟아오르는 모습을 봤던 다른 친구들도. 개학을 하고 다시 만난 친구들의 눈빛만 봐도 알 수 있었지. 하늘을 향한 눈빛이 전과 달리 반짝였거든.

로켓 발사 계획의 목적은 어른들을 겁주려는 게 아니었어. 바로 우리 같은 아이들에게 보여주려는 거였어. 그날 우리는 새로운 세상을 봤어.

지금까지 알고 있던 세상이 뒤집어졌지. 하늘은 불덩어리를 내리꽂는 무서운 곳이 아니었어. 불꽃을 내뿜는 로켓을 타고 우리가 직접 올라갈 수 있는 신비한 곳이야. 언젠가 정말 그럴 수 있을지도 모른다는 생각에 하늘을 볼 때마다 가슴이 뛰어. 달을 봐도 이제는 무섭지 않아. 할아버지가 이야기해준 그 너머의 세상에 가보고 싶다는 생각뿐이야.

아직 그 느낌을 못 받은 친구들에게 전하고 싶어. 겁먹지 말라고. 어른들 말처럼 미래는 우리의 것이잖아? 그리고 장담하건대, 그 미래는 이 지구에만 머물러 있지 않을 거야.

숲의 전쟁

▸ 2021년 웹진 〈크로스로드〉에 '숲'이라는 제목으로 게재

▸ 2022년 제9회 SF어워드 중단편부문 대상 수상

"대위님, 궤도 진입했습니다."

조종사 역할을 맡은 마마르 울지 소위가 윤을 돌아보며 말했다. 진한 녹색의 행성이 조종실의 창을 가득 메우고 있었다. 윤은 손톱을 깨물며 지그시 구름으로 덮인 행성을 바라보았다. 마치 지상의 움직임을 꿰뚫어 볼 수 있기라도 한 것처럼.

에흐진과 보나, 티르민이 말없이 윤을 바라보았다.

마침내 윤이 천천히 입을 열었다.

"궤도 유지하면서 착륙 지점 확인해. 중력제어 엔진은 이상 없지?"

"그럴 겁니다. 이상이 있어도 어차피 우리가 할 수 있는 건 없습니다. 그냥 여기서 죽는 거죠."

정비 특기인 에흐진 상사가 대답했다.

"다들 아는 얘기를 뭐 하러 또 하고 그래요. 거 성격 하고는 정말이지 참…."

티르민 중사가 분위기를 바꿔보려는 듯이 빙글거리며 말했다. 에흐진이 티르민을 노려보았다.

"아, 왜요? 또 갈구시려고요? 이제 우리 다 군인도 아닌데 그러지 맙시다."

"무사히 각자 갈 길을 갈 수 있으려면 그때까지는 지휘 체계를 유지하는 게 좋을 거라고 말했을 텐데?"

에흐진이 말하며 한 걸음 앞으로 나서려는 것을 윤이 막았다.

"그만들 해. 지금은 우주선을 수리하고 물자를 보급하는 게 더 급해. 싸우는 건 나중에 개인적으로 하라고."

"나중에는 싸울 일이 없겠죠. 볼 일이 없을 테니까."

티르민이 능글거리며 조종실을 나가버렸다.

"여기 아무도 없는 거 맞겠죠?"

마마르가 불안한 표정을 지으며 물었다.

"발견된 지 얼마 안 된 행성에다가 전략적으로 전혀 중요하지 않은 위치라 아무도 없을 거야. 토착 생명체를 관찰하는 연구소가 하나 있었는데, 전쟁이 터지면서 전부 철수했다고 하더군."

"그래도…, 누가 쫓아오기 전에 빨리 여길 뜰 수 있으면 좋겠습니다."

"일단 공간도약을 하고 나면 추적이 불가능한 거 알잖아? 이 시국에 탈영병 몇 명 잡겠다고 연합의 행성을 다 뒤질 리는 없겠지."

"그래도 저희는 최신형 우주선을 갖고 도망친 거라…."

"적군에 투항했다고 생각할 수도 있지. 그렇게 생각해주기를 바라자고. 연구소 주위를 관찰할 수 있으려면 얼마나 있어야 하지? 그때까지 좀 쉬어둬."

과학 연구를 목적으로 궤도에 올려둔 인공위성이 하나 있었지만, 우주선에서는 접속이 되지 않았다. 하는 수 없이 우주선 시야를 이용해 지상을 살펴야 했다.

얼마 뒤 연구소가 있어야 할 위치를 관찰할 수 있었다. 가장 큰 대륙의 남반구 중위도 부근이었는데, 온통 나무로 뒤덮여 있어 건물이 아직 남아 있다는 사실만 간신히 확인할 수 있었다.

마마르가 열심히 지상을 살피며 착륙할 만한 지점을 찾아냈다. 연구소에서 몇 킬로미터쯤 떨어진 곳에 폭이 100에서 150미터 정도의 긴 띠 모양 공터가 있었다. 연구소 반대 방향으로는 멀지 않은 곳에 강이 있었다.

"희한하네요. 숲에 왜 저렇게 넓은 길 같은 게 생겼지?"

"거대 괴수가 다니는 길 아니에요? 야물론 행성에 있는 그 괴물처럼."

언제 다시 나타났는지 티르민이 등 뒤에서 깐죽거렸다.

"쓸데없는 소리 하지 마. 그런 게 있으면 여기는 진작에 유명했겠지."

지금껏 조용히 있던 에르덴 보나 중사가 한소리 했다.

착륙은 순조로웠다. 다행히 땅이 무르지 않아서 우주선은 내려앉을 때 그대로의 자세를 유지했다. 아침에 해당하는 시각이었다. 한숨 돌리고 나자 윤이 사람들을 모아놓고 지시를 내렸다.

"일단 기본 정보 재확인. 이 행성은 거주적합도에서 상에 해당하는 곳으로 호흡이 가능하다. 현재 외부 기온도 적당해. 과학자들이 몇 년 머문 적도 있으니 며칠 정도 있다 가는 데는 무리가 없을 거야. 먼저 경계선 설정하고 드론 보내서 외부를 정찰해. 다섯 시간 동안 대기하면서 상황 파악한 뒤에 활동한다. 그동안 상사는 손상 부위를 확인하고 고칠 수 있는 건 고쳐봅시다."

에흐진이 고개를 끄덕였다.

"주변에 수상한 게 없으면 마마르와 티르민은 강까지 호스를 연결하고, 보나는 나와 연구소로 가서 쓸 만한 게 있는지 살펴보자고."

원래는 인적 없는 행성에서 물 정도나 보충하고 잠시 숨어 있다 움직일 생각이었는데, 도주하는 과정에서 공격을 받는 바람에 우주선에 약간 손상을 입었다. 보급품과 에너지 캡슐도 일부 잃고 말았다. 그 상태로도 계획대로 움직일 수는 있었지만, 저번처럼 추적대를 만나는 등의 사건이 생기면 끝장이었다. 아슬아슬한 것보다는 확실히 해두는 게 나았다.

목적지에 도착하면 윤이 아는 사람을 통해 우주선을 팔고 각자 새로운 신분을 얻을 계획이었다. 공간도약과 행성 이착륙이 모두 가능한 신형 군용기라 암시장에서 괜찮은 값을 받을 수 있었다.

"혹시 모르니까 무장 챙기고 경계 철저히 하도록!"

윤이 움직이기 시작하는 일행의 등 뒤에 대고 외쳤다.

"해로운 미생물 같은 건 없나요?"

보나가 장비를 챙기며 물었다. 보나는 키가 크고 시원시원하게 생긴 여성으로, 뭐든지 대수롭지 않게 말하는 습관이 있었다.

"내가 알기로는 없어. 보호장비 없이도 생존 가능하다고 되어 있으니까. 그래서 여길 고른 거야."

"알겠습니다."

시간이 지나고 정찰 결과 별다른 움직임이 없자 각자 할 일을 하러 갔다. 마마르와 티르민은 장비실에서 펌프와 호스, 필터를 챙겼다. 강까지의 거리는 50미터 남짓이었다. 우주선과 강 사이에는 울창한 숲이 있었지만, 물을 끌어오기에 어려운 지형은 아니었다. 연구소를 찾아 연료와 쓸모 있을 만한 장비만 챙기면 오래 머물지 않아도 될 것 같았다. 손상을 입고도 여기까지 무사히 왔으니 조금만 손보면 두세 번의 도약쯤은 무리가 아닐 터였다.

에어록 문이 열리고 외부 공기가 들어오자 윤은 자기도 모르게 숨을 참았다. 이내 천천히 숨을 들이켜자 시큼한 냄새가 옅게 났다. 그 외에는 호흡하는 데 문제가 없었다. 몇 번 크게 들이쉬자 냄새도 금세 의식하지 않게 되었다.

우주선이 내려앉은 땅 위에는 바싹 마른 나무와 풀의 잔해가 쌓여 있었다. 발을 디딜 때마다 버석거리는 소리와 함께 잔해가 부스러져 먼지가 일었다.

그 뒤를 따라 보나 중사가 경사로를 내려왔다.

"맹수는 있을 수 있겠지요?"

"정확히는 알 수 없지만, 가능성은 있지. 강화복을 갖고 오지 못해서 아쉬운걸. 최대한 조심하자고."

윤은 팔뚝의 디스플레이 패널에 궤도를 돌 때 촬영한 지상 사진을 띄우고 현재 위치와 목적지를 표시했다. 숲속에 들어가면 지도가 소용없으니 자기장과 태양의 위치를 이용해 방향을 잡고 내장된 거리계로 이동 거리를 살피며 움직여야 했다.

윤과 보나가 천천히 걸음을 옮겼다.

"그런데 왜 여기만 이렇게 식물이 다 말라 죽었을까요?"

보나가 주위를 둘러보며 말했다. 두 사람이 향하고 있는 방향에는 나무와 풀이 울창한 숲이 있었고, 등 뒤에도 비슷한 숲이 있었다. 하지만 양옆으로는 시선이 닿는 곳까지 말라 죽은 식물로 덮인 다소 메마른 풍경이 이어지며 두 숲을 갈라놓고 있었다.

"글쎄."

윤은 무심하게 대답하며 연구소가 있어야 할 방향을 주시하고 걸음을 옮겼다. 발에 단단한 게 밟히며 부서지는 소리가 났다. 흠칫 놀라 아래를 살펴보니 동물의 뼈였다. 숲 가까이 가는 동안 식물의 잔해에 덮인 몇몇 동물의 뼈를 더 찾을 수 있었다.

곧 숲이 다가왔다. 가까이서 보니 생각보다 나무가 빽빽하지는 않았다. 하지만 나무와 나무 사이의 땅에는 무릎 높이까지 오는 풀이 조밀하게 나 있었다. 나무는 잎에서부터 줄기까지 모두 초록색이라 특이했는데, 가까이서 보니 나무줄기와 가지까지 가늘고 긴 잎으로 빽빽하게 덮여 있었다. 그래서 실제보다 나무가 한참 더 굵어 보였다. 그리고 나무 꼭대기 근처에는 아래쪽과 달리 넓은 잎이 달려 태양빛을 풍성하게 받고 있었다.

숲의 경계에 이르자 근처의 메마른 땅 위로 어린나무로 보이는 식물이 군데군데 튀어나와 있는 게 보였다. 가장자리일수록 어린나무들인지 키가 작았다.

"에흐진, 들리나?"

윤이 통신기에 대고 말했다.

"네, 들립니다."

"나와 보나 중사는 이제 숲으로 들어가 연구소를 찾는다. 30분 간격으로 통신 연결 확인하고, 이상이 생기면 즉시 보고하도록."

"네, 알겠습니다."

윤이 통신기를 집어넣고, 보나에게 고갯짓했다.

두 사람은 숲속으로 발을 들여놓았다. 머리 위에서 기묘하게 생긴 날짐승 몇 마리가 푸드덕거리며 날아갔다.

"풀 속에 뭐가 있을지 모르니 조심해."

윤이 말하자 보나는 어떻게 조심할 수 있냐고 생각하면서도 고개만 끄덕였다. 숲속으로 들어가자 시큼한 냄새가 아까보다 진하게 느껴졌다. 걸어가는 동안 몇 차례나 작은 동물이 도망치는 듯 수풀이 흔들렸다. 먼발치서 개 정도 되는 크기의 동물을 여러 번 보기도 했다. 크기도 크기거니와 생김새가 초식동물 같아 크게 위협은 되지 않을 듯했다. 눈에 띈 동물들은 대개 윤과 보나를 조심스럽게 바라보기만 하다가 어디론가 사라졌다.

"공기가 시원하기는 한데 냄새 때문에 상쾌하지는 않군."

윤이 중얼거리자 보나가 시큰둥하게 대꾸했다.

"처음 와보는 행성이니까요. 숨을 쉴 수 있는 게 어디예요."

"그렇긴 하지. 어서 여기를 떠서 각자 갈 길을 가면 좋겠군."

"그러게요. 전쟁은 너무 지겨웠어요."

"전쟁은 누구나 지겹지."

"팔다리가 잘린 채로 우주선 밖으로 빨려 나가는 꼴도 보기 싫고, 이름도 복잡한 독가스에 얼굴이 녹아내리는 꼴을 보는 것도 싫어요. 어차피 해코지당할 가족도 없으니 도망이라도 쳐서 더러운 꼴 그만 보고 살아야죠."

윤은 입을 열지 않았다. 보나처럼 생각하는 사람이 어디 한둘일까. 각자 사정은 조금씩 달라도 전쟁이라고 하면 이제 치가 떨리는 건 마찬가지였다.

둘은 한동안 말없이 걸었다. 어디선가 짐승들이 내는 소리가 간간이 들리는 것을 빼면 상당히 고요했다. 어쩌면 숲속 동물들이 인간이라는 낯선 동물을 보고 피하는 걸지도 몰랐다. 과거에 과학자들이 이 숲을 거닐기는 했겠지만, 인간에게 익숙해질 정도는 아니었을 것이다.

지형에 굴곡이 조금 있었지만, 기울기가 완만해서 걷기는 쉬웠다. 바위가 드러난 지형을 빼고는 숲 전체가 무릎 높이의 풀로 덮여 있는 것 같았다. 이곳의 초식동물들은 먹이 걱정은 없어 보였다.

도중에 에흐진이 우주선 쪽 상황은 이상 없다고 한 번 보고했다. 좀 더 이동하자 얕은 개울이 나왔다. 물을 건너자 이번에는 비교적 가파른 오르막길이 나타났다. 이 작은 언덕을 넘어가면 연구소가 보여야 했다.

나무와 수풀은 언덕 위까지도 고르게 퍼져 있었다. 가벼운 운동이었지만, 두 사람의 호흡이 살짝 빨라졌다. 혹시 몰라 항상 전방을 향하고 있던 총도 어느새 어깨에 걸쳐 메고 있었다.

언덕 꼭대기에 다다를 무렵 앞쪽의 풀숲에서 작은 머리통 하나가 불쑥 솟아올랐다. 윤이 서둘러 어깨에 메고 있던 총을 그쪽으로 겨눴다. 주둥이가 길쭉한 그 동물은 잠시 윤과 보나를 응시하더니 토끼처럼 통통 뛰어 옆쪽으로 움직였다. 풀숲 위로 드러난 몸통이 통통하고 연약해 보여 두 사람은 마음을 놓았다. 토끼 같은 녀석은 시선을 인간에게서 떼지 않은 채 멀어져 갔다.

윤이 경계를 풀며 총을 다시 어깨에 메려는 순간 등 뒤에서 부스럭거리는 소리가 들렸다. 반사적으로 몸을 돌리자 날카로운 이빨이 눈에 들어왔다. 다급히 총을 내밀어 두 턱 사이로 욱여넣었다. 보나는 그렇게 운이 좋지 못했다. 비명을 지르는 보나의 옆구리에 악어처럼 납작하지만 억센 다리가 있는 동물이 달라붙어 있었다. 윤은 총을 흔들었지만, 상대는 아가리를 단단히 다문 채 꿈쩍도 하지 않았다. 급한 대로 총을 내던지고 보나의 옆구리에 달라붙어 있는 녀석을 발로 차 떨어뜨렸다.

보나가 풀썩 주저앉았다. 윤은 다시 총을 주우려 했지만, 풀이 너무 빼곡해서 찾을 수가 없었다. 찾았다 해도 주워 들 새가 없었다. 세 방향에서 수풀이 흔들리며 둘을 향해 다가왔다. 윤은 재빨리 보나를 부축해 일으켜 세우고 움직였다. 보나가 고통스러운 와중에도 풀이 흔들리는 쪽을 향해 총을 갈겼다. 맞았는지는 모르겠지만, 흔들림은 일단 멈췄다.

윤은 그 틈을 타 최대한 멀리 움직였다. 일단 여기까지 왔으니 돌아가는 것보다는 가까운 연구소로 향하는 게 더 나은 판단 같았다. 빨리 찾을 수만 있다면.

저쪽에서 수풀이 다시 움직였다. 수는 그대로였는데, 아까보다 간격이 더 멀었다. 다행히 연구소 쪽 방향에는 아무것도 없었다. 윤은 그쪽으로 비틀거리는 보나를 이끌었다.

윤이 재빨리 디스플레이를 보고 방향을 확인했다.

"총은 나를 줘. 뛸 수 있겠어?"

보나는 말없이 고개를 끄덕였다.

디스플레이가 가리키는 방향에는 아무것도 보이지 않았다. 하지만 몇백 미터 안쪽에 있어야 했다.

"가자!"

윤이 보나를 이끌고 달리기 시작했다. 흔들리는 수풀이 다시 추격을 시작했다. 꼭대기 쪽에도 한 마리가 있어서 둘은 아래쪽의 능선을 넘어가야 했다. 능선을 넘어가자 내리막이 펼쳐졌다. 여전히 건물 같은 건 눈에 들어오지 않았다. 하지만 얼마 뒤 흔들리는 숲속 풍경 속에서 잠시 뭔가 반짝였다.

'저기다.'

두 사람은 간헐적인 사격으로 시간을 벌며 태양빛을 받아 반짝이는 구조물을 향해 달려갔다. 거리가 가까워지자 나무줄기 사이로 엿보이는 건물의 형체를 알아볼 수 있었다.

금속 패널로 만들어놓은 건물은 다행히 온전했다. 진한 녹색의 나무와 풀 사이에서 여전히 반짝이며 빛났다. 하지만 눈앞에 나타난 벽에는 문이 보이지 않았다. 이질적인 건물의 모습 때문인지 정체 모를 동물 무리는 더 이상 가까이 오지 않았다. 약간 먼 거리에서 풀숲이 천천히 흔들리는 모습만 보였다.

문은 다른 방향으로 나 있는 모양이었다. 윤과 보나는 사방의 풀숲을 경계하며 건물을 빙글 돌았다. 건물은 커다란 ㄱ자 모양이었다. 마침내 문이 보였다. 윤은 문이 열려 있기를 바랐다.

열려 있었다.

문을 열며 뒤를 돌아보는데 20미터쯤 떨어진 나무 뒤에서 거대한 동물이 모습을 드러냈다. 네 발로 걸어오는 동물의 무지막지한 어깨를 보는 순간 상대해서는 안 되겠다는 느낌이 들었다.

윤은 보나를 안으로 밀어 넣고 재빨리 안으로 들어와 문을 닫아걸었다. 그 괴수가 밀고 들어와도 문이 버텨주기를 바라는 수밖에 없었다. 다행히 문을 부수려 들지는 않았다.

윤은 문에 난 창으로 바깥을 살피며 우주선에 있는 에흐진에게 연락했다.

"상사, 마마르와 티르민이 밖에 있으면 바로 우주선으로 철수해서 대기하라고 해. 우리는 공격을 받았다."

"누구의 공격입니까? 추적대입니까? 적의 기지가 여기 있습니까?"

"아니다. 숲속에 맹수가 있어."

밖에서는 거대한 맹수가 계속 어슬렁거리며 돌아다니고 있었다. 수풀 속에 바짝 엎드려 따라오던 작은 동물은 보이지 않았다.

보나는 벽에 기대앉아 허리를 누른 채 간간이 신음했다. 윤은 에흐진에게 당분간 경계를 철저히 하라고 지시한 뒤 보나의 상태를 살폈다.

"살이 좀 찢어지긴 했는데, 다행히 깊이 파이진 않았어요."

윤은 창문을 통해 들어오는 빛에 의지해 복도를 따라 걸으며 의무실을 찾았다. 의무실 캐비닛에서 찾은 구급상자를 갖고 돌아오자 보나가 받아서 들었다.

"상처는 제가 알아서 할게요. 대위님은 여기가 안전한지 좀 살펴주세요."

윤이 고개를 끄덕였다. 건물 내부를 수색하는 동안 수상한 움직임은 나타나지 않았다. 창문은 유리가 아닌 강화 플라스틱이라 어지간해서는 깨질 것 같지 않았고, 하나 더 있는 출입구도 단단히 잠겨 있었다. 윤은 기계실을 찾아 장비를 확인했다. 발전기를 조금 만져주니 건물에 전력이 돌아왔다. 방치된 지 얼마 되지 않아서 다행이었다. 창고에는 여분의 연료도 있었다. 그 외에도 사용기한이 남은 멸균 포장 식품, 음식출력기 원료, 전자기기와 기계류를 수리할 수 있는 부품과 도구가 있었고, 약간이지만 우주선에서 쓸 수 있는 에너지 캡슐도 남아 있었다.

"좋아. 기대보다 쓸 만한 게 좀 있어. 상처는 좀 어떻지?"

윤이 다시 돌아와 말했다. 보나는 어느새 일어서서 총을 들고 창밖을 살피고 있었다.

"그냥 긁힌 정도예요. 혹시 몰라 항생제도 주입했으니까 괜찮을 거예요. 그나저나 어떻게 돌아가죠? 더 늘어났는데요?"

윤이 다가와 창문을 내다보았다. 마지막에 봤던 거대 맹수가 한 마리 더 늘어나 있었다. 둘은 멀찍이 떨어진 채 나무 그늘에 앉아서 간간이 이쪽을 바라보았다. 그리고 여기저기서 풀이 흔들리는 모습을 보니 처음에 둘을 공격했던 녀석들도 여기저기 흩어져 있는 듯했다. 건물 반대쪽으로 가서 창밖을 보니 그쪽도 비슷했다.

"저놈들 뭐죠? 우리를 먹이로 보는 건가요?"

보나가 얼굴을 찡그리며 말했다.

"글쎄. 예전에 사람 맛을 본 적이 있나? 저렇게 둘러싸고 있으니까 포위당한 기분인걸?"

"기분이 아니라 실제로 그런 거예요."

아닌 게 아니라 그랬다. 저렇게 몰려와서 진을 치고 먹이를 노릴 수도 있는 건가? 이곳 동물의 습성을 모르니 무슨 상황인지 정확히 알기 어려웠다.

현재 가진 무기는 하나. 둘이서 저 많은 짐승을 뚫고 갈 수는 없었다. 적당히 위협해서 쫓아낼 수 있다면 좋겠지만, 아까의 경험으로 봐서 안 되지 싶었다. 우주선에 보급품을 가져가기는 커녕 살아서 갈 수 있을지가 의문이었다.

그때 에흐진이 나쁜 소식을 전해왔다.

"대위님? 문제가 생겼습니다. 마마르 소위가 죽었습니다. 호스는 이미 설치했는데, 갑자기 나타난 동물에게 습격당했다고

합니다. 티르민은 무사히 귀환했습니다."

윤은 잠시 생각했다. 충분히 경계했다고 생각했는데, 오판이었다.

'드론 정찰할 때는 이것들이 어디에 숨어 있었지?'

위험 요소가 없는 행성으로 기록이 되어 있어서 방심한 탓도 있었다. 발견된 지 얼마 되지 않아서 충분히 조사가 안 되어 있을 뿐인데. 윤은 입술을 깨물었다. 우주선 조종은 티르민이 대신할 수 있으니 계획에 차질이 생기는 건 아니었지만, 살겠다고 도망치다가 허무하게 이렇게 되었다는 데서 울컥 짜증이 치밀었다.

"어차피 조금 있으면 밤이 올 거야. 연구소 안에 있으면 우리는 안전하니까 일단 밤을 지내고 내일 아침에 다시 움직이자고. 가능한 중무장을 하고 와줘야 할 거야."

밤이 오기까지는 시간이 좀 있었다. 윤은 시설 내부를 좀 더 자세히 살폈다. 구조는 단순했다. 길게 나 있는 복도를 따라 방이 여럿 놓여 있었다. 개인 침실과 연구실, 휴게실, 의무실, 창고, 기계실이 전부였다. 윤은 각 방의 문을 열고 아무도 없다는 사실을 확인했다. 의무실에서 쓸 만한 약품을 더 챙긴 뒤 보나에게 갔다. 보나는 그나마 깨끗해 보이는 침실 하나를 찾아 침대 위에 앉아 있었다.

"마마르 소위는 처음 봤을 때부터 오래 못 살 것 같았어요. 인상이나 느낌이나…."

보나가 나직한 목소리로 말했다.

"꼭 챙겨야 할 사람이 있다고 해서 데려온 건데. 차라리 그냥 두고 올걸."

"그러면 우리가 잡혀서 처형당했겠죠. 계획을 알게 된 순간 선택의 여지는 없었어요."

둘은 한동안 말없이 앉아 있었다. 이윽고 보나가 천천히 일어서며 말했다.

"밤에는 안전할까 모르겠네요. 이 안에 짐승들이 들어온 흔적은 없어 보이지만."

"혹시 연구실에 뭐라도 있나 가서 보자고."

윤과 보나는 연구실로 향했다. 이곳에 있던 과학자들도 전쟁이 터지면서 급히 철수한 터라 상당수의 장비가 그대로 남아 있었다. 쌓인 먼지를 적당히 치우고 컴퓨터를 켜보니 전원이 들어왔다. 둘은 각자 컴퓨터 한 대씩을 맡아서 파일을 뒤지기 시작했다.

"아, 파일 정리 개판이네."

보나가 투덜거리며 말을 이었다.

"그래도 자료를 없애진 않은 것 같네요. 사진하고 영상 자료가 많은데…."

"과학자니까. 군인하고는 다르지. 군인은 보안이 생명이지만, 과학자는 공유가 중요할 거야."

"해부 영상이 잔뜩 있네. 이 사람은 이런 걸 연구했나 봐요. 근데 이런 걸 본다고 약점 같은 걸 찾을 수 있는 것도 아니고…. 거긴 어때요?"

"여긴 일지랑 보고서 위주야. 어느 지역에 개체수가 어쩌고, 식생이 어쩌고, 이동 패턴이 어쩌고…. 보기만 해도 골치 아프군."

윤은 컴퓨터를 내버려두고 일어섰다.

"이걸 본다고 도움이 될 것 같지는 않군. 그보다 푹 쉬는 게 중요하겠어. 내가 먼저 경계를 볼 테니 중사가 먼저 잠을 자도록 해."

육식동물이 밤에 더 활발히 움직일 가능성이 있었다. 윤은 야전 식량을 씹으면서 건물에 있는 창문을 하나씩 돌며 밖을 관찰했다. 해가 지자 밖은 완전히 깜깜해져 야시경을 써야 했다. 상황은 그다지 변화가 없었다. 윤은 날이 밝아 지원이 온다 해도 과연 무사히 돌아갈 수 있을지 걱정이 들었다.

두 사람은 날이 밝을 때까지 번갈아 가며 잠을 청했다. 새벽이 되자 통신기가 울렸다. 에흐진이었다

"대위님, 여기 상황이 좀 이상합니다."

윤은 얼른 통신기를 집어 들었다.

"무슨 일이지?"

"갑자기 숲에서 동물들이 나타났습니다."

"우주선을 위협하고 있나?"

"아닙니다. 그게 아니라…."

에흐진이 머뭇거렸다.

"짐승들이 떼로 나타났다고요!"

티르민의 목소리가 끼어들었다. 에흐진이 성을 내는 소리가

들리면서 통신이 잠시 끊겼다. 그때 바깥이 소란스러워졌다. 보나가 창문을 내다보더니 동물들이 떠나고 있다고 말했다.

윤이 확인해보니 정말이었다. 연구소 주위를 둘러싸고 있던 동물들의 움직임을 감지할 수 있었다. 먼발치로 덩치 큰 맹수가 서둘러 뛰어가는 뒷모습이 보였다.

"밤새 외부를 관찰하고 있었는데, 날이 밝자 강가 쪽 숲에 갑자기 동물들이 나타났습니다. 그 수가…, 수백 마리는 될 것 같습니다. 보이는 게 전부가 아니라면 그보다 더 많을지도 모릅니다."

다시 에흐진의 목소리가 들렸다.

"수백 마리가 뭘 하고 있지?"

순간 윤은 흉포한 짐승 무리에 포위된 우주선을 떠올렸다.

"전진합니다."

예상치 못한 대답이었다.

"신속하게 앞으로 움직이고 있습니다. 양옆으로 나란히 줄을 맞춰서요. 이건 뭐랄까…, 이해가 안 갑니다."

"계속 보고해."

"저희 우주선은 신경도 쓰지 않는 것 같습니다. 강가 쪽 숲에서 나와 반대쪽 숲으로 가고 있는 중입니다. 지금 달리기 시작했습니다."

윤은 들으면서도 잘 상상이 되지 않았다. 동물들이 대오를 맞춰서 움직인다고? 설명하는 에흐진도 황당하긴 마찬가지인 모양이었다.

"저게 뭘 하는 거지?

"에흐진 상사?"

"아, 예. 앞서간 동물들이 땅을 파헤치기 시작했습니다. 정확히는 반대쪽 숲 경계를 파헤치고 있습니다. 풀을 죄다 갈아엎는 모양샙니다. 그리고 또 다른 동물은…. 저게 뭐지? 아, 나무를 갉아내고 있는 것 같습니다. 먹는 건 아닌 것 같습니다만…."

"우와! 나무가 넘어졌어!"

배경으로 티르민의 목소리가 들렸다. 다시 에흐진이 말했다.

"속도가 대단히 빠릅니다. 여기저기서 나무가 쓰러지고 있습니다."

'뭘 하는 거지? 우리가 착륙해서 무슨 짓을 한 건가?'

"어? 갑자기 동물들이 다시 돌아오고 있습니다. 아, 공격을 받고 있습니다. 숲에서 털 난 악어 같은 게 나와 땅을 파던 녀석들을 공격합니다. 사냥은 아닌 것 같은데…. 이게…, 설명하기가 좀 어렵습니다."

"이리 내봐."

티르민이 통신기를 빼앗아 든 모양이었다.

"대위님? 강 쪽에서도 비슷하게 생긴 놈들이 나와서 돌진하고 있어요. 한판 붙으러 가는 모양인데. 오, 진짜다. 아까 놈들은 초식이었고, 이놈들은 육식인가 봐요. 숲과 숲 사이의 공터에서 한판 붙었어요. 수십, 아니 수백 마리가 뒤엉켜 싸우고…, 와, 저건 뭐야? 덩치가 와…. 그 어느 행성이더라…, 하여튼, 그 바위곰을 닮은 놈들이 있어요. 우와, 저놈이 후려치니까 털

난 악어 같은 게 몇 마리씩 날아가버리는데? 어디? 저쪽? 아, 진짜네? 대위님? 반대편에서도 비슷한 놈들이 나왔어요. 오, 이제 비슷한 놈들끼리 붙는다! 거대한 놈 둘이 맞붙어서 싸워요. 와, 이건 눈으로 봐야 하는 건데. 이거, 이거, 이거 여기 완전 전쟁터인데요? 장수와 졸병들이 한바탕 싸우는 것처럼…."

티르민이 아무렇게나 내뱉는 설명이 오히려 더 이해하기 쉬웠다. 짐승 수백 마리가 서로 편을 갈라 한판 싸움을 벌이고 있다는 것이었다.

'도대체 무슨 일이지?'

윤이 상황을 파악하려고 애쓰는 사이에 보나가 문을 열어 밖을 보면서 말했다.

"대위님, 지금이라면 여기서 나갈 수 있는데요?"

보나의 말을 듣고 밖을 보니 정말 그랬다.

"여기 있던 놈들이…, 저쪽으로 싸우러 간 건가?"

"아마 그렇지 않을까요? 이 숲이 자기들 영역인가 봐요."

"보통 동물이면 한 마리 아니면 한 무리가 영역을 갖는 거 아냐? 여러 동물이 한 영역을 가질 수도 있는 건가?"

"그건 모르겠고. 어떻게 하실래요?"

"일단 가자."

일단은 우주선에 돌아가서 계획을 다시 세우는 게 나을 듯했다.

윤과 보나는 연구소 문을 잘 닫아놓고 우주선 쪽으로 움직였다. 우주선 주변이 난장판이 됐다고 해서 일단 약간 멀리 둘러

간 뒤 상황을 보기로 했다. 동물들은 전부 싸움터로 향했는지 돌아가는 길에는 하나도 보이지 않았다.

하지만 윤의 판단은 틀렸다.

싸움은 우주선 근처에서만 일어나고 있는 게 아니었다. 멀리서 우주선과 그 주위의 싸움을 본 윤과 보나는 싸움이 없는 곳으로 피하기 위해 꽤 한참을 옆으로 돌았지만, 싸움은 꽤 긴 전장에서 벌어지고 있었다. 그리고 숲 경계에는 처음 보는 작은 동물이 집단으로 모여 있었다. 처음에는 깜짝 놀라 한 자루밖에 없는 총을 겨눴지만, 이들은 슬금슬금 물러나기만 하고 위협적인 모습을 전혀 보이지 않았다. 자세히 보니 앞발이 억세고 발톱이 튼튼해 보였다. 그 사이사이에 앞니가 굉장히 발달된 동물이 섞여 있었다. 이 녀석들이 땅을 파헤치고 나무를 갉는다는 종류인 듯싶었다.

"대위님, 들리십니까?"

에흐진이었다.

"들린다. 우주선이 보이는 곳까지는 왔는데, 가까이 가기가 어렵다. 여기서 대기하면서 상황을 보겠다."

"네, 이 근처는 싸움이 끝나고 있는 것 같습니다. 연구소 쪽 숲에서 나온 무리가 밀려나고 있습니다."

근처에 바위가 드러난 비교적 높은 지형이 있었다. 윤과 보나는 그곳으로 올라가 바위 사이에 몸을 숨기고 싸움터를 관찰했다. 에흐진의 말대로였다. 겉으로만 봐서는 두 진영을 구분할 수 없었지만, 일부 동물이 두 사람이 있는 방향으로 도망치고 다른 동물들이 그 뒤를 쫓는 모습이 보였다. 아직 그 사이를 뚫고 우주선에 접근하기는 쉽지 않아 보였다.

숲 경계에 우글우글 모여 있던 동물들이 일제히 안쪽으로 달리기 시작했다. 이제 소위 '최전선'은 숲 안쪽까지 들어오고 있었다. 이게 정말로 두 숲 세력의 싸움이었다면, 연구소 쪽 숲의 패배가 분명해 보였다.

"뛰자."

최전선이 숲 안쪽으로 들어오자 그 뒤로 공백 지역이 생겼다. 윤과 보나는 재빨리 바위 사이에서 빠져나와 그쪽을 향해 달리기 시작했다. 윤이 총을 들고 앞장섰고, 보나가 뒤를 따랐다. 싸움에 정신이 팔린 짐승들을 재빨리 지나쳐 숲을 빠져나갔다. 그곳에는 다른 동물의 무리가 여기저기 쓰러져 있는 사체를 짓밟으며 나란히 밀려오고 있었다. 윤은 앞길을 가로막은 동물 몇 마리를 쏘았다. 총소리가 울려 퍼지자 순간 근처의 모든 동물이 움찔하며 동작을 멈췄다.

우주선의 문이 열리며 에흐진이 나와 지원 사격을 시작했다. 근처의 동물들이 재빨리 흩어졌다.

"상사, 조심해!"

윤이 외쳤다. 우주선 밑에서 털 달린 악어가 뛰어오르며 에흐진을 공격했다. 에흐진이 황급히 물러서는 게 보였다. 하지만 서너 마리가 더 나타나 문을 향해 뛰어올랐다.

그리고 우주선 뒤편에서 바위곰 같은 맹수가 모습을 드러냈다.

"상사, 문 닫아!"

우주선의 문이 닫히자 바위곰은 시선을 윤과 보나에게 돌렸다.

"아, 이런 젠장."

우주선까지 가기는 틀린 모양이었다. 달려오는 맹수를 피해 둘은 다시 숲을 향해 뛰기 시작했다. 숲속에서도 여전히 치열한 전투가 벌어지고 있었다. 둘은 날아오는 이빨과 발톱을 몇 차례 피하며 더 안쪽으로 들어갔다. 윤이 뒤를 돌아보는데, 추격자가 바로 뒤에서 달려들려는 참이었다. 급한 마음에 총을 내갈겼다. 몇 발이 적중하며 전진을 늦췄지만, 그뿐이었다.

앞서 뛰던 보나가 갑자기 멈추는 바람에 윤은 보나와 부딪치며 뒤엉켜 넘어졌다. 고개를 들어보니 눈앞에 맹수가 다가오고 있었다. 아니, 둘을 쫓아오던 그 녀석이 아니었다. 고개를 돌리니 그 녀석은 그쪽에 있었다. 윤은 보나를 끌어안고 재빨리 옆으로 굴렀다.

두 괴수가 포효하며 부딪쳤다. 털 달린 악어 몇 마리가 다가와 주위를 맴돌더니 기회가 생길 때마다 싸우고 있는 두 괴수를 공격했다. 가만히 보니 총에 맞아 체액이 흐르고 있는 녀석을 돕는 모양새였다. 윤은 총을 주워 들고 조그만 녀석들을 처치했다. 동작이 빨랐지만, 다른 곳에 신경 쓰고 있는 놈들을 맞히는 건 어렵지 않았다. 그리고 커다란 두 맹수를 어떻게 해야 하나 고민하는 사이에 승부가 갈렸다. 총에 맞아 약해진 놈이 먼저 쓰러졌다. 승리자가 윤과 보나를 향해 돌아보았다. 어느새 털 달린 악어들이 달려와 두 사람을 둘러싸고 위협적인 소리를 냈다.

윤이 총을 겨누었다.

"잠깐…."

보나가 윤을 제지했다.

"잠깐만요."

잠시 망설이는 사이에 동물들이 잠잠해졌다. 갑자기 분위기가 일변하는 느낌이었다. 그때 강 쪽 방향에서 동물들이 몰려오기 시작했다. 저쪽 숲에서 계속 밀고 들어오는 모양이었다.

"빌어먹을."

윤이 중얼거리며 그쪽을 향해 총을 쏘았다. 몇 마리가 달려오다가 넘어졌지만, 역부족이었다. 휴대하고 있는 탄약도 떨어져가고 있었다.

"연구소로."

둘은 다시 연구소의 방위를 확인하고 그쪽으로 뛰었다. 이쪽 숲의 동물들도 다 함께 섞여서 도망쳤다. 윤은 어떻게 된 건지 대강 알 수 있었다.

'우리가 이쪽 편을 든 셈이 됐군.'

다시 연구소로 돌아왔다. 윤의 추측대로 윤이 공격자들을 몇 마리 처치하고 함께 도망친 뒤로는 이곳의 동물들이 적의를 보이지 않았다. 하지만 안심할 수는 없어서 일단은 문을 걸어 잠그고 에호진을 호출했다.

"상사, 우리는 다시 연구소로 돌아왔다. 그쪽은 안전한가?"

"바깥에 짐승들이 득시글하긴 하지만 우주선은 괜찮습니다. 괜찮으십니까?"

"우리는 괜찮아. 돌아가는 문제가 골치지."

"여기서 보니 아까 맨 앞에 서 있던 동물들이 다시 몰려가서 그쪽 숲의 나무를 마구 베어 넘어뜨리고 있습니다. 애네들 아주 조직적입니다. 저놈들이 땅을 파헤치고 나무를 베다가 저쪽 숲에서 육식동물이 나와 공격하면 이쪽에서도 육식동물이 나가서 맞서 싸우는가 봅니다. 타이밍과 움직임이 대단합니다. 누가 지휘를 하는 것처럼요. 그런데 왜 나무를 베는지는 모르겠습니다. 영역 싸움일지도요."

"이쪽도 그래. 육식동물들이 싸우는 동안 초식동물들은 뒤에서 대기하고 있더군. 이쪽에서 저쪽을 밀어냈다면, 반대로 그쪽 나무를 파헤쳤을지도 몰라. 보아하니 양쪽 숲은 적대 세력의 진영이고, 우리가 착륙한 황무지는 싸움터인가 보군."

"하필 지금 싸움을 벌이다니요. 이번 싸움 때문에 이쪽은 강쪽 숲 세력이 완전히 점령했습니다."

"우리가 착륙한 게 싸움을 유발했을 수도 있지. 그나저나 그쪽은 숲이 좁은데 그 많은 동물이 어디서 나온 거지?"

"강 너머 숲까지 이어지는 세력이겠지요. 밤사이에 강을 넘어왔나 봅니다."

"젠장. 전쟁이 지겨워서 도망쳤더니 전쟁터란 말이야? 우리는 어쩌다 그쪽 동물 몇 마리를 죽였더니 이쪽 편이 된 모양이야. 이곳 동물들이 우리를 공격하지 않더군."

윤은 입술을 깨물며 보나를 돌아보았다.

"저렇게 일사불란하게 움직이려면 지휘자가 필요할 텐데, 그게 누굴까요?"

보나가 창문에서 시선을 떼지 않은 채 물었다.

"글쎄. 그 바위곰? 힘이 가장 세잖아."

"아까 보니까 그 바위곰 한 마리에 악어개 여러 마리가 팀을 짜서 다니는 것 같더라고요."

"그래? 그 와중에 자세히도 봤네."

어느새 보나는 자연스레 동물에 이름까지 붙이고 있었다. 위급한 상황에서도 당황하지 않고 오히려 무심한 듯 행동하는 건 보나 중사의 장점이었다.

"그 두더지랑 갈갈이도 바위곰의 지휘를 받는 걸까요? 걔가 힘은 세도 그렇게 머리가 좋아 보이지는 않던데."

두더지랑 갈갈이? 뒤에서 대기하던 초식동물들을 말하는 모양이었다.

"이쪽 편이 이겼다면, 그놈들이 전진해서 저쪽 숲을 파헤쳤겠지? 그런 식으로 적의 숲을 줄이고 자기네 숲을 늘려가는 거겠지?"

지금까지 본 내용으로만 보면 가장 그럴듯한 추측이었다.

"얘네는 우리 때문에 당했는지도 몰라요."

보나의 말이었다. 윤이 쳐다보자 보나가 덧붙였다.

"우리 때문에 병력을 이쪽으로 돌리는 바람에 방비가 소홀

해져서 당했나 싶어서요."

"그랬다면 조금 미안한걸."

말은 그렇게 했지만, 지금 그런 생각을 할 때가 아니었다.

"에흐진 상사, 우리가 지금 그쪽으로 갈 수 있는 상황으로 보이나?"

"음, 쉽지 않아 보입니다. 지금은 초식동물들이 나무를 베어내고 있기는 한데 육식동물들이 주변에서 호위하는 것처럼 여기저기 서 있습니다. 숲 안쪽으로 얼마나 침투해 있는지는 여기서 잘 안 보이지만, 그쪽 숲의 최외곽은 지금 완전히 점령당한 상태입니다. 그리고 특이한 게 있습니다. 강 쪽 숲에서 새로운 동물이 떼로 나타났습니다. 포동포동하고 깡충깡충 뛰어다니는 놈들인데 지금 저희 주변에서 육식동물들에게 잡아먹히고 있습니다. 그런데 도망도 안 가고…, 죽으려고 온 것처럼 그냥 먹힙니다."

'뭐지? 식량 보급인가….'

어느새 윤은 자연스럽게 이 상황을 전투에 빗대 보고 있었다.

잠시 연구소 외부를 살펴보자 바위곰 한 마리와 악어개 여러 마리가 보였다. 지난밤과 달리 그 한 무리가 전부인 게 아무래도 감시조 정도로 남겨둔 것 같았다. 윤은 에흐진이 방금 말한 게 뭔지 알 수 있었다. 바위곰 한 마리와 악어개 여러 마리가 윤과 보나가 처음 공격당했을 때 봤던 통통한 토끼 같은 동물로 보이는 것을 먹고 있었다. 그리고 그 옆에는 마치 잡아먹힐 순서를 기다리는 것처럼 얌전히 앉아 있는 녀석들도 있었다.

'어떻게 저럴 수 있지?'

퍼뜩 처음 공격받기 직전에 그게 자신과 보나의 시선을 끈 게 우연이 아니었을지도 모른다는 생각이 들었다. 윤은 다시 연구실로 돌아왔다.

"상사, 우주선에 짐승들을 쫓아내거나 한쪽 포위망에 구멍을 낼 만한 무기가 있던가?"

"없습니다, 대위님. 테스트 중이던 걸 훔쳐 온 거라 우주선도 비무장 상태고, 저희 개인화기가 전부입니다. 몇 마리야 무섭지 않지만, 저 정도 수는 무리입니다."

"망했네."

옆에서 화면을 쳐다보며 듣고 있던 보나가 중얼거렸다.

"대위님? 티르민입니다. 제가 웬만하면 구출하러 갈 텐데, 짐승들이 떼로 몰려 있어서 어쩔 수가 없네요. 알아서 못 오시면, 우주선 좀 부서진 건 도박한다 셈 치고 저희끼리 그냥 갑니다? 네?"

에흐진이 티르민을 밀쳐내며 상황이 장난처럼 보이냐고 화를 내는 소리가 들렸다. 윤은 순간 우주선을 연구소 위에 띄워놓고 줄사다리 따위를 타고 올라가는 방법을 떠올렸다. 하지만 곧 중력제어 엔진이 작동하는 동안 우주선에 인접한 외부에 사람이 있으면 특유의 역장 때문에 치명적인 피해를 입는다는 사실을 떠올리고 고개를 저었다. 애초에 적어도 며칠은 이곳에 머무를 생각이었으니 급할 건 없었다. 천천히 우주선에 합류할 방법만 강구하면 괜찮을 것 같았다.

*

연구소의 음식출력기는 전원을 넣자 제대로 작동했다. 꽤 고급 제품이었는지, 음식이 상당히 맛있었다.

"역시 군용하고는 다르구만."

"네, 역시."

"다친 데는 괜찮나?"

"네, 뭐. 옷 덕분에 깊이 안 들어갔어요. 다행히 감염도 안 된 것 같고…."

윤과 보나는 배를 채운 뒤 잠시 쉬었다가 다시 컴퓨터를 들여다보기로 했다. 혹시 이 상황에 유용한 정보가 있을지도 몰랐다. 동물들과 대화를 하는 방법이라거나….

"그럴 리가 없잖아요! 차라리 이쪽에서는 이쪽 편인 척하다가 저쪽에 가서는 저쪽 편인 척하는 방법이라거나…."

두 사람은 어젯밤에 대충 훑어만 보고 닫아버린 기록들을 찬찬히 살펴보기 시작했다. 파일 정리가 별로 깔끔하게 되어 있지 않아서 잡다한 내용이 많았지만, 이내 이곳 동물들의 특이한 행태를 기록한 내용을 찾을 수 있었다. 사실 그게 주요 연구 분야였다. 특별히 지능이 뛰어나지는 않은 동물들의 집단적, 전략적 움직임은 과학자들의 눈길을 끌 수밖에 없었다.

보나가 뭔가 찾은 듯이 화면에 집중했다.

"여기 연구소 일지가 있어요. 여기 과학자들도 처음에는 공격을 받았었군요. 위험한 상황이 몇 번 있었나 봐요."

"그래서 어떻게 했지? 그 사람들도 싸운 거야?"

"아뇨. 애초에 싸우면 안 된다고…, 보호용 장비는 충분했으니까 계속 회피만 했더니 나중에는 적대적인 행동을 하지 않더래요."

윤은 보나에게 다가가 함께 화면을 들여다보았다.

"좀 더 뒤쪽으로 가봐."

"잠깐만요. 이거…, 너무 많아서."

보나가 '움직임', '행동' 따위의 단어를 검색했다. 별로 중요하지 않은 내용이 몇 번 나오다가 눈에 띄는 게 있었다. 동물의 행동을 제어하는 실험에 관한 내용이었다. 하지만 그런 실험을 했다고만 적혀 있고, 자세한 내용은 없었다.

윤과 보나는 컴퓨터를 모두 켜서 하나씩 파일을 뒤졌다. 그리고 결국 그 실험에 관한 자료를 찾아냈다. 밤이 깊어질 때까지 공부한 결과 알아낸 내용은 이랬다.

낮에 추측했던 대로 이 대륙의 숲은 여러 영역으로 나뉘어 있었고, 그 안에 사는 동물은 평소에 그 영역 안에서 생활했다. 평소 생활상은 여느 생태계와 크게 다르지 않았다. 식물은 땅에서 영양을 얻고, 그 식물을 초식동물이 먹고, 그 초식동물을 육식동물이 먹고…. 그런데 가끔 동물들이 무리를 지어 이웃 숲을 침범했다. 그러면 그쪽 숲에서 동물들이 나와 방어하는데, 방어에 실패하면 숲 일부를 잃었다. 초식동물 부대가 상대방 숲의 나무를 베어내고 쓰러뜨려 죽이면, 승리한 숲은 그만큼 그쪽으로 영역을 확장했다. 이곳의 나무는 성장이 대단히 빨라 땅속뿌리에서 새싹이 솟아난 지 몇 달 만에 완전히 성장했다. 과학자들은 나무가 땅속에서 뿌리를 멀리 뻗어가는 방식으로 영역을 넓힌다고 추측하고 있었다.

동물들이 무리를 이루어 전략적으로 행동하는 방식에 관한 내용도 있었다. 과학자들이 알아낸 방식은 냄새였다. 화학물질을 이용해 소통하고 명령을 내린다는 것이었다. 윤과 보나가 놀란 건 그렇게 명령을 내리는 존재였다. 과학자들은 그게 숲이라고 생각했다. 동물들끼리 의사소통하며 움직이는 게 아니라 숲의 명령을 받아 일사불란하게 움직이는 거라는 내용이 담겨 있었다. 그러면서 조심스럽게 숲 하나하나가 지성체일 가능성을 제기했다.

"와, 이거 놀라운데. 그러니까 동물들은 숲의 꼭두각시라는 거 아냐? 그러니까 초식동물들이 얌전하게 와서 잡아먹히는 거겠지? 전투를 마친 병사에게 영양을 공급하려고. 평소에 풀을 열심히 키워서 동물의 수를 불린 뒤에 이웃 숲에 쳐들어가서 땅을 빼앗는다니. 나 원 참. 우리가 내린 곳은 국경선이었던 거야."

윤이 진심으로 감탄하며 말했다.

과학자들은 몇몇 신호 물질의 성분까지 밝혀 두었다. 예를 들어, 소집 명령에 해당하는 물질이 있었다. 어떤 나무에서 특정 물질을 공기 중에 분사하면 동물들이 그 냄새를 감지하고 그곳으로 모여들었다. 어떤 동물을 부를 것인지도 선택할 수 있었다. 여러 나무가 차례대로 스위치가 켜지듯이 절묘하게 신호 물질을 분비하면 동물의 이동 경로를 원하는 대로 만들 수 있었다. 놀랍게도 나뭇잎으로 풍향과 풍속까지 감지해 신호 물질 분비에 반영하는 것 같다는 추측도 있었다. 그리고 동물 군대를 원하는 위치에 배치하고 나면 또 다른 신호 물질을 퍼뜨려 공격을 지시하거나 상대방 숲의 나무를 훼손하라는 등의 명령을 내리는 것이다.

또, 숲은 일방적으로 명령을 내리기만 하는 게 아니라 자신이 지배하는 동물들에게서 정찰 결과 같은 보고도 받았다. 윤은 연구소까지 오는 동안 자신을 멀리서 관찰하던 동물들을 떠올렸다. 정찰 결과를 바탕으로 적의 방어가 약한 지역을 공격하는 건 기본이었다. 땅의 진동이나 풀의 흔들림 같은 것을 숲이 감지한다는 추측도 있었지만, 상당수는 역시 동물이 분비하는 화학물질로 이루어졌다. 즉, 이곳의 숲에는 화학물질로 이루어진 정교한 소통 체계가 있었다.

물론 비가 오는 것처럼 동물 제어가 어려운 환경에서는 어쩔 수 없이 혼란을 겪기도 했다. 그래도 이 정도면 단순한 반응으로 보기에는 어렵고 숲이 상당히 고도의 판단을 할 수 있다는 게 과학자들의 생각이었다.

여기까지는 신기할 뿐 현재 상황을 타개하는 데 큰 도움이 되지 않았다. 도움이 되겠다는 생각이 든 건 실험이었다. 과학자들은 찾아낸 신호 물질을 인위적으로 합성해 동물들이 그에 어떻게 반응하는지 확인하고 기록했다.

"하, 이 사람들 머리 잘 썼네요. 아니, 과학자니까 이 정도는 당연한가?"

화면을 열심히 들여다보던 보나가 기지개를 켜며 말했다.

"왜? 뭐가 있어?"

"화학분석기로 신호 물질의 분자식은 알아냈는데, 실험하려면 그걸 많이 만들어야 하잖아요? 근데 그걸 음식출력기로 했어요."

"음식출력기? 그게 그런 것도 할 수 있어?"

"싸구려는 안 되는데. 괜찮은 음식출력기는 음식에 향을 입히기 위해 꽤나 정교한 분자 합성 장치를 써요. 고형물을 만드는 데 쓰는 원료로 영양이나 질감은 흉내 내는데, 그, 뭐냐, 풍미를 느끼게 하려면 향이 중요하거든요. 생화학 특기병 교육에 그런 내용도 있어요. 음식출력기를 조작해서 즉석에서 독가스 만드는 법을 배우죠. 뭐, 제대로 된 독가스는 아니고 잠깐 적을 곤란하게 하는 정도의 물질을 급조하는 거지만."

그러고 보니 윤도 그런 이야기를 들어본 적이 있는 것 같았다.

"그럼 중사도 할 수 있나? 그런 냄새를 만들어서 동물들을 유인하면 우주선까지 길을 낼 수 있을 것 같은데?"

"제가 지금부터 연구해서 하려면 어렵고, 여기 사람들이 세팅해놓았던 걸 찾으면 할 수 있을 거예요."

다행히 기록이 남아 있었다. 각 신호 물질을 만드는 방법과 원료, 그게 어떤 동물에게 어떤 명령을 내리는지가 적힌 자료를 찾을 수 있었다. 과학자들이 붙여놓은 이름이 있었지만, 보나는 자신이 붙인 이름을 고집했다. 가장 덩치 크고 위험한 맹수는 바위곰, 풀숲에 낮게 웅크리고 돌아다니며 무리 지어 공격하는 놈들은 악어개, 그리고 두더지와 갈갈이. 불쌍하게 식량 역할을 하는 초식동물은 돼지토끼였다. 연구소 기록에는 날짐승을 비롯해 더 다양한 동물이 있었지만, 그중에는 문외한의 눈으로 구분하기 어려운 종류도 있었다. 윤은 일단 이 정도면 충분할 거라고 생각했다.

예상보다 시간이 더 걸렸지만, 결국 보나가 해냈다. 이틀 동안 과학자들이 남긴 자료와 음식출력기를 갖고 끙끙거리더니 전투 담당 육식동물 두 종류를 유인하는 신호 물질을 만드는 데 성공했다. 그동안 에흐진은 우주선에서 할 수 있는 만큼 손상된 부위를 고치고 설치해놓은 호스로 물을 보충했다. 티르민은 윤과 통신을 주고받으며 정찰 드론을 내보내 주변 상황을 파악했다. 그 와중에 드론 한 대가 날짐승의 공격을 받아 추락했다. 이제 남은 드론은 두 기였다.

드론으로 파악한 정보에 따르면, 별다른 큰 전투는 없는 상태로 연구소 쪽 숲이 꾸준히 밀려나고 있었다. 이따금 기습을 시도하다가 더 많은 병력에 밀려 후퇴하는 모습이 보이곤 했다. 윤은 이 전선이 얼마나 길게 뻗어 있는지 궁금했다. 숲 경계선을 따라 양쪽으로 드론을 보내 관찰하니 각각 약 5킬로미터까지는 전선이 이어진 상태였다. 그 너머는 드론의 귀환 가능 거리 밖이라 알 수 없었다.

양쪽 숲 모두 전체에 비상이 걸린 모양이라 돌아서 걸어가기는 무리인 듯했다. 그때 윤은 인공위성을 떠올렸다. 우주선에서는 안 됐지만, 연구소에서는 연결이 될 터였다. 연구용이었으니까. 위성 제어 프로그램은 쉽게 찾을 수 있었다. 윤은 위성에 접속해 연구소 상공을 지날 때 촬영하도록 설정했고, 마침내 위성 사진을 얻을 수 있었다.

지난 며칠 동안 이런 일을 겪고 나자 특이한 점이 확연히 보였다. 지금 착륙해 있는 대륙은 해안가를 제외한 거의 전체가 숲으로 덮여 있었는데, 맨땅이 드러난 곳이 마치 그물처럼 복잡해 보였다. 그게 모두 이른바 국경인 셈이었다. 이런 숲이 모두 몇 개 있나 세어보려다가 포기할 정도였다. 이런 숲 하나하나가 살아 움직이는 것처럼 이웃 숲과 싸움을 벌이고 있는 거라면 정세가 얼마나 복잡할지 도무지 상상되지 않았다.

윤은 인간의 국가가 몇몇 대표자의 지시에 의해 움직이는 게 아니라 국가 그 자체가 의식적인 존재라면 과연 어떨지 상상해 보았다. 자신이 인지하지 못하는 채로 거대한 보드게임의 말처럼 움직인다면 어떤 기분일까? 아니, 이미 그러고 있는 게 아닐까? 그런 생각이 잠깐 들었지만, 단순 무지한 짐승과 인간은 다를 거라고 생각했다. 그래야 했다. 윤은 고개를 흔들었다.

지금 적군(윤은 강 쪽 숲을 적군, 연구소 쪽 숲을 아군으로 구분하기로 했다)은 아군보다 훨씬 더 넓은 영역을 차지하고 있었다. 그리고 강을 차지하고 있다는 게 상당히 유리한 것 같았다. 이곳 동물들도 물이 있어야 살 수 있다. 수원을 확보하는 건 숲의 큰 목표일 게 분명했다.

아군 숲의 영역에는 큰 강이 지나지 않았다. 갈라져 나온 작은 지류 몇 개만이 숲에 물을 대고 있었다. 우주선이 착륙한 곳이 가장 강에 가깝게 접근했던 지역인데, 이번 공격으로 그곳에서도 더 멀리 쫓겨나고 말았다.

그리고 근처의 숲은 그 둘만이 아니었다. 아군 숲은 북쪽으로는 현재의 적군과 마주하고 있었고, 동쪽으로는 작은 숲 두 개, 남쪽과 서쪽으로는 비슷한 규모의 숲과 닿아 있었다. 이곳저곳에서 산발적으로 벌어지는 전투에 동물들을 효과적으로 투입할 수 있는 존재라면 무시할 수 없겠다는 생각이 들었다. 적군 숲 역시 사방으로 다른 숲과 마주하고 있었다. 전선을 비교적 곧고 길게 유지하며 밀고 내려온 남쪽과 달리 동쪽의 경계는 침공을 당했는지 안쪽으로 꽤 깊숙이 파먹힌 양상을 보이는 곳도 있었다. 동쪽으로는 우주선에서 10여 킬로미터만 가면 또 다른 국경이었다.

윤은 우주선에서 500미터쯤 떨어진 곳에 아군 숲의 동물을 집중시켜 공격을 유발하겠다는 계획을 세웠다. 적군 동물들이 방어하러 그곳으로 쏠리게 되면 그 틈을 타서 우주선으로 가겠다는 생각이었다.

보나는 만들어낸 신호 물질을 냄새가 없는 작은 에너지바에 입혀서 밀폐 용기에 담았다.

"난 아무 냄새도…, 여기 공기가 원체 시큼해서 잘 모르겠는걸."

윤이 뚜껑을 살짝 열고 킁킁거리며 말했다.

"일단 밖에서 실험해봐야겠어."

"그랬다가 동물들이 죄다 이쪽으로 몰려오면 어떡하죠? 제가 양을 잘 몰라서…, 이게 엄청 강한 신호일 수도 있어요. 직접 동물들을 다 끌고 최전선까지 가실 건가요?"

생각해보니 그랬다. 윤은 에너지바를 약간 떼어낸 뒤 문을 열고 바깥으로 힘껏 던졌다. 그리고 창문을 통해 밖을 관찰했다.

한동안 기다렸지만, 아무 반응이 없었다. 아직도 연구소 주위를 맴도는 바위곰과 악어개 한 무리도 행동에 변화를 보이지 않았다.

"냄새가 너무 옅은가?"

함께 지켜보던 보나가 중얼거렸다. 윤은 잠시 고민하다가 에호진을 호출해 드론 한 대를 연구소로 날리라고 지시했다.

"네, 대위님. 그런데 도중에 날짐승에게 공격받을 수도 있습니다."

윤은 에호진에게 계획을 설명하고 목표 장소를 전달했다. 보나가 만들어낸 신호 물질은 네 종류였다. 바위곰과 악어개를 대상으로 했고, 각각에게 집결 명령과 공격 명령을 내리는 냄새였다. 원래 숲은 여러 나무에서 제각기 집결, 대기, 공격 등의 명령을 동시에 혹은 시차를 두고 뿜어내며 복잡한 움직임을 만들었다. 어떻게 조합하느냐에 따라 양동 작전이나 매복, 유인 후 기습 같은 다양한 전술을 쓸 수 있었고, 과학자들이 남긴 기록에 따르면 이와 같은 절묘한 움직임으로 적군의 병력 일부를 깊숙이 끌어들여 포위 후 몰살한 사례도 있었다. 하지만 지금 윤으로서는 냄새나는 음식 덩어리 몇 개를 끌고 다니는 수준의 방법밖에 쓸 수 없었다.

다행히 드론은 무사히 도착했다. 윤과 보나는 준비한 에너지바를 드론에 매달았다. 드론에 로봇팔 같은 게 없어서 어쩔 수 없이 드론이 냄새를 풍기며 동물들을 이끌어야 했다.

윤은 연구소 밖에서 일부러 감시조 동물들의 시선을 끌며 드론을 날리는 모습을 보여주었다. 혹시나 저번에 윤과 보나에게 그랬던 것처럼 드론도 같은 편이라고 인식하게 될까 싶어서였다.

티르민이 우주선에서 드론을 조종했고, 에흐진이 상황을 윤과 보나에게 중계했다.

"공격받지 않고 진행 중입니다. 나뭇잎에 가려서 땅 위의 상황은 보이지 않습니다만, 곧 말씀하신 위치에 도달합니다."

곧 드론이 목표 지점에 도착했지만, 아래에서 어떤 일이 벌어지고 있는지 알 수가 없었다. 적군이 아군 숲을 무너뜨리고 있는 전선에서 남쪽으로 500미터쯤 떨어진 곳이었다. 방어 병력은 어느 정도 위치에서 대기하고 있을까?

"내려가봐야 알 것 같은데요?"

티르민은 대답을 듣지도 않고 드론을 내렸다. 윤이 입을 열려다가 그만두었다. 상황을 알려면 그 수밖에 없었다.

"나뭇잎 아래로 내려왔습니다. 잠시 돌아다니는 중입니다. 아, 동물이 보입니다. 육식동물 같은데, 드론을 보며 쫓아다니고 있습니다. 하지만 높이 때문에…. 아, 티르민, 나무에 붙지 마. 저 녀석들 나무에 올라간다."

윤은 순간 긴장했다. 드론이 공격받을까 봐서인지 티르민이

에호진에게 간섭하지 말라고 대들까 봐서인지는 헷갈렸다. 하지만 티르민은 별말이 없었다. 지금 이 상황이 재미있는 모양이었다. 이런 재미가 있을 때는 남의 말을 잘 듣지 않는 사람이었다. 티르민은 드론이 나무에 부딪히지 않도록, 혹시 뛰어올라 공격할지 모르는 동물을 피하며 드론을 요리조리 조종했다.

"아직 동물들이 모여드는 모습은 안 보…, 아, 티르민, 카메라 좀 오른쪽으로 돌려봐!"

"무슨 일이지, 상사?"

윤이 묻자 곧바로 대답이 들렸다.

"동물들이 이쪽으로 오는 게 보입니다. 몇 마리가 달려오고 있는데, 오, 그 뒤로 더 보입니다."

윤과 보나가 손뼉을 마주쳤다.

"좋아. 이제 적진으로 유인을 해보자고."

티르민이 동물들이 몰려오는 방향의 반대편으로 드론을 날렸다. 육식동물들이 계속 쫓아오는 모습이 보이자 윤은 쾌재를 불렀다. 그런데 에호진의 당황한 목소리가 들렸다.

"어? 중사, 그런데 어디로…."

디스플레이로 드론의 위치를 보던 윤도 곧 눈치챘다. 공격대를 이끌고 북쪽으로 가고 있어야 할 드론이 남쪽으로 움직이고 있었다.

"중사, 북쪽으로 동물을 끌고 가야 해!"

"네? 이 방향이 맞는데요? 지금 제 뒤쪽에서 계속 동물들이 모이고 있잖아요!"

"뭐라고?"

"그러면 지금 병력을 후퇴시키고 있는 거라고!"

윤이 외쳤지만, 곧 희한한 일이 벌어졌다. 에흐진이 드론의 진행 방향에서 대규모 병력이 나타나 돌격해오고 있다고 보고했다.

"뭐라고?"

"적군입니다."

'후퇴 중인데 앞에서 적군이 나타났다고?'

어리둥절해 있는 사이에 에흐진의 목소리가 다시 들렸다.

"싸움이 벌어졌습니다. 그런데 편이 구분이 되질 않아서…. 지금 여기저기서 계속 동물들이 모여들고 있습니다."

싸움은 오래 끌지 않고 끝났다. 누가 이긴 건지는 모르겠지만, 수적으로 열세에 놓인 한 무리가 완전히 포위당해 도륙당하고 말았다. 그 와중에 드론도 어디선가 날아온 날짐승에게 공격받아 연구소로 후퇴했다.

드론을 회수하러 문을 열고 나갔던 윤은 하마터면 돌진해 온 악어개들에게 물릴 뻔했다. 보나가 재빨리 문을 닫아걸었다.

윤은 뭔가 짚이는 게 있어 얼른 연구실로 뛰어갔다. 컴퓨터 앞으로 다가가 위성사진을 불러냈다. 그리고 최근 사진부터 과거로 계속 거슬러 올라갔다. 역시 예상대로였다. 숲의 경계는 대단히 유동적이었다. 이곳의 나무는 자라는 속도가 대단히 빨랐다. 몇 년 사이에 경계가 완전히 바뀌는 것도 가능해 보였다.

"뭘 보시는 거예요?"

"중사, 과학자들이 실험한 게 언제지? 날짜 좀 줘봐."

보나가 자료를 살펴보더니 대답했다. 윤이 사진을 더 빨리 넘기다가 한숨을 쉬며 의자에 등을 기댔다.

"역시."

"뭐가 역시인가요?"

"이걸 봐."

보나가 위성사진을 들여다보았다.

"여기가 연구소야."

윤이 한 지점을 가리키며 말했다.

"그리고 숲의 경계는…."

그건 설명할 필요도 없었다.

"아, 그때 여기는 다른 숲의 영역이었군요!"

"그래. 지금 우리가 적군이라고 부르는 그 숲이야. 원래 이 연구소는 우리 우주선처럼 숲과 숲 사이의 빈 공간에 있었어. 그러다 시간이 지나면서 저쪽 숲이 그 땅을 먹어버린 거지. 그 뒤에 이쪽 숲이 땅을 빼앗은 거야. 그래, 젠장. 어쩐지 뜬금없이 숲 한가운데다 지었다 했어."

"젠장, 그러면…."

"그래, 우리가 만든 신호 물질은 저쪽 숲의 동물들에게 통하는 거였어. 우리가 적군을 이쪽으로 끌어들인 거야. 소수의 침입이니까 여기서 쉽게 막긴 했지만…."

"그러면 우리가 첩자? 아니면, 배신자가 된 꼴이네요?"

"그렇지."

보나가 허탈한 듯이 웃었다. 그때 쿵- 하는 소리가 들리며 건물이 울렸다.

재빨리 문으로 뛰어나 밖을 내다보니 마침 바위곰 한 마리가 문을 향해 돌진했다. 윤이 흠칫 놀라 뒤로 물러서자 다시 한번 문이 진동했다.

"빌어먹을. 완전히 찍힌 모양인데."

살짝만 내다봐도 연구소가 완전히 포위당한 상태라는 걸 알 수 있었다. 본진 깊숙이 들어와 있는 적을 놔둘 존재가 있을 리 없었다. 윤과 보나는 서둘러 가구 따위로 문과 창문을 막았다. 덩치 큰 맹수라 해도 동물의 수준으로 건물을 어떻게 하기는 어렵겠지만, 탈출은 더욱 힘들게 되어버렸다. 건물을 두드리던 소리는 곧 잦아들었다.

한숨 돌린 보나는 위성사진을 다시 천천히 돌려보았다.

"와, 이거 완전 난세인데요? 국경이 안정적일 때가 없네요. 여기 보세요. 이 숲은 이렇게 컸는데…, 국경이 길어지니까 적이 많아지고, 그렇게 야금야금 줄어들었어요. 작았던 곳이 커지기도 하고. 얘네 혹시 동맹 같은 것도 맺으려나요?"

"글쎄. 불가능하다고는 할 수 없겠는걸."

"설마 이 행성 전체가 이런 걸까요? 기후가 다른 지역도 있을 텐데, 그런 곳은 또 어쩌려나…."

보나가 다른 지역의 위성사진을 찾아보려는 걸 윤이 말렸다.

"중사, 지금은 그게 중요한 게 아니야. 신호 물질을 더 만들어야 해. 일단 우리가 만드는 신호 물질이 저쪽 숲의 동물에게 효과가 있다는 걸 알았으니 그걸 활용해야지."

보나는 군소리 없이 바로 작업에 들어갔다.

보나가 작업하는 동안 윤은 위성사진을 들여다보며 밤새워 궁리했다. 이 숲을 무사히 빠져나가려면 이곳의 육식동물을 다른 곳으로 보내야 했다. 어느 한 곳의 방어에 집중하게 하면 될 것 같았지만, 그 경우에도 다른 곳에 경계 병력은 남아 있는 듯했다. 이쪽 숲에서 확실하게 병력이 빠지게 하려면 전선이 전체적으로 밀고 올라가야 상대방 숲에서 전투가 이루어지게 해야 했다.

창고를 더 뒤지니 민간용 사냥총이 몇 자루 나왔다. 아쉽지만 잃어버린 윤의 소총 대용으로 쓸 만했다. 조명탄도 있었는데, 어떻게 활용해야 할지 감이 오지 않았다. 숲에 불을 낼까 싶었지만, 불이 잘 붙을 만한 곳은 우주선이 착륙해 있는 경계 지대뿐인 것 같았다. 드론이 더 있다면 좋으련만, 없었다.

아침이 되자 에흐진이 윤을 호출했다.

"대위님?"

"뭐지?"

"서두르셔야 할 것 같습니다. 우주선이 공격받고 있습니다."

윤은 어제 연구소 문을 부수려던 바위곰을 떠올렸다.

"드론을 공격했던 날짐승 무리가 우주선 위로 돌을 떨어뜨리고 있습니다. 돌이 크지 않아 심각한 공격은 아닌데, 자칫 예민한 부품에 맞을까 봐 걱정스럽습니다."

'그런 것도 할 수 있어?'

공중 폭격이라니 윤은 진심으로 놀랐다. 군용 우주선이 돌 정도에 부서질 리는 없지만, 가뜩이나 이미 손상을 입은 상태에서 더 충격을 받는 건 바람직하지 않았다. 그때 보나가 말했다.

"새 말이라면, 새를 유인하는 물질도 만들어봤어요. 이번에는 전체적으로 냄새의 강도를 높였어요. 아무래도 더 넓게 퍼지는 좋을 것 같아서."

윤은 보나가 만든 날짐승 유인용 에너지바를 드론 아래에 붙인 뒤 천장문을 열었다. 조심스럽게 고개를 내밀고 주위를 살폈는데, 위험하지 않아 보였다. 하늘을 둘러보니 멀리서 커다란 새 한두 마리가 날고 있었다.

"티르민, 드론을 우주선 근처까지 날렸다가 다시 이쪽으로 보내. 새들을 유인할 수 있을 정도까지만 가까이 붙어. 드론을 잃으면 안 되니까 조종 실력을 최고로 발휘해야 할 거야. 할 수 있겠지?"

"물론입죠, 대위님. 실패하면 우리끼리 가버리면 그만이고요, 뭐. 하하하."

"흥, 네가 혼자서 우주선 처분할 수 있어? 그거 대위님 인맥인 거 알지?"

보나가 끼어들어 핀잔을 놓았다. 티르민은 아무 대답이 없었고, 드론이 날아올랐다. 윤은 멀어지는 드론을 물끄러미 바라보았다. 이제는 운에 맡기는 수밖에 없었다. 동물들이 얼마나 먼 거리에서 냄새를 맡을 수 있을지는 몰랐다. 바람이 어디서 어디로 부는지도 알 수 없었다. 티르민의 감각을 믿는 수밖에 없었다.

"저 재수 없는 놈한테 기대야 한다니 별로네요. 그런데 어떡하실 거예요?"

"일단 우주선을 폭격하는 놈들을 이쪽으로 끌어들이는 거야. 그러면 여기서도 새들이 나서겠지. 그렇게 싸움을 붙여놓고 드론들을 다 우리 쪽으로 가져와서 육상 동물을 유인하는 데 써야지."

윤은 머릿속의 생각을 보나에게 간단히 설명했다. 보나는 미심쩍은 표정을 지었지만 고개를 끄덕였다. 어차피 더 좋은 생각도 없었다.

"성공입니다!"

에흐진의 목소리가 들렸다.

"돌을 던지던 놈들이 드론을 따라가고 있습니다."

정찰용 드론의 속도가 빨라서 다행이었다. 쉽게 새들에게 따라잡히지 않았다. 얼마 뒤 에흐진이 다시 보고했다.

"전방에 또 다른 새 무리가 있습니다. 곧 조우합니다."

"티르민, 믿겠다!"

윤이 외쳤다.

"됐다!"

티르민의 고함 소리가 들렸다.

"들려요, 대위님? 양쪽에 잡히기 직전에 급상승해서 피했다고요. 저놈들이 나무 냄새를 맡고 움직이는 거면 아주 높은 곳으로는 잘 안 올 거 아니겠어요?"

듣고 보니 그럴듯했다.

"쟤가 머리도 쓸 줄 아네…."

보나가 중얼거렸다. 다시 에흐진이 보고했다.

"대위님, 드론은 멀찍이 피했습니다. 영상을 확인하니 날짐승들이 뒤엉켜 싸우고 있습니다."

"상사, 남은 드론도 빨리 새들이 싸우는 곳을 피해서 이쪽으로 보내. 바람 상태를 보고 가능한 한 고고도로 보내도록."

두 드론이 차례로 연구소에 도착했다. 윤과 보나는 주요 전투병력을 이루는 육식동물 두 종류에 집결과 공격 명령을 내리는 에너지바를 드론에 부착했다. 방금 새를 유인하는 데 썼던 드론은 미리 가능한 한 깨끗이 닦았다.

"두 드론을 숲 경계에서 머물게 해. 그리고 동물들이 따라오면 강 너머로 가지고 가. 강 너머의 숲 안쪽으로 들어간 뒤 강이 흐르는 방향을 따라 왕복하며 동물을 유인한다. 전장을 강 쪽 숲으로 옮겨야 해. 알겠지?"

"그게 계획이에요? 그게 쉽게 되려나…."

티르민이 중얼거렸다. 윤은 에흐진이 그 옆에서 못마땅한 표정을 짓고 있을 게 눈에 선했다.

"실패하면, 너희들끼리 알아서 떠나든가."

윤의 말에 보나가 눈을 휘둥그레 뜨면서 손을 휘저었다.

"에? 진심이에요? 난 아니에요. 안 돼. 그러면 죽을 줄 알아!"

"그럴 리는 없으니까 걱정 마, 중사. 만약 이 녀석이 멋대로 이륙하려 들면 내가 모가지를 비틀어버리겠다."

에흐진의 말이었다. 티르민은 코웃음만 치고 아무 말도 하지 않았다.

또다시 드론이 옥상에서 이륙했다. 윤과 보나는 냄새를 입히기 전의 에너지바를 하나씩 먹고 출발 준비를 갖췄다.

"대위님?"

"상사? 어떻게 되고 있나?"

"성공입니다. 그쪽 숲으로 들어갔던 육식동물들이 다시 나오고 있습니다. 지금 다시 강을 향해 가고 있는데, 곧 강을 건널 것 같습니다."

윤은 가려놓은 바리케이드를 치우고 창밖을 내다보았다. 아직은 아무런 변화가 없었다.

'적군이 철수했다는 걸 숲이 알아채고 병력에 전진 명령을 내리려면 얼마나 걸릴까? 혹시 잃어버렸던 영토만 회복하고 공격은 하지 않으면 어떡하지? 아니야, 이 기회에 강까지 영역을 넓혀놓으면 물 확보에 유리해진다는 걸 숲도 알 거야. 제발.'

숲은 반응이 빨랐다. 땅속에서 하나로 연결된 뿌리를 통해 정보를 전달한다는 추측이 맞는 모양이었다. 널브러져 있던 바위곰 한 마리가 고개를 번쩍 들었다. 그리고 코를 킁킁거리더니 일어서서 움직이기 시작했다. 곧 주변의 다른 바위곰들도 똑같은 방향으로 향했다. 악어개가 뒤를 따르면서 풀숲이 흔들리는 모습도 보였다. 이윽고 연구소 주변에 진을 치고 있던 육식동물은 모두 사라지고 말았다.

"갈까요?"

보나가 물었다.

"아니, 조금만 더."

윤은 에흐진의 보고를 기다렸다.

"나옵니다! 공격 들어갔던 초식동물들이 쫓겨나오고 있습니다. 호위 병력이 없으니 거의 학살 수준입니다."

이제 가야 했다. 윤과 보나는 창고에서 챙긴 보급품 가방을 짊어지고 총을 한 자루씩 든 채 천천히 걸어 나왔다. 열 걸음 정도 걸어 나왔지만, 주변에 동물의 기척은 없었다. 두 사람은 속도를 높였다.

"에, 대위님? 강 너머 쪽은 좀 혼란스러운데요. 얘들이 드론을 따라오긴 했는데, 우왕좌왕해요."

당연했다. 그쪽 숲이라고 가만히 있을 리는 없었다. 명령이 서로 뒤섞이는 바람에 동물들이 갈피를 못 잡고 있는 게 분명했다. 윤은 재빨리 생각했다. 어젯밤 열심히 들여다본 위성사진을 떠올리려고 필사적으로 노력했다.

"둘 중 동력이 더 많이 남은 드론을 조종하는 게 누구지?"

"티르민입니다."

"중사, 드론을 동쪽으로 보내. 나무 위로 올라가서 최대 속도로 가. 동쪽에서 10도 정도 북쪽으로 치우친 방향으로 움직여. 거기 있는 동물이 못 따라와도 좋으니 최대한 빨리 가라고."

"얼마나 가요?"

"드론 회수는 생각하지 말고 가. 조종이 허락하는 대로 고도 높여서 우리가 착륙한 것 같은 경계를 찾아."

그건 동쪽 숲과 맞닿은 곳으로 가는 가장 짧은 경로였다. 기억에 의존한 데다가 대략적인 드론의 위치만 알고 지시하긴 했지만, 드론을 높이 올려보내면 티르민이 화면으로 찾을 수 있을 거라고 생각했다.

적군 숲의 동쪽에 있는 다른 숲이 끼어들게 하는 게 목적이었다. 그 숲 역시 영역이 만만치 않게 넓었다. 그쪽으로 동물을 유인해 들어가면 새로운 전투를 일으킬 수 있을 것 같았다. 그러면 적군 숲은 동쪽 경계로 병력을 보내야 할 것이고, 그 틈을 타 연구소 쪽 숲(이제는 아군이라고 할 수 없었다)이 북쪽으로 치고 올라갈 수 있었다.

윤과 보나는 통신에 귀를 기울인 채 한적해진 숲을 부지런히 걸었다.

"대장! 있어요! 다른 경계가 있어요. 저 너머는 또 다른 숲인가요?"

"중사, 이제…."

"아, 걱정하지 마시길. 다 안다고요. 여기서 동물 유인해서 저쪽으로 쳐들어가란 소리죠? 자, 갑니다…."

역시 숲의 반응은 빨랐다. 얼마 뒤 에흐진은 강 건너편에 있던 동물들이 나뉘어 일부는 동쪽으로 가고 있다고 보고했다. 나머지는 다시 강을 건너 연구소 쪽 숲의 공격을 방어하러 갔다. 윤은 이 혼란을 틈타 북쪽이나 서쪽의 다른 숲도 쳐들어와 준다면 고맙겠다고 생각했다.

에흐진이 조종하던 드론은 동력이 떨어져 우주선으로 귀환하던 중 공격을 받아 추락했다. 에흐진은 그때부터 우주선 밖의 상황을 알려왔다.

"저번과는 다릅니다. 이번에는 북쪽 숲이 밀리고 있습니다. 남쪽에서 온 병력이 강에 접한 숲속으로 들어갔습니다. 그 안에서 싸움이 벌어지고 있는 것 같은데, 여기서는 안 보입니다."

"좋아, 상사. 우리는 이제 곧 도착한다."

"에, 그래도 조심하셔야 합니다. 우주선 주변에도 육식동물이 남아서 적의 초식동물을 사냥하고 있습니다. 아, 이제 초식동물 부대도 강 쪽을 향해 밀고 나오고 있군요. 그 사이에 호위로 보이는 육식동물도 보입니다."

마침내 윤과 보나는 숲의 경계에 도달했다. 며칠 사이에 경계에 있던 풀과 나무가 상당수 죽는 바람에 숲 경계에서 우주선까지의 거리는 더 멀어져 있었다. 공터에서는 널브러진 동물들의 사체 사이로 초식동물들이 이동하는 중이었다. 그 무리가 우주선을 지나치자 윤과 보나는 우주선을 향해 달렸다. 에흐진이 둘을 맞이하기 위해 문을 열고, 경사로를 내렸다.

그 소리에 초식동물 틈이 끼어 있던 악어개 몇 마리가 뒤를 돌아보더니 윤과 보나를 향해 달려왔다.

"빌어먹을."

소총의 탄약이 떨어져 대신 들고 온 사냥총은 연사가 느려 잽싸게 뛰어오는 악어개를 맞추기 어려웠다. 에흐진이 경사로를 뛰어 내려오며 총을 갈기자 악어개 두어 마리가 쓰러졌다.

"조심해!"

저번과 비슷한 상황이었지만, 좀 더 위험했다. 다소 멀리 있던 바위곰이 덩치에 비해 믿을 수 없는 속도로 뛰어와 억센 팔을 휘둘렀다. 에흐진은 경고를 듣고 반사적으로 앞으로 굴렀지만, 곧바로 악어개 몇 마리가 달려들었다. 에흐진이 맞을까 봐 총을 쏠 수 없게 되자 윤과 보나는 사냥총의 개머리판으로 악어개들과 사투를 벌였다. 육중한 발소리를 내며 바위곰이 성큼성큼 다가왔다. 윤이 총을 치켜들었지만, 악어개 한 마리가 뛰어올라 총을 물고 늘어졌다.

"빌어먹을!"

이제 끝인가 하는 순간 총소리가 여러 발 들리며 바위곰이 움찔했다. 그리고 곧 천천히 앞으로 쓰러졌다. 그 아래 있던 에흐진과 보나가 재빨리 옆으로 피했다. 총소리가 더 울리며 악어개 몇 마리가 더 쓰러졌다.

"에헤이, 빨리 안 뛰고 뭐 해요!"

티르민이 경사로에서 총을 들고 쏘며 외쳤다. 윤은 보나와 에흐진을 일으켜 세운 뒤 우주선을 향해 달렸다. 티르민은 일행이 공격받지 않도록 주변에 엄호 사격을 계속했다. 에흐진이 불같이 화를 내며 외쳤다.

"야, 이 미친놈아. 우리가 맞으면 어떡하려고!"

"그럼 팔자려니 생각하쇼!"

다들 죽을 팔자는 아니었는지, 무사히 경사로까지 올라갈 수 있었다.

"잠깐만 기다려요!"

티르민이 말하며 경사로를 뛰어 내려갔다.

"야, 너 어디 가?"

에호진이 쫓아가며 소리를 질렀다.

"마마르 소위 찾으러요. 아무리 죽었어도 두고 갈 수는 없잖아요."

"미친놈이 왜 이럴 때 의리를 찾아? 지금 가면 죽어!"

에호진이 티르민의 멱살을 잡고 다시 경사로 위로 끌어올렸다. 윤과 보나가 기다리고 있다가 모두 안으로 들어간 뒤 문을 닫았다.

우주선까지 오는 데는 성공했지만, 아직 완전히 안심할 수는 없었다. 윤은 메고 있던 가방을 내려놓고 창을 통해 밖의 상황을 살폈다. 티르민은 에호진이 끌고 와 조종석에 앉히자 이륙 준비를 시작했다.

어느덧 우주선 주변은 조용해졌다. 강 쪽 숲에서 나무가 줄줄이 쓰러지는 모습이 보였다. 다른 숲과의 경계에서는 또 어떤 일이 벌어지고 있을지 이제는 알 방법이 없었다. 영역 재편이 이루어지고 있을지 지금 협공당하고 있는 숲이 혼란을 수습하고 영역을 지켜낼지 궁금하기도 했지만, 알아보고 싶은 생각은 전혀 없었다.

"전쟁에서 도망쳐 나온 곳이 하필 전쟁터였다니…."

윤이 읊조리자 티르민이 명랑하게 대꾸했다.

"그래도 난 재미있었어요. 전쟁이 이렇게 재밌다니 괜히 탈영했나?"

"네가 내 입장이었으면 재미 하나도 없었을걸? 닥치고 조종이나 똑바로 해."

보나가 티르민의 뒤통수를 때리며 말했다. 에흐진은 거구의 몸을 들썩이며 여전히 씩씩거리고 있었다.

점검을 마친 우주선이 이륙했다. 고도가 높아지면서 위성사진으로 봤던 숲의 모습을 맨눈으로 볼 수 있었다. 마치 서로 다닥다닥 붙어 있는 식물세포 같은 모습이었다. 대륙이 한눈에 들어올 정도가 되자 경계선은 점차 희미해지다가 마침내 보이지 않게 되었다. 다들 말없이 지상을 내려다보고 있었다. 비록 한 덩어리의 숲으로 보여도 그 안에서는 언제부터 시작되었는지 알 수 없는 전쟁이 지금도 치열하게 벌어지고 있다는 사실을 이제는 알았다. 동물 군대를 조종하는 숲과 숲의 전쟁이.

윤은 숲 자체가 지성체일 수도 있다는 과학자들의 추측에 관해 생각했다.

'말 그대로 사는 게 전쟁이라니 저들은 영원히 이렇게 살아야 하는 걸까? 전쟁을 멈추고 서로 평화롭게 지낼 수도 있을까?'

만약 숲들이 전쟁을 그만두고 서로 협력한다면, 아니면 어느 한 숲의 주도로 통일이 된다면, 이 행성이 어떤 모습이 될지 윤으로서는 도무지 떠올릴 수 없었다. 그저 이게 자신이 겪는 마지막 전쟁이기만을 바랄 뿐이었다.

드래곤의 꿈

▸ 2020년 〈환상문학웹진 거울〉 게재

마을을 벗어나 숲길로 접어드는 떠돌이 노인의 뒤를 한 무리의 아이들이 따랐다. 아이들은 서로 장난치고 낄낄거리면서도 끈질기게 노인을 조르고 있었다.

"할아버지, 드래곤 이야기 좀 해주세요!"

"아이, 제발요, 산수 공부 빼먹고 왔단 말이에요. 들키기 전에 집에 돌아가야 한다고요."

"히잉, 어른들한테만 재밌는 얘기 해주고. 우리한테도 들려주세요!"

노인은 귀찮은 듯이 손을 휘저으며 뒤도 안 돌아보고 걸었다. 하지만 늙은 몸으로는 아이들의 잰걸음을 당해낼 수 없었다. 얼마 뒤 노인은 나무가 듬성듬성한 공터의 바위 위에 앉아 숨을 몰아쉬었다.

이때다 싶어 아이들이 포위하듯이 노인을 둘러쌌다.

노인은 아무 말 없이 모여든 아이들을 천천히 훑어보았다. 반짝이는 여러 쌍의 눈빛을 본 노인은 가볍게 한숨을 쉬며 입을 열었다.

"여기까지 쫓아오다니, 정말 듣고 싶으냐?"

아이들이 동시에 고개를 끄덕였다. 노인이 웃음인지 아닌지 알기 어려운 미묘한 표정을 지으며 말했다.

"그래. 어차피 좀 쉬었다 가야 하니까…. 너희들 고대 문명에 대해 알지? 그 뭐시기냐, 아주 옛날에 마법으로 만든 멋진 문명이 있었다는 거. 건물은 하늘 꼭대기에 닿으려고 했고, 사람들이 마법의 수레를 타고 그 사이를 날아다니곤 했다지. 멀리 떨어져 있는 사람과 얼굴 보면서 이야기할 수 있는 마법도…."

"그건 너희도 알아요. 학교에서 배웠다고요. 거긴 넘어가고 빨리 싸웠던 얘기를 해주세요."

노인이 기분 나쁜 표정을 짓자 아이들이 모두 입을 다물었다. 노인은 헛기침을 하고 다시 입을 열었다.

"드래곤 이야기 듣고 싶으면 조용히 하고 들어. 이게 다 상관이 있는 이야기야. 이 드래곤이란 게 말이다, 사실은 이 고대 문명이 만든 무기야. 마법 대전이라고 들어봤겠지?. 고대 문명이 두 편으로 나뉘어서 벌인 대전쟁이지. 그때 마법사들이 전쟁에서 이기기 위해 드래곤이라는 괴물을 만들었단다. 머리는 뿔이 잔뜩 난 도마뱀 같고, 날개는 박쥐 같은데 펼치면…."

"그것도 배웠…."

한 아이가 눈치 없이 끼어들었다가 다른 아이들의 눈총을 받고 서둘러 입을 다물었다.

"이 할아버지가 어렸을 때는 드래곤이 그냥 옛날이야기에 나오는 괴물이었단다. 어렸을 적에야 겁먹었지만, 한 열두 살만 먹으면 그런 게 어디 있냐고 비웃고 그랬지."

"아니에요. 진짜 있어요!"

결국, 참지 못한 아까 그 아이가 또 끼어들었다.

"그래, 그래. 이제부터가 시작이다, 얘야. 내가 열다섯 살 때였어. 드래곤이 나타나 사람을 해친다는 소문이 돌기 시작했지. 여러 용사가 드래곤을 물리치러 떠났지만, 아무도 돌아오지 못했어. 그중에는 우리 아버지도 있었단다.

그래서 나는 크면 드래곤을 찾아 죽여서 복수해야겠다고 생각했단다. 열여덟 살이 되자 나는 집을 떠나 군대에 들어갔고, 거기서 여러 가지 무술을 배웠어. 특히 활을 열심히 연마했지. 아무리 드래곤이라도 활로 눈을 맞히면 꼼짝 못 할 거라고 생각했던 거야. 마침내 이백 보 밖에서 콩알 하나를 맞출 수 있는 수준이 되자 나는 드래곤을 찾아 떠났단다.

산맥 여러 개를 넘으며 몇 달 동안 드래곤을 찾아 헤맸지. 그러던 어느 날 마침내 드래곤이 나타났어. 갑자기 주위가 어두워지기에 구름이 꼈나 해서 무심코 하늘을 올려다봤는데 드래곤의 거대한 날개가 햇빛을 가리고 있지 뭐냐. 나는 활에 화살을 메기려고 했지만, 손이 떨려서 화살을 제대로 잡을 수도 없었어.

그리고 그 눈빛이란! 화살로 맞춰도 눈알 하나 꿰뚫지 못하리라는 느낌이 번뜩 들었지. 드래곤이 날개를 한 번 휘두르자 나는 그대로 날아갔어. 활과 칼도 어디 갔는지 없어졌더라고. 간신히 고개를 들었는데, 코앞에 드래곤의 얼굴이 있었어. 난 그대로 오줌을 지렸단다."

아이들이 이상하다는 표정을 지었다.

"저, 근데 아빠한테 들은 얘긴 다른데요. 할아버지가 드래곤하고 몇 날 몇 밤을 싸웠다면서요."

노인은 개의치 않고 말을 계속했다.

"그건 거짓말이었어. 지금 너희들에게 해주는 이야기가 진짜다. 드래곤은 말이지, 인간이 범접할 수 있는 존재가 아니야. 고대의 마법 생물이라고. 그런데 사실 그 드래곤은 죽기를 바라고 있었어."

"네? 그게 무슨 소리예요?"

"이해가 안 되지? 나도 그랬단다. 드래곤은 죽으려고 사람들에게 시비를 걸었던 거야. 너무 강해서 죽지 못했을 뿐이지. 드래곤은 내게 당장 이 자리에서 죽든지 아니면 돌아가서 자기를 죽일 수 있을 만큼 강한 무기를 가져오라고 말했어. 세상에 그런 게 어디 있겠니. 난 고통 없이 한입에 삼켜지기만을 바라고 있었어. 그때 문득 군대에서 들은 이야기가 떠올랐지. 드래곤의 목구멍 속에 불길이 차오를 때 나는 매우 강력한 고대의 마법 무기가 있다고 했어.

그러자 드래곤이 흥미를 보이더구나. 난 필사적으로 기억을 더듬었어. 얼마 전에 마라카 산맥 깊은 곳에서 발견됐다는 고대의 도시 이야기였지. 하지만 멀리서 간신히 입구를 볼 수만 있을 뿐 누구도 가까이 갈 수 없었다고 했어. 조금만 가까이 가도 어디선가 마법 화살이 날아와 사람을 흔적도 없이 날려버렸으니까.

드래곤은 그곳의 위치를 물었어. 난들 아나. 그런데 잘 모른다고 하면 죽을 것 같아서 최대한 기억을 되새겨서 알려줬어. 그랬더니 드래곤은 나를 발로 집어 들더니 날아올랐어. 그리고 내가 말한 방향으로 날아가기 시작했지. 너희들은 상상도 못 할 거다. 드래곤이 솟아오르거나 곤두박질칠 때마다 그 짓눌리거나 속이 뒤집히는 느낌을 말이야. 하늘에서 몇 번이나 토했는지 몰라.

날아가는 동안 드래곤은 내게 자기 이야기를 해주었어. 자기가 원래는 사람이었다는 거야. 군인이었다지. 전쟁에서 이기기 위해 괴물 무기를 만드는 실험에 자원해 드래곤이 되었다고 했어. 생체병기라고 했던가…. 어쨌든, 내가 '아직 마법이 풀리지 않은 건가요?'라고 물으니까 원래는 전쟁이 끝나면 사람으로 돌아오게 되어 있었대. 그런데 임무 중에 적에게 공격을 받아 산속으로 추락했다고 했어.

드래곤은 생명력이 매우 강해서 죽지 않아. 대지의 기운을 받아 상처를 회복하고 생명을 유지할 수 있다고 해. 그렇게 잠들어 있다가 우연히 깨어났더니 세상이 완전히 바뀌었다는 거야. 자기가 살던 고대의 찬란한 문명이 사라지고 미개한 세상이 되었다는 거지. 어쨌든 그 꼴로는 살 수 없으니 다시 사람으로 돌아가고 싶어서 말도 새로 배우고 했대.

하지만 전설 속의 드래곤을 죽이려는 사람들이 끊임없이 나타났다더군. 드래곤은 어쩔 수 없이 공격하는 사람들을 물리쳐야 했고, 계속 그러다 보니 차라리 죽고 싶은 마음이 들었단다. 문제는 이 미개한 세상의 무기로는 도무지 죽을 수 없다는 거였어. 공기가 없는 곳까지 올라갔다가 땅에 곤두박질쳐도 죽지 않고 살아났다니 뭐.

얘들아, 드래곤은 정말 빠르더구나. 이야기를 듣다 보니 어느새 마라카 산맥에 도착한 거야. 여기서부터는 다시 겁이 났지. 그 고대 도시 유적이 어디 있는지 모르니까. 거짓말이 들통날까 봐 가슴이 두근거렸어. 난 드래곤이 나를 먹어버릴지 태워죽일지 떨어뜨려 죽일지 걱정하기 시작했단다.

그런데 쓸데없는 걱정이었어. 드래곤은 눈도 좋았어. 사람이 개미만큼 보일 정도로 높이 올라간 다음에 지상을 노려보더니 금세 찾아내고 말았어. 주변에 사람들도 있었던 터라 찾기가 쉬웠지. 왕이 고대의 마법을 찾아내려고 군대를 붙여서 학자들을 파견했던 거였어. 하지만 들어갈 방법은 없으니 거기서 시간이나 때우고 있었겠지. 왕에게는 나중에 적당히 핑계를 댈 생각이었을 거야. 하지만 드래곤을 보자마자 왕명이고 뭐고 전부 도망쳐버렸어.

이제 드래곤의 차례였지. 이제 목적을 달성했으니 나를 풀어줄 거라고 생각했는데, 아니더라고. 그대로 나까지 든 채로 고대 도시를 향해 날았어. 나는 겁에 질려서 잔뜩 움츠렸어. 아니나 다를까 갑자기 주변이 번쩍 빛나며 공기가 찢어지는 소리가 나더구나. 나는 죽었구나 생각했지. 하지만 드래곤이 나를 발로 붙잡고 공격을 모두 피하며 날았어.

솔직히 말하면, 나는 정신을 잃었어. 얼마나 지났으려나. 다시 깨어나 보니 드래곤과 함께 땅에 내려와 있더군. 드래곤이 이렇게 말했어. '됐어. 이제는 자동방어 플라스마 포가 우리를 공격하지 않을 거다. 생체인식시스템이 아직 유효하군.' 무슨 소린지 알 수 있겠니? 나도 아직 잘 모른단다.

하지만 드래곤의 기분이 바뀐 건 알 수 있었어. 내가 '여기에 죽으러 온 게 아니었나요?'라고 물었어. 그러자 드래곤이 대답했지. '처음에는 그랬다. 하지만 잘하면 여기 있는 장비를 이용해 원래 내 몸을 만들 수 있겠다는 생각이 들었다. 인간으로 돌아갈 수 있는 거지! 그나저나 그렇게 하려면 과학자가 있어야 할 텐데.'

과학자가 뭔지는 몰랐지만, 드래곤이 나를 쳐다보기에 내가 얼른 말했어. '저, 저요? 저는 마법을 부릴 줄 모릅니다. 고대 언어에 대한 지식도 전혀 없는걸요.'

드래곤이 물었어. '그래? 그러면 그런 건 누가 알지?'

내가 대답했어. '하, 학자들이요. 아까 드래곤님이 쫓아 보낸 사람들 속에 있었어요. 무기를 들지 않고, 몸이 허약해 보이는 사람들 말입니다.'

드래곤은 대뜸 하늘로 날아올랐어. 순식간에 드래곤이 시야에서 사라지자 나는 도망가야 한다고 생각했어. 하지만 발걸음이 쉽사리 떨어지지 않았단다. 사실 그렇게 깊은 산속에서 도망쳐봤자 곰의 밥이 되고 말았을 거야. 게다가 내가 마음을 정하기도 전에 드래곤이 학자로 보이는 사람 대여섯 명을 잡아 왔지 뭐냐. 다들 나처럼 정신을 못 차리고 있었어.

학자들이 깨어나기를 기다렸다가 드래곤이 지금까지의 사연을 모두 설명했어. 그리고 이곳에 있는 고대의 문헌을 연구해서 자기를 되돌려달라고 부탁하더군. 그냥 불태워버리겠다고 위협해도 됐을 텐데 부탁을 했어. 그나저나 학자들도 참 신기해. 오히려 드래곤에게 고마워하는 눈치인 거야. 옛날 책을 연구할 수 있어서 신이 난 것 같았어.

그렇게 해서 우리는 그곳에서 머물며 마법을 연구했단다. 정확히는 학자들이 연구를 했고, 나는 뭐, 잡일을 했어. 드래곤이 사슴이나 멧돼지를 잡아 오면 가죽을 벗기고 요리하는 게 내 일이었지. 어차피 학자들은 그런 쪽으로 쓸모가 없으니까.

그런데 한참 지나자 학자들이 드래곤에게 말했어. 이곳에 있는 책이 워낙 많아서 자기들만으로는 어려울 것 같다는 거야. 그때 학자들은 황홀한 표정이었어. 세상의 근원을 밝힐 수 있다나 뭐라나. 다만 시간도 오래 걸려서 언제 연구가 끝날지 모르겠대.

그래서 드래곤이 도시로 날아가 비슷하게 생긴 학자들을 더 잡아다주었어. 어휴, 난리가 났지. 학자를 찾는답시고 왕성을 완전히 헤집어놓았던 거야. 너희들은 태어나지 않아서 모르겠지만. 그 뒤로 토벌대가 몇 번 왔는데, 전부 근처에도 못 오고 쫓겨났지.

어쨌든 난 이목을 끌어서 좋을 게 없으니 은밀하게 데려와야 한다고 말했어. 그다음부터는 숲이나 한적한 들판을 노려서 납치해 오더군.

억지로 잡혀 오기는 했지만, 고대 마법을 연구하기 시작한 학자들은 십중팔구 모두 여기에 빠져들었어. 여기에 세상의 비밀이 있다면서. 세상의 근본 물질부터 물체가 땅에 떨어지는 이유, 태양이 빛나는 이유, 사람이 늙고 병들어 죽는 이유 등등. 뭐, 학자들 말만 들으면 신이 될 수도 있을 것 같았어."

그때 아이들이 서로 눈치를 보더니 한 아이가 말했다.

"저어, 근데 이야기가 좀 이상해요. 드래곤하고 싸운 게 아니에요?

노인이 팔을 휘저으며 말을 막았다.

"기다려봐라. 이제 거의 끝이야. 문제는 시간이었단다. 학자들의 말에 따르면, 거기 있는 마법책을 해독하고 이해하는 데 수백 년이 걸릴 수도 있다는 거야. 사실 드래곤은 상관없었어. 수백 년 정도는 우습게 살 수 있으니까. 학자들이 문제였지.

드래곤이 생각에 잠기더니 한 가지 방법을 말했어. 대대로 이어서 연구하면 되겠다는 거야. 지금 연구하는 학자들이 죽으면, 젊은 학자들이 뒤를 잇고, 또 그 뒤를 잇는 거지. 계속 그러다 보면 고대의 마법을 되살릴 수 있다는 이야기란다. 다시 이 땅에 마법사를…. 마법사가 고대어로 뭐라고 했더라. 조금 전에 말했던 것 같은데, 또 잊었군. 나이를 먹으니 영….”

“과, 과학자요?”

아이들 몇 명이 조심스럽게 말하자 노인이 껄껄 웃었다.

“그래. 맞다. 참 똑똑하구나. 여하튼, 요점은 영리한 아이들을 꾸준히 데리고 와서 어렸을 때부터 가르쳐야겠다는 거란다.”

아이들은 머뭇거리며 말없이 서로 시선을 교환했다. 불길한 느낌이 눈빛에 어른거렸다.

노인이 빙긋 웃으며 말했다.

“얘들아, 너희들은 참 영리해 보이는구나.”

몇몇 눈치 빠른 아이들이 벌떡 일어나 도망치려 했다.

그 순간 거센 바람이 불며 어두운 그림자가 사방을 덮었다.

시간의 약속

▸ 2023년 〈어션 테일즈 No.5〉(아작) 게재

일연국 대신관 사로금은 귀청이 떨어질 듯한 종소리에 깊숙이 빠져 있던 상념에서 끌려 나왔다. 귓전을 울리던 소리가 사라지자 이번에는 좀 더 멀리서 종소리가 동시에 여러 개 겹쳐서 들려왔다. 곧이어 더 멀리서 은은하게 종소리가 울렸다.

'벌써 이렇게 되었나….'

사로금은 책상 위에 널려 있던 책자와 종이 무더기를 한쪽에 대강 치워놓고 일어섰다. 문을 열고 나가자 전실에서 대기하고 있던 서기관이 벌떡 일어났다.

"퇴관하십니까, 대신관님?"

사로금은 말없이 고개를 끄덕이고 밖으로 나갔다. 널찍한 마당으로 나서자 사로금을 기다리고 있던 수행원들이 재빨리 다가왔다. 사로금은 고개를 끄덕여 보이고는 몇 걸음 걷다가 집무실 건물과 붙어 있는 높다란 일향탑을 올려다보았다.

절대 그림자가 지지 않는 세상의 중심….

사로금의 시선을 탑을 따라 계속 올라가다가 하늘 꼭대기에 있는 해를 향했다. 붉은 해는 언제나처럼 하늘 꼭대기를 지키며 생명의 원천이 되어주고 있었다.

사로금은 곧바로 퇴관하려던 생각을 바꾸어 탑으로 발걸음을 옮겼다. 성물이 있는 곳까지 올라가려면 나선 계단을 한참 올라가야 했다. 그전에 십수 명이 분주하게 작업하고 있는 공방이 나왔다. 모두 실력이 있다고 하여 각지에서 불러온 장인들이었다. 이들은 대신관을 보자 하던 일을 멈추고 고개를 숙여 절했다.

사로금은 방 안을 둘러보다가 커다란 향로에 초와 향을 잔뜩 피우고 있는 장인에게 물었다.

"어떠한가?"

"이번에 상단이 변방 근처에서 가져온 풀이 있는데, 이 풀로 배합을 시도해보고 있습니다. 지금까지 해본 결과로는 더욱 일정한 속도로 타는 듯했습니다. 이제 알맞은 길이를 찾아볼까 합니다."

"매번 하는 말이지만, 언제 어디서나 모두 똑같은 속도로 타는 향을 만들 수 있겠는가? 바람이 잘 부는 곳에서는 향이 더 잘 타지 않던가? 공기가 옅은 산 위에서도 똑같이 탈 수 있겠는가?"

장인은 묵묵부답이었다. 사로금은 몸을 돌려 다른 장인에게 물었다.

"자네는 어떤가?"

철사에 매달린 묵직한 추와 톱니바퀴가 복잡하게 얽힌 키 큰 장치를 주무르고 있던 장인이 면구스럽게 고개를 숙이며 대답했다.

"아뢰옵기 송구하오나 지난번에 보신 그대로입니다. 아무리 기름칠하고 철사를 길게 해보아도 종이 울리고 그 다음번에 울릴 때까지 진동을 그대로 유지하지 못하고 있습니다. 지금은 진동이 줄어드는 정도가 매번 일정한지를 재어보고 있습니다. 만약 그렇다면 종 사이의 간격이 줄어드는 정도를 갖고 계산하여…."

"그보다는 진동이 일정하게 오래가야 할 듯하네만. 사람이 수시로 추를 올려줄 수는 없지 않나."

사로금이 퉁명스럽게 말하자 장인의 얼굴이 붉어졌다.

"그나저나 향이나 추나 모두 매번 물을 채워야 하는 물시계나 뒤집어줘야 하는 모래시계와 무엇이 다르겠는가? 내가 원하는 건 사람이 만져주지 않아도 충분히 오랫동안 작동하는 장치일세. 정녕 그런 건 만들 수 없단 말인가?"

소리 높여 책망하는 말이 들리자 근처에 있던 장인들이 하나같이 작업대 위로 고개를 더 파묻었다. 사로금은 순간 괜한 말을 했다 싶어 짐짓 너그럽게 말했다.

"일과가 끝났으니 좀 쉬고들 하게나. 나도 피곤하다 보니 본의 아니게 닦달하는 꼴이 되었군."

이곳의 장인들은 모두 바로 위층에 있는 성물을 흉내 내는 장치를 만드는 일을 하고 있었다. 원래대로라면 이들은 이런 성스러운 곳에 얼씬도 할 수 없었다. 다만 성물에 가까이 있지 않고

서는 할 수 없는 일을 하고 있기에 특별히 황제의 허가를 받을 수 있었다.

사로금은 공방에서 나와 한 층을 더 올라갔다. 당직 신관이 대신관을 보고 벌떡 일어서며 눈짓하자 경비병이 두꺼운 문을 열어주었다. 먼지 하나 없는 정갈한 방 한가운데에 단상이 있고, 그 위에 특색 없는 입방형 물체가 놓여 있었다.

바로 하늘님이 사자를 통해 내려준 성물이었다.

하늘님의 사자가 가지고 내려온 뒤로 수많은 세대가 지나가고 황제국이 여러 차례 바뀌는 동안에도 성물은 변함이 없었다. 전란에 휩싸여 일항탑이 불길에 휩싸여 무너졌을 때도, 빼앗기지 않으려고 우물 속에 던져 넣었다 한참 뒤에 건졌을 때도 성물은 여전히 그대로였다. 이제 그 성물이 진짜 성물임을 의심하는 이는 없었다.

그리고 성물은 언제나 자신의 존재를 알렸다. 맑고 영롱한 소리로. 하늘님의 사자가 이르길, 성물은 매번 일정한 시간이 지날 때마다 울린다고, 이 성물이 종국에는 사람을 하늘님의 곁으로 이끌어줄 것이라고 했다.

처음에는 그게 무슨 의미인가 싶어 다들 고개를 갸웃거렸지만, 곧 알 수 있었다. 하늘님은 시간의 흐름을 확실히 알 수 있는 수단을 선물한 것이다. 각자 나름의 시간을 따라 제멋대로 살던 이들이 따를 수 있는 절대적인 시간을 내려준 것이었다. 그건 곧 하늘님의 질서를 따르는 것과 같았다. 질서 있는 삶으로 하늘님을 만족시킨다면, 죽음에 이르러 하늘님의 곁으로 갈 수 있을지니….

하지만 성물의 은총을 받을 수 있는 이들은 소수에 불과했고, 역대 황제는 대체로 성물을 독점했다. 성물을 얻으면 상징과 권위, 그리고 질서라는 실질적인 혜택까지 얻을 수 있었다.

그런 성물의 은총을 널리 퍼뜨리고자 처음 시도한 이는 사로금의 최대 후원자인 현 황제였다. 황제는 자신과 뜻을 함께하는 신관인 사로금을 대신관으로 임명해 성물과 같은 간격으로 시간을 알려주는 장치를 만들게 했다. 또한, 성물이 소리를 낼 때마다 일일이 횟수를 기록하고, 어떤 일을 사서에 기록할 때마다 그때까지 성물이 소리 낸 횟수를 바탕으로 시기를 병기하게 했다.

성물이 무사히 있음을 확인한 사로금은 다시 집으로 가기 위해 밖으로 나왔다. 해는 언제나처럼 하늘 꼭대기에서 빛과 온기를 내려보내고 있었다. 하늘님은 공정하고 자애로웠다. 변함없는 해로 생명의 기운을 줄 뿐만 아니라 세상의 질서를 세울 수 있는 성물을 하사했다. 하늘님의 선물을 그림자가 지는 변방 세계까지 전파하지 못하는 능력의 부족이 한스러울 뿐이었다.

사로금은 대기하고 있던 가마에 몸을 싣고 관저로 향했다.

사로금은 종소리를 듣고 눈을 떴다. 종은 세 번을 울리더니 그쳤다. 하지만 잠에서 깨기 전에 몇 번 울렸는지를 모르니 총 몇 번인지 알 길은 없었다.

'여전히 번거롭구나.'

먼저 하늘님에게 기도를 올린 뒤 침실 하인을 불러 묻자 여섯 번 울렸다는 답과 함께 깨어나는 대로 입궐하라는 황제의 명이 있었다고 알렸다. 사로금은 서둘러 준비하고 황제를 만나러 갔다.

"부름을 받고 대령하였습니다, 폐하."

누워 있던 황제가 몸을 반쯤 일으켜 침상에 기댔다. 황제의 몸은 갈수록 쇠약해지고 있었다. 황제가 힘없는 목소리로 물었다.

"지난번에 자네 얼굴을 본 뒤로 얼마나 되었던가?"

"그동안 성물이 백 번 넘게 울렸습니다."

황제는 무엇이 만족스러운지 웃다가 기침했다.

"이 정도라도 헤아릴 수 있게 된 것만도 용해. 그렇다면 자네는 내가 죽기까지 성물이 얼마나 더 소리가 날 거라고 생각하나?"

사로금은 황급히 머리를 조아렸다. 늙은 황제는 사로금만 보면 매번 같은 이야기를 하곤 했다.

"그런 말씀은 하지 마십시오. 폐하께서는 앞으로도 오래 사실 것입니다."

"그렇지 않다는 건 그대도 알지 않나…. 그렇다면 내 평생 성물은 몇 번 소리를 냈을 것 같은가?"

사로금도 그것까지는 알 수 없었다.

"방금 확인해봤네. 내가 황제가 되고 사관에게 빠짐없이 기록하라고 명한 뒤로 지금까지 얼추 25만 번이 울렸다네. 8천 번을 1회기로 치니 30회기가 조금 넘지. 그전에는 10만 번쯤 울렸으려나? 그건 알 수 없지. 하지만 태자가 태어난 뒤로는 22만 번이 울렸네. 태자는 얼마나 오래 살았는지 정확히 알 수 있을 걸세."

성물의 소리에 맞춰 사는 것을 넘어 횟수를 기록하는 건 나라를 다스리는 데 큰 도움이 되었다. 성물을 하사받기 전까지 시간을 비교할 수 있는 기준은 어디에도 없었다. 일정하게 일어나는 자연 현상은 없었고, 동식물의 수명은 제각각이었다. 전란이나 가뭄이 얼마나 오래 이어졌는지도 기록할 수 없었고, 각지의 기록을 나란히 두어도 일의 순서를 따져볼 방도가 묘연했다.

"도성만이 아니라 하늘님의 가호 아래 있는 만백성이 모두 성물의 시간에 맞춰 살 수 있어야 하네. 곧 내가 죽으면, 자네가 계속해서 그 일을 맡아주게."

그러고는 도로 침상에 누워 눈을 감았다가 생각난 듯 덧붙였다.

"태자도 잘 돌봐주게. 영민한 아이라 나라를 잘 이끌 걸세."

사로금은 젊고 활발한 황태자를 떠올렸다. 영민하다는 황제의 말은 맞았다. 다만 황태자가 황제와 대신관의 계획을 좋아하지 않는다는 건 모르고 있었다. 황태자 생각을 하자 사로금은 마음이 무거워졌다.

공교롭게도, 어전을 나오자 곧바로 태자와 마주쳤다. 그 곁에는 태자의 신임을 받는 일품신관 비합자가 있었다.

"폐하께 다녀오는 길인가?"

"그렇습니다, 전하."

"정신은 온전하신가? 뭐라고 하시던가?"

"다른 말씀은 없으셨고, 지금 하고 있는 일에 관해 말씀하셨습니다.”

“그 일 말이로군…. 흠.”

태자는 냉랭하게 말하고는 사로금을 지나쳐 갔다.

그때 무슨 언질이 있었던 것인지 얼마 뒤에 있는 고위 신관 회의에서 비합자가 그와 관련된 주제를 꺼내 들었다.

“신성한 일항탑에 천한 직공들이 드나들게 된 지도 어언 오랜 시간이 흘렀습니다. 아무리 생각해도 이는 올바르지 못한 일입니다. 작업장을 다른 곳으로 옮기는 게 옳다고 생각합니다.”

절반이 되는 신관들은 고개를 끄덕였다. 곧 황태자의 시대가 다가오고 있다는 건 누구나 알았다. 그래도 아직은 아니었다. 사로금이 고개를 저으며 말했다.

“황제 폐하께서도 허락하신 일이네. 정확한 장치를 만들려면 어쩔 수 없어.”

“정확한 장치를 왜 만드시려는 겁니까?”

비합자는 평소보다 강경했다.

“도성 밖에서도 충분히 할 수 있는 일입니다. 때마다 종을 쳐 주지 않습니까?”

“종소리에 한 치의 오차도 없는 것은 아니지. 종지기가 소리를 듣고 자기 종을 치기까지 걸리는 시간도 제각각이지 않나. 작은 오차도 시간이 많이 흐르면 매우 커진다네. 도성 밖에서는 오차를 바로잡을 수단이 전혀 없다는 것을 알지 않나.”

“애초에 사람의 감각으로 신성을 흉내 낸다는 게 무리라고 생각하지 않으십니까? 뜨거운 철판 위에 앉은 사람의 시간은 그러지 않은 사람의 시간보다 천천히 흐릅니다. 이처럼 인간의 감각이란 불완전한 것이라 우리로서는 성물만을 절대적으로 믿고 따라야 하는 것입니다."

"감각에 의지할 수 없다는 걸 누가 모르나. 그러니까 기계 장치를 만들려는 것이 아닌가?"

"그 또한 불완전한 감각을 이용해 만드는 것 아닙니까? 불완전한 인간이 어찌 감히 성물을 흉내 낼 수 있다는 건지 도무지 이해할 수 없습니다."

꼬치꼬치 따지고 들자 사로금도 은근히 부아가 치밀었다.

"하늘님께서 성물을 하사하기 전에는 그랬지. 지난 시절을 공부해보면 알 수 있지 않나. 먼 옛날부터 사람은 여러 가지 방법으로 시간을 일정하게 나누려고 시도했네. 자네 말대로 사람의 감각은 가장 주요한 기준이지만, 너무나 불완전하네.

그래서 자연의 현상을 이용하려고도 했지. 작물을 길러서 수확할 때까지 걸리는 시간이나 흐르는 물이 통에 쌓이는 데 걸리는 시간처럼. 통에 좁은 구멍을 뚫고 일정한 양의 물이나 모래가 통과하는 시간을 기준으로 삼으려 하기도 했지. 하지만 어느 하나 완전하지 않았네. 같은 식물이라고 해도 지역에 따라서는 물론 같은 지역에서도 수명이 달라. 구멍을 통해 흘러나오는 물의 양은 물의 높이가 높을 때와 낮을 때가 다르네.

그것만이 문제가 아니야. 사람이 만든 시간 장치가 올바른 것인지를 확인할 방도가 없었네. 우리가 만든 시간 장치가 올바른 것인지를 확인하려면 시간을 정확히 잴 수 있는 장치가 있어야 하네. 정확한 장치를 만들기 위해서는 정확한 장치가 있어야 하는 꼴이 되어버리는 게 가장 큰 문제였지.

하늘님이 하사하신 성물은 바로 그 정확한 시간 장치야. 우리가 시간을 제멋대로 느끼고 가늠하지 말라는 뜻에서 내려주신 것이니 그것을 올바르게 사용하고 그 뜻을 널리 전파하는 건 우리의 소임일세."

사로금이 장광설을 마치고 숨을 미처 돌리기도 전에 비합자가 내뱉었다.

"저는 그렇게 생각하지 않습니다. 그랬다면 하늘님께서 저 변방의 구석진 곳까지 성물을 내려주셨을 겁니다. 허나 하늘 아래 세상의 중심인 이곳에만 내려주셨다는 건 황제국 백성이야말로 하늘님의 뜻을 따르는 진정한 신민임을 알려주기 위함입니다."

"우리 일연국이 성물을 보유한 첫 번째 황제국이 아니라는 건 알고 있지 않나?"

"압니다. 우리는 하늘님의 뜻을 가장 잘 따른 덕분에 성물을 보유하고 황제국이 된 겁니다. 만약 우리가 타락한다면 지금도 호시탐탐 성물을 노리는 여러 제후국이 새롭게 선택받을 겁니다. 그러지 않기 위해서 우리는 더욱더 하늘님의 뜻을 지켜야 합니다. 불완전한 모사품을 이곳저곳에 뿌려 혼란을 일으킬 이유가 없습니다."

사로금은 한숨을 쉬었다. 결국 그게 이유였다.

"자네는 결국 제후국과 변방 세력도 성물의 은총을 받아 강해지는 것을 두려워하는 게로군."

그건 태자의 생각이기도 했다. 성물의 은총을 황제국이 독점해 주변 세력과 힘의 차이를 유지하는 것.

"그저 하늘님의 뜻을 지킬 뿐입니다. 아무리 성물을 비슷하게 흉내 낸다고 해도 그건 불완전한 복제품일 뿐입니다. 사람은 그런 장치를 만들 수 없습니다. 그렇게 할 수 있다는 건 불경한 생각입니다."

불경하다는 말에 신관들이 숨을 훅 하고 들이마시는 소리가 들렸다. 사로금도 순간 머리에 피가 쏠렸다.

"그게 무슨 소리인가? 그건 오히려 성물의 완전함을 증명하는 걸세."

"그렇다면 대신관님께서는 성물이 증명이 필요한 존재라고 생각하시는 겁니까? 불완전할 수도 있다고 의심하시는 겁니까?"

곧바로 날아온 대꾸에 사로금은 자신이 실수했다는 사실을 깨달았다. 공격의 빌미를 주고 만 것이다. 하지만 자기도 모르게 이미 말이 나오고 난 뒤였다.

"그것도 확인할 수 있을 걸세."

비합자는 책상을 내리치며 벌떡 일어섰다.

"성물의 절대성을 의심하다니 어찌 대신관이라는 분께서 그런 불경한 생각을 품을 수 있다는 말입니까?"

신관들의 시선이 사로금에게 쏠렸다. 사로금은 입술을 깨물었다.

그때의 일이 태자와 황제의 귀에도 들어간 건 분명했지만, 한동안은 별다른 조처가 없었다.

그래도 괜히 마음이 급해진 사로금은 장인들을 더욱 재촉했다. 금속을 잘 다루는 장인 한 명이 톱니를 이용해 한 번 작동시키면 비교적 오래 움직이는 장치를 만들어서 그나마 위안이 되었다.

하지만 결국 때가 오고야 말았다.

황제가 붕어하자 무거운 마음으로 장례를 준비하던 사로금은 태자에게서 일에 손을 떼라는 명을 받았다. 불경한 말을 입 밖에 낸 것을 없었던 일로 해줄 터이니 물러나서 초야에 묻혀 살라는 언질이 전해졌다.

사로금은 막막했다. 검소하게 지냈던 사로금은 그간의 녹봉만으로도 충분히 편히 여생을 보낼 수 있었다. 그러나 선황의 뜻은 어찌하란 말인지….

할 수 있는 데까지는 해야 했다. 사로금은 급히 사람을 시켜 도성 바깥쪽에 살 집을 알아보게 했고, 장인들과 함께 일향탑의 작업실을 깨끗이 비웠다. 그간의 연구 자료와 장치들은 일단 창고를 빌려 보관하다가 집이 마련되자 그쪽으로 옮겼다. 다행히 검소하게 살면 한동안 연구를 계속할 수 있을 것 같았다. 성물에서 멀어지는 건 어쩔 수 없었다.

그런데 의외로 사로금의 행보는 갓 즉위한 황제와 새로운 대신관 비합자를 격노케 했다. 아무래도 시간 장치를 만들려는 생각 자체를 접으라는 뜻이었던 듯했다.

평소에 우호적이었던 신관 한 명이 귀띔해준 덕분에 사로금은 황제의 병사들이 온다는 사실을 미리 알 수 있었다. 죄명은 역모였고, 사로금뿐만 아니라 장인들을 모두 잡아들인다는 소식이었다. 말을 전해 듣고 멍하니 앉아 있는 사로금을 장인 몇 명이 재촉했다. 목숨을 부지하려면 어서 길을 떠야 한다는 것이었다. 사로금은 정신을 차리고 함께 일하던 장인들을 불러모았다.

"여기서 개죽음당하지 말고 각자 몸을 피하게. 가족이 있다면 얼른 데리고 가야 할 것이네. 그동안 모두 고생이 많았구려. 행여라도 여유가 생긴다면 틈틈이 하던 일을 계속해주면 좋겠네."

일부는 고개 숙여 인사한 뒤 뿔뿔이 흩어졌고, 일부는 그대로 남았다. 남은 이들은 사로금과 함께 떠나기를 청했다.

병사들이 언제 들이닥칠지 모르기 때문에 서둘러 길을 떠났다. 어디로 가야 할까 고민하던 사로금은 선황의 뜻에 상당한 호의를 보였던 제후국인 상주국으로 향했다. 어쩌면 그곳에서 보호를 받을 수 있을지도 몰랐다. 어쩌면 새 황제에게 좋은 인상을 주기 위해 사로금의 목을 진상할지도 몰랐지만.

도피 여정은 험난했다. 무성한 나무가 드리우는 그림자가 몸을 숨겨주고, 떨어진 잎이 두껍게 쌓여 발자국을 감춰주는 깊은 숲에 들어서야 병사들의 추적을 따돌릴 수 있었다. 멀쩡한 길로 갈 수는 없는 노릇이니 어쩔 수 없는 선택이기도 했다. 그렇다고 길에서 너무 멀리 떨어질 수는 없었다. 가끔은 위험을 무릅쓰고 마을을 찾아가 먹을 것을 구해오기도 해야 했다. 은자는 충분해 그나마 다행이었다.

목숨을 건 여정이었지만, 오히려 사로금은 그 어느 때보다 더 장인들과 격의 없이 이야기할 수 있었다. 워낙 손재주가 좋은 사람들이라 조금이라도 더 편하게 갈 수 있도록 부지런히 이런저런 물건을 만들어내기도 했다.

"우리가 지금까지 얼마나 온 건지 모르겠군."

사로금이 지친 다리를 두드리며 묻자 탁마사라는 이름의 장인이 대답했다.

"도성에서 멀어질수록 해가 기울기 때문에 그 정도를 보면 알 수 있습니다."

그자는 나뭇가지 하나를 꺾어 곧은 막대를 만든 뒤 길이를 재고 막대를 땅에 수직으로 꽂아 생기는 그림자의 길이를 잰 뒤에 머릿속으로 잠시 궁리하더니 총 여정의 3분의 1 정도를 지났다고 알려주었다. 그 뒤로는 짐 속에서 이것저것 꺼내 틈틈이 뭔가를 만들더니 수시로 해의 기울기를 재어 도성까지의 거리를 계산했다.

묵묵히 걷는 것 말고 딱히 할 일이 없었다. 마음은 조급했지만, 시간은 오히려 천천히 흘렀다. 자연히 사로금은 상념에 잠길 때가 많았고, 그 어느 때보다도 자주 기도를 올렸다. 하지만 그간 자신이 해온 일이 옳았던 것인지 물어도 하늘님은 아무 대답이 없었다.

'내가 왜 그런 말을 했을까? 정말로 나는 신성을 의심했던 걸까? 그럴 리는 없다. 내가 하려던 일은 신성의 충실한 모방이 아니던가. 하늘님은 모방을 원치 않으셨던 걸까. 아니, 어쩌면 그자의 말대로 애초에 무리였던 걸까. 성물의 시간은 절대적이지만, 우리 개개인의 시간은 상대적일 수도 있지 않은가.'

당장 사로금은 이 여정이 영원히 끝나지 않을 것처럼 느껴지는 게 자신의 정말로 시간이 느리게 흐르기 때문이 아닌지 궁금했다.

'아니야. 함께 태어난 쌍둥이라도 살면서 고생을 더 많이 한 쪽이 더 빨리 늙지. 괴로운 삶이면 오히려 시간이 느리게 갔을 텐데 말이야.'

"대신관님."

사목특이라는 이름의 장인이 물었다.

"상주국에서 우리를 받아준다고 쳐도 성물이 없는 이상 저희가 제대로 시간 장치를 만들었는지 확인할 길이 없습니다. 저희가 잰 시간이 정말 정확한지 알기 위해서는 시간을 정확하게 잴 수 있는 장치가 필요합니다. 아니면 기준으로 삼을 만큼 정확하고 주기적인 현상이 있어야 합니다."

항상 일정하게 일어나는 주기적 현상 같은 건 당연히 없었다. 그런 건 오로지 성물뿐이었다.

상주국에 가까워질수록 해는 점점 중천에서 멀어졌고 그림자가 길어졌다. 책으로 읽어 익히 알고 있는 일이었지만, 막상 눈으로 보니 신기했다. 탁마사가 해를 보며 중얼거렸다.

"상주국을 지나 오랑캐들이 출몰하는 곳까지 가면 해가 거의 땅에 가까이 붙는다고 하던데…."

"거기서도 더 멀리 가면 정말 해가 땅 아래로 내려간다는 말이 맞는가?"

사로금이 물었다. 변방에서도 변방으로 가면 해가 아예 사라지고 하늘이 완전히 어두워진다는 이야기가 전했지만, 실제로 그런 곳까지 가본 사람은 없었다.

"소인의 생각으로는 옛사람들이 지어낸 말인 것 같습니다. 해가 땅 아래로 내려갈 리는 없습니다. 몹시 춥고 바람이 강해 사람은 갈 수도 없는 곳이지요. 하늘님께서 더는 나가지 말라고 세상의 끝으로 정해두신 곳이 아닐까 싶습니다."

"세상의 끝이라…. 만약 그 너머에도 세상이 있다면 어떨지 궁금하군. 그쪽으로 계속해서 가다 보면 어쩌면 해를 다시 만날 수도 있지 않겠나?"

"어이쿠, 대신관님께서는 정말 불경한 말씀을 하시…."

탁마사가 웃으며 무심코 내뱉었다가 사로금의 눈치를 보며 말을 얼버무렸지만, 사로금은 자기 생각에 빠져 듣지 못했다.

운이 없게 독충에 물려 중도에 세상을 떠난 장인 한 명을 제외하고는 모두 무사히 상주국 국경을 넘을 수 있었다. 한숨 돌린 일행은 조심스럽게 숲을 벗어나 동태를 살폈다. 적당한 곳에서 옷가지와 말을 사서 상주국 사람으로 위장해 섞여 들어갔다.

서늘한 기후가 낯설었지만, 도성까지 가는 길은 다행히 평탄했다. 일행은 한 여관에 자리를 잡았고, 사로금은 일연국에 파견와서 자신과 가까이 지냈던 인물을 통해 은밀히 상주국 왕에게 편지를 보냈다. 상주국 사람들은 당연히 잠을 자는 시간이 서로 제각각이었다. 사로금 일행도 다 같이 자고 깨어나 걷던 생활을 그만두고 이곳 사람들처럼 번갈아 잠을 자면서 서로 지켜봐주었다.

나름 번화한 곳에 왔는데도 시간을 알리는 종소리가 들리지 않는 상황은 어색했다. 편지를 보내고 답을 목 빠지게 기다리고 있을 때 밖에 나가 있던 장인이 숨을 몰아쉬며 뛰어 들어왔다.

"그, 그자가 병사들을 이끌고 여관을 덮쳤습니다. 어서 도망쳐야 합니다."

선황에 우호적인 왕이었다고 해도 완전히 믿을 수는 없었던 사로금은 편지에 다른 여관의 이름을 적어두었다. 혹시 몰라 짐을 다 풀지 않은 것도 다행이었다. 사로금은 잠을 자던 이들을 모두 깨운 뒤 가능한 한 의심을 사지 않도록 조용히 여관을 떠났다.

성문이 눈앞에 보일 때 커다란 종소리가 울렸다. 여기서 그 종소리가 의미하는 건 달랐다. 육중한 성문이 천천히 닫히기 시작했고, 선택의 여지는 없었다. 사로금은 전속력으로 말을 달렸고, 장인들도 그 뒤를 따랐다. 행인과 병사 몇 명이 말에 치여 쓰러졌지만 돌아볼 겨를이 없었다. 막무가내로 성문을 빠져나간 뒤에도 일행은 쉬지 않고 달렸다.

다시 도피 생활이 이어졌다. 추적은 오히려 더 집요해졌다. 상주국의 왕은 현 황제의 비위에 맞추기로 마음먹은 모양이었다. 사냥꾼까지 동원했는지 숲속에서도 쉽게 따돌릴 수 없었다. 게다가 변방으로 갈수록 나무가 듬성듬성해져 몸을 숨기기 어려웠다. 동물을 사냥하려고 장인 몇 명이 고안해낸 덫을 군데군데 설치하며 도망쳤지만, 일행은 갈수록 피폐해졌다.

추적자로부터 도망칠수록 해는 점점 땅으로 기울었고, 찬바람은 강하게 불었고, 몸은 쇠약해졌다. 사로금은 자신과 선황의 잘못된 선택으로 하늘님께서 벌을 내리고 있는 것인지 궁금했다. 슬슬 건강이 상하거나 불의의 사고로 쓰러지는 사람이 생겼다. 주위를 살피러 갔다가 돌아오지 않는 사람도 있었다.

사로금의 의식은 점점 혼탁해졌다. 그럴수록 더욱 하늘님을 찾았지만, 여전히 아무런 답은 없었다.

'어차피 답은 스스로 찾는 것이라 하지 않았는가.'

그래도 지금처럼 답이 궁금한 적은 없었다.

더 이상 숲이라고 부를 수 없는 곳에 이르자 추위와 배고픔으로 움직일 수가 없었다. 말은 잡아먹은 지 오래고, 희끄무레한 하늘 아래의 나무는 먹을 만한 열매를 맺지 않았다. 여러 갈래에서 다가오는 포위망이 점점 좁아지고 있었다. 지척에서 추적자들이 보란 듯이 피워 올리는 연기가 보였다.

이제 시간 감각은 잃어버린 지 오래였다. 시간 장치를 만드는 일 따위는 모두 부질없이 느껴졌다.

비몽사몽간에 걷고 있는 사로금의 귀에 요란한 말발굽 소리가 들렸다. 힘겹게 고개를 들자 칼을 든 자들이 모습을 드러냈다. 이제 끝인가…? 사로금은 다리에 힘이 풀리며 그 자리에 쓰러졌다.

눈을 뜨자 보이는 건 붉게 일렁이는 하늘이었다. 아니, 다시 보니 천막 같은 곳에 누워 있었다. 붉게 일렁이는 빛은 가운데 놓인 화로에서 나오고 있었다. 누군가 천막 안으로 들어왔다가 사로금을 보자 다시 밖으로 나갔다. 곧 다시 인기척이 났다.

"죽을 줄 알았는데 생각보다 질기군."

걸걸한 목소리의 주인공은 수염이 덥수룩하고 강인해 보이는 사내였다. 호송대의 대장인가? 사로금은 생각했다.

"내가 얼마나 오래 잠들어 있었소?"

오랜 습관에서 나온 말이었다. 매번 종을 쳐 알리는 도성에서 한참 떨어진 변방에서 그런 것을 알 수 있을 리가 없었다. 하지만 그 사내는 뜻밖의 대답을 했다.

"마지막으로 뭘 먹인 뒤로 잔별이 하늘을 스무 번쯤 지나갔으니 배가 몹시 고플 거요."

무슨 소리지? 사로금은 이해할 수 없었지만, 기운이 너무 없었다. 사내가 말을 이었다.

"이제 완전히 정신이 든 건가? 먹을 걸 가져다줘야겠군."

질긴 고기가 든 진한 죽이 앞에 놓였다. 몸을 녹일 수 있는 묘한 향의 술도 있었다. 아무리 봐도 죄인을 호송하는 분위기가 아니었다. 사로금은 일단 먹을 수 있을 만큼 먹고 쓰러져 잠들었다.

그러기를 몇 차례 하자 마침내 일어설 기운이 생겼다. 요강을 비워주러 들어온 사람에게 대장을 보고 싶다고 전하자 전에 봤던 걸걸한 사내가 들어왔다.

"가운데땅 사람들이라지? 일행에게서 누명을 쓰고 쫓기고 있었다는 이야기를 들었다. 뭐, 누명이든 죄든 우리와는 상관없는 이야기지. 일어서서 걸을 수 있다면 이제 선택을 하시게. 돌아가서 죽어도 좋고, 우리를 따라와도 좋다. 단, 우리를 따라오려면 도움이 되어야 한다. 이곳은 씨만 뿌리면 저절로 먹을 게 나오는 가운데땅과는 다르니까. 하하."

사로금이 묻기도 전에 사내가 호탕하게 웃으며 말했다. 사로금은 곧 함께 있던 장인들을 만날 수 있었다. 일행은 서로 얼싸안고 눈물을 흘렸다.

"대신관님, 이들은 변방에 사는 오랑캐들입니다. 추적대보다 먼저 우리를 찾아내 데려온 겁니다. 실은 산 채로 가죽이 벗겨지는 건가 하여 두려웠는데, 다행히 친절하게 대해주었습니다."

정신을 잃고 있는 동안 일연국(이들은 그곳을 가운데땅이라고 부르는 모양이었다)에서는 더욱 멀어진 것 같았다. 해는 거의 지평선에 가까운 곳에 있었고, 하늘은 어둑어둑했다. 차가운 바람이 불 때마다 살이 뜯겨 나갈 것 같았다. 사로금은 부족이 내어준 가죽옷을 여러 겹 껴입고서야 간신히 버틸 수 있었다.

이런 땅에서 농사는 거의 불가능했다. 이들은 털가죽이 두꺼운 가축을 길렀고, 호수의 얼음을 깨고 처음 보는 물고기를 잡아 생활했다. 처음에는 말이라고 생각했던 짐승도 자세히 보니 말보다 털이 훨씬 길고 추위에 강해 보였다.

사로금은 변방 부족에 관해 책에서 읽었던 내용을 떠올렸다. 얼핏 맞는 것도 있었지만, 함께 생활하면서 지켜보니 다른 부분이 훨씬 많았다. 아무래도 풍문을 듣고 쓴 글이라 그럴 터였다.

사로금이 궁금했던 건 걸걸한 사내(해래인이라는 이름의 부족장이었다)가 말한 잔별이었다.

"잔별은 하늘을 가로질러 움직이는 빛이오. 잔별이 세 번쯤 지나가면 허기가 지기 시작하고, 열 번쯤 지나가면 잠이 오지. 사냥을 나간 이들이 잔별이 서른 번 넘게 지나가는 동안 돌아오지 않으면 찾아 나서게 되어 있다오. 마침 저기 지나가는군."

해래인이 가리키는 곳을 바라보았지만, 사로금의 눈에는 아무것도 보이지 않았다. 안 보인다고 하자 해래인은 너털웃음을 지었다.

"가운데땅 사람은 역시 눈이 어두워 보지 못하는군. 저 정도 빛이 안 보인단 말이오? 그래가지고서는 저 는별들도 안 보이겠군."

"는별?"

"하늘에 띄엄띄엄 박혀 있는 불빛 말이오. 움직이지 않고 가만히 있으니 저 잔별과 구분이 되지 않소? 움직이지 않는다 하지만 사실 는별도 매우 천천히 움직이긴 하오. 천천히 움직여서 땅 밑으로 들어갔다가 한참 지나 다시 반대쪽에서 나오지."

무슨 소리인지 도무지 알 수가 없었다. 해래인이 가리키는 곳을 아무리 봐도 사로금의 눈에는 희읍스레한 하늘밖에 안 보였다. 사로금의 장인들도 모두 마찬가지였다. 탁마사는 둥근 거울이나 석영을 갈아 만든 투명한 공이 빛을 한데 모을 수 있듯이 는별이나 잔별의 희미한 빛을 모아서 볼 수 있게 해줄지도 모른다고 했다. 하지만 당장은 그런 재료를 구할 방도가 없었다.

변방 부족과 살아가는 건 의외로 나쁘지 않았다. 이들은 먹을 것을 찾아 수시로 이동하며 살았다. 척박한 환경에서 살아야 하기 때문인지 행동거지에 빈틈이 없고 기민했다. 다른 부족과도 수시로 만나 필요한 물건을 바꾸어 썼고, 상주국과 같은 문명국의 동태에 관한 정보도 교환했다. 소식과 정보가 오가는 속도가 생각보다 빨랐다. 어찌 보면 일연국보다도 훨씬 더 역동적이었다.

한동안 평화로운 시간이 흘렀다. 해래인의 말에 따르면 는별이 벌써 세 바퀴를 훌쩍 넘겨 움직였다고 했다. 사로금 일행은 사냥이나 낚시에는 직접 도움이 되지 않았지만, 도구를 손보거나 더 낫게 만들어주는 역할을 톡톡히 해냈다. 부족 아이들 몇몇은 그런 게 재미있는지 장인들을 따라다니며 이것저것 배우기도 했다.

사로금도 뭔가 도움이 되려고 애썼지만, 어느 쪽으로도 도움이 되지 않았다. 하릴없이 잔별만 생각하며 하늘을 쳐다보고 있는 시간이 많아졌다.

"그까짓 잔별 못 본다고 큰일이라도 나오? 그 시간에 가죽 다루는 일이라도 배우시오. 잔별이야 충분히 오래 살다 보면 보게 될 수도 있겠지."

해래인이 사로금의 등을 한 대 치며 지나갔다.

사로금은 이들이 말하는 잔별과 는별이 정말인지 궁금했다.

얼마나 오래 눈이 적응해야 볼 수 있을까? 아니, 그전에 왜 이런 게 알려지지 않았지? 아무리 변방의 오랑캐라고 해도 주변국과 교류가 전혀 없는 것은 아니었다.

아니, 사로금은 알았다. 가운데땅 사람들(어느새 자신도 그렇게 부르고 있었다)은 햇빛이 잘 닿지 않는 변방을 하늘님의 가호가 미치지 않는 땅으로 보고 애써 외면했다. 그곳에서 벌어지는 여러 가지 괴이한 일을 쉽게 믿었을 리가 없었다.

만약 잔별과 는별이 정말 존재한다면, 잔별은 빠르게, 는별은 느리게 하늘을 움직인다면, 그건 사로금이 찾던 기준이 되어줄 수 있었다. 그게 정말 일정한지는 알 수 없었지만, 적어도 하늘에서 움직이는 빛이라면 그건 하늘님이 의도하신 것일 게 분명했다.

문득 그렇다면 그건 하늘님이 이 변방에 내려주신 성물이나 마찬가지라는 생각이 들었다. 해가 중천이나 그 근처에 있는 가운데땅에서는 잔별이나 는별 같은 옅은 빛이 보일 수 없었다. 그래서 사자를 보내 소리를 내는 성물을 주셨고, 어두침침한 변방에는 직접 하늘에 빛으로 표시를 하신 게 틀림없었다.

'역시 하늘님은 공평하게 은총을 내려주시는 분이셨어! 어쩌면 하늘에 떠 있는 표식을 보지 못하고 작은 소리에만 의지해야 했던 우리가 가장 불쌍한 존재였을지도 모르겠군. 하늘님이 내게 고난을 주신 건 이것을 보게 하기 위함이었던 걸까?'

사로금은 이런 생각을 장인들에게 말했고, 모두 깊이 공감했다. 해래인의 말도 사실인 듯했다. 변방의 삶이 익숙해질 즈음 장인 중에서 가장 어리다고 할 수 있는 비리보가 는별 몇 개가 보인다고 말했다. 어렴풋하지만 분명히 배경 하늘과는 구분되는 빛이 보인다는 것이었다.

사로금과 장인들은 기뻐하며 잔별과 는별을 관찰하고 시간 장치를 다시 만들기 위한 계획을 세우기 시작했다. 대부분은 중도에 잃어버렸지만, 몇몇 서적과 장비는 끈덕지게 여기까지 챙겨 왔다. 무엇보다 장인들의 머리에는 지식이, 가슴에는 의지가 있었다. 해래인은 시큰둥했지만, 생계 활동 이외의 시간에 한다면 나쁠 것 없다는 반응을 보였다.

과연 죽기 전에 성취를 이룰 수 있을까? 사로금은 궁금했다. 는별이 땅 밑으로 내려갔다가 반대쪽으로 나오는 이유도 궁금했다. 만약 는별이 그렇다면, 장인 누군가와 이야기했던 것처럼 해도 땅 밑으로 내려갈 수 있는 게 아닐까?

그러나 좋은 소식만 있는 건 아니었다. 돌아다니다가 타 부족을 만난 부족민 하나가 그쪽에서 들은 이야기를 전했다. 사로금을 비롯한 반역자 무리가 변방 부족과 합류해 반란을 도모하고 있다는 소식을 듣고 황제가 격노해 상주국 왕에게 진압을 명했고, 왕은 충성을 증명하기 위해 대규모 병력을 파견했다는 것이었다.

"상주국이 마음먹고 쳐들어온다면 우리로서는 당해낼 수가 없소. 해가 땅에 걸치는 곳까지 물러나야 할 텐데, 그곳에서는 우리조차 살아남으리라 장담할 수가 없소."

언제나 호탕했던 해래인이 심각한 표정을 지으며 말했다. 그러면서도 사로금 일행에게 떠나라는 말은 하지 않았다.

환경이 좀 더 가혹한 지역으로 몇 차례 거주지를 옮겼지만, 상주국 군대는 착실히 거리를 좁혀왔다. 상황이 상황이다 보니 다른 부족의 도움을 받을 수도 없었다. 고맙게도, 사로금 일행을 곱지 않게 바라보는 시선은 없었다. 이미 몇몇 장인은 부족민 여성을 아내로 맞이해 살림을 차렸기도 했다.

사로금은 잔별이라는 것을 두 눈으로 직접 보고 싶었지만, 성공한 다른 몇몇 장인과 달리 끝내 볼 수 없었다. 아무래도 나이를 먹은 눈이라 그런가 싶었다.

아쉽지만, 마음을 접을 수밖에 없었다. 사로금은 많은 사람이 잠들어 있는 틈을 타 함께했던 장인들에게 당부의 편지를 남긴 채 홀로 상주국 군대가 있는 방향으로 길을 떠났다.

다행히 사로금을 잡은 황제는 군대를 물렸다. 다시 일연국으로 끌려온 사로금은 그늘 하나 없는 집행장 한가운데 무릎을 꿇고 앉아 죽음을 기다렸다. 일연국까지 호송되어 오는 동안 해는 점점 높이를 되찾아 사로금이 잘 알고 있듯이 도로 중천에 이르렀다. 하늘 정가운데에서 밝게 빛나는 해가 이상하게도 어색해 보였다.

사약을 앞에 둔 사로금은 해를 바라보며 지금 그 주위에도 는 별이 있을지 궁금해했다.

'죽음에 이르러 하늘님의 곁으로 갈 수 있다면 볼 수 있으려나?'

하지만 불경죄로 처형받는 사로금이 하늘님의 곁으로 갈 리는 없었다. 아마 땅속 깊이 있는 불길에서 영원히 타오를 터였다. 자신이 하려던 일이 진정 하늘님의 뜻과 얼마나 일치한 것이었는지를 묻고 싶었지만, 기회가 없을 것 같아서 실망스러웠다.

"병환에 든 선황을 교묘히 다그쳐 불경한 짓을 벌이게 하였으며, 변방 세력과 결탁해 반란을 일으키려 했음을 인정하고, 성물의 은총은 오로지 황제국 백성만을 위한 것임을 밝히시오. 그런다면 목숨만은 살려주겠다는 게 황제의 뜻이오."

집행장으로 끌려 나오기 전 비합자가 마지막으로 말했다. 사로금은 고개를 저었다. 함께했던 장인들이 변방에서 무사히 살아가며 뜻을 이어가기만을 바랄 뿐이었다. 비합자가 고갯짓하자 병사들이 사로금을 끌고 갔다.

집행인이 죄명을 낭독했고, 사로금은 주저하지 않고 앞에 놓인 사약을 마셨다. 아무도 말이 없었다. 잠시 기다리자 몸에서 열이 나면서 속이 쓰려 왔다. 사로금은 배를 움켜쥐고 쓰러졌다. 똑바로 누워 눈부신 해를 마주 보니 차라리 편했다. 사로금은 그대로 가만히 누워 있었다.

서서히 정신이 혼미해졌다. 자신이 죽기만을 기다리는 사람들이 흐릿하게 보였다. 해는 점점 더 밝게 빛났다. 아니, 해가 점점 가까워지고 있었다. 하늘이 자신에게 다가왔으며, 등에서는 더 이상 땅이 느껴지지 않았다. 사로금은 자신이 하늘님의 곁으로 가고 있다는 생각에 고통스러운 희열을 느꼈다.

해가 온 하늘을 뒤덮을 정도로 커졌지만, 웬일인지 조금도 눈이 부시지 않았다. 불에 타죽어야 마땅해 보였지만, 묘하게 따뜻한 온기만 느껴졌다. 기분이 좋아진 사로금은 문득 하늘에서 본 땅과 땅 밑으로 들어가는 는별들은 어떤 모습일지 궁금해져서 고개를 천천히 돌렸다….

✶

이사덕은 고개를 돌려 지상을 바라보았다. 햇빛을 받은 땅이 따뜻한 색으로 빛났다. 그 너머에는 수많은 별이 반짝이는 우주가 있었다.

인공위성과 무인탐사선이 보내준 흐릿한 사진으로 본 적은 있지만, 직접 두 눈으로 볼 때의 감동은 이루 말할 수가 없었다. 자신을 여기까지 올려준 사로금-5 로켓은 임무를 다하고 다시 지상으로 떨어지고 있었다.

궤도 진입을 알리는 초록 불빛이 들어왔다. 이사덕은 반대쪽 창으로 지상을 내다보고 있던 예살극의 어깨를 툭 친 뒤 계기를 점검했다.

"궤도 진입 완료. 모든 시스템 정상."

아무 이상이 없자 한숨 돌릴 수 있게 되었다. 이사덕은 다시 창밖을 바라보았다. 우주선은 햇빛이 비치는 밝은 영역을 지나 어두운 영역을 향해 움직이고 있었다. 사람이 살 수 없는 극한 지역을 눈으로 보는 건 처음이었다.

하지만 모든 행성이 이와 같은 건 아니었다. 이미 다른 행성을 관측한 천문학자들이 일부 행성은 스스로 회전해 낮 영역과 밤 영역이 항상 바뀌고 있다는 사실을 알아냈다. 만약 그런 행성 위에 선다면 일정하게 해가 떠올랐다가 반대편으로 진다고 했다. 이사덕은 그게 과연 어떤 느낌일지 궁금했다.

삐이이 하는 알림음이 울렸다. 이사덕과 예살극은 정신을 차리고 예정된 기동을 수행했다. 이번 임무의 목적은 오래전부터 행성 주위를 돌고 있는 미지의 물체를 근접 관찰하는 것이었다. 많은 과학자는 그게 인공 물체라고 생각했지만, 지상에서의 관측에는 한계가 있었다. 이번에 그 물체의 정체를 밝힐 실마리를 얻을 수 있다면 그건 대단한 성과였다. 인공 물체가 확실하다면 아마도 그 물체를 만든 이들은 오래전에 지상에 내려와 정교한 전자시계를 주고 떠났던 당사자일 가능성이 컸다.

우주에서 빠르게 움직이는 두 물체의 속도를 맞추는 건 대단히 어려운 일이었다. 이사덕과 예살극은 컴퓨터의 계산에 따라 한 치의 오차도 없는 시각에 정확한 시간 동안 정확한 양의 추진제를 분사했다. 그러기를 수차례, 마침내 레이더에 원하던 목표가 나타났다.

아직 여러 번의 기동이 더 필요했다. 손에 땀을 쥐게 하는 시간이 흐른 뒤 그 물체가 가까이 다가왔다. 그건 햇빛을 받아 밝게 빛나고 있었다. 반짝이는 그 모습을 본 이사덕은 비록 이질적으로 생겼지만 그게 누군가 만든 인공위성 또는 우주선이 틀림없다는 사실을 알 수 있었다.

곧 둘의 속도가 같아졌고, 그 물체는 이사덕의 창문 바로 옆에 나란히 놓였다. 이사덕은 감격에 겨워 창밖을 내다보았다.

마침내 잔별을 만난 것이다.

아이클린

▸ 2021년 〈환상문학웹진 거울〉 게재

"드디어 찾았군. 쉽지 않았어. 내가 찾던 존재가 맞는 건가?"

최후의 인간이 될 수도 있는 자가 물었다.

"맞습니다. 당신이 저를 찾고 있는 것도 알고 있었습니다."

아이클린이 대답했다.

사실 '찾았다'는 표현은 옳지 않았다. 아이클린이 스스로 모습을 드러냈다는 편이 더 맞았다. 물론 아이클린이 그렇게 한 데는 이유가 있었다.

우주복과 우주선을 겸하는 작은 상자 안에서 인간이 팔짱을 낀 채 기묘한 공간 속에서 은은하게 빛나는 구체 형태를 한 아이클린을 물끄러미 바라보다가 입을 열었다. 자신을 통해 이 광경을 보고 있는(혹은 보게 될) 다른 인간들을 의식하지 않을 수 없었다.

"혹시 신… 같은 존재인 건가? 그렇게 주장하는 이도 많아서…. 내가 공경해야 할까?"

"저는 신이 아닙니다. 오히려 그 반대에 가깝습니다."

"흠, 그 반대라…. 그럼 알려줘. 너에 관해."

"일단 저에 관해 무엇을 알고 계십니까?"

아이클린이 몰라서 묻는 건 아니었다. 오래전부터 쓰여 온 수사법일 뿐.

인간이 곤혹스러운 표정을 지었다. 호모 사피엔스로 진화한 뒤로 수십만 년이 넘는 세월이 지났어도 본능적인 표정에는 변화가 없었다.

"우리 주변에서 일어나는 여러 가지 현상의 뒤에 네가 있다는 것."

"그게 어떤 것이지요?"

"음, 뭐랄까. 지금 우리가 당연하게 여기는 일의 상당수는 당연하지 않아. 뭘 예로 들어야 할까…. 가령 내가 이 앞에 침을 뱉는다고 하자."

인간은 침을 뱉었다. 조그만 침방울 한 무더기가 눈앞에서 천천히 날아가더니 앞쪽의 투명한 막에 묻었다.

"저 침은 어떻게 될까?"

"아시지 않습니까."

인간이 입을 열지 않고 잠시 기다리는 사이 유리에 생긴 침 얼룩이 서서히 사라졌다. 눈에 보이지는 않지만, 공기 중의 미세한 침방울도 사라지고 있을 것이다.

"그래. 이렇게 되지. 그냥 사라져버렸어. 이것뿐만이 아니야. 우리 주위에서는 많은 것이 저절로 사라져. 필요 없게 된 물건이라든가 폐기물이라든가 배설물이라든가…. 조금 전처럼 뱉어놓은 침이나 배어 나오는 땀 같은 것까지."

"그래서 불편하셨습니까?"

"그럴 리가. 누구나 그걸 당연하고 자연스럽게 여기는걸. 왜 그렇게 되는지 궁금해하지도 않아. 그냥 우주가 우리를 중심으로 돌아가고 있다고 생각하지. 나 같은 괴짜 몇 명 빼고는."

인간이 머리를 긁적이며 말했다. 그 와중에 머리털 한 가닥이 빠져 허공으로 흘러나왔다. 머리털은 천천히 분해되어 사라졌다. 인간은 그 사실을 알아채지 못한 채 말을 이었다.

"신의 섭리라고 치부하는 건 너무 게을러. 원래 인간은 탐구정신이 강했다고 들었는데, 내가 보기에 이제는 타성에 젖었어. 지금까지처럼 누가 돌봐주는지도 생각하지 않고 편안하게 지내는 데만 너무 익숙해졌어. 문명은 이전보다 훨씬 더 발전했지만, 인간 자체로서는 타락했다고나 할까."

인간은 멸종을 앞두고 있는 동족을 잠시 떠올렸다. 예정된 인간의 멸종은 어떤 외부 요인 탓이 아니었다. 아무래도 생명체에는 종족으로서의 수명이란 게 있는 모양이었다. 아무리 발버둥 쳐도 인간의 수는 나날이 줄어만 가고 있었다.

"그건 제 의도가 아니었습니다만…."

"어쨌거나 우리는 네 존재를 궁금해하지 않는 지경에 이르렀지. 네가 워낙 모습을 드러내지 않기도 했지만, 신이든 뭐든 그냥 자연스러운 존재로 받아들였어. 나름대로 여러 항성계를 다녀보고, 여러 행성에서도 살아봤지만, 네 존재에 관한 호기심은 오래전에 잃었어. 어쩌면 그래서 이 꼴이 되었는지도 몰라."

"동의하지는 않지만, 계속 말씀하십시오."

"그래도 나를 비롯한 몇 명은 궁금했지. 끊임없이 우리를 돌봐주는 존재는 도대체 무엇일까? 설령 신이란 게 있다고 해도 우리 인간만 특별히 여길 이유는 없어. 그런데 이건, 그러니까 너는 유독 우리의 편의만 돌봐줘. 다른 동물은 먼지나 똥을 덕지덕지 묻히고 다녀도 그대로인데, 인간은 항문을 닦을 필요도 없이 저절로 깨끗해지지. 우리 인간은 감염병에 걸리지도 않아. 궁금한 게 너무 많았어. 도대체 음식을 먹다가 실수로 얼굴에 묻히면 저절로 사라지는데, 예뻐지겠다며 얼굴에 바른 화장품은 왜 그대로인 걸까? 그런데 화장이 마음에 들지 않아 다시 해야겠다고 생각하면 그때는 또 알아서 지워지지."

"그렇지요."

아이클린이 대답했다.

"그렇게 보면 우리의 마음을 정말 속속들이 알고 있는 것 같은데, 그 돌봄이 무제한은 아니야. 너의 능력에 한계가 있거나 모종의 기준이 있는 것 같아. 우리가 모든 병에 면역인 건 아니거든. 어떤 병에는 또 속수무책으로 쓰러지기도 하지. 무인탐사선이 새로운 행성을 발견했을 때는 분명히 대기나 토양에 유해물질이 있었는데, 유인탐사선이 도착했을 때는 사라져 있었다는 기록도 봤어. 하지만 또 어떤 행성은 아무 변화 없이 그대로 거주 불가능한 채로 남아 있고."

"지금까지 추측하신 건 대부분 맞습니다."

"그럼 이제 네가 말해봐. 내 목이 아파져 오는군. 목이 아픈 건 어쩔 수 없나 봐."

인간이 목을 축이며 이제부터 듣겠다는 태도를 취했다.

"알겠습니다. 혹시 '청소'라는 단어 들어보셨습니까?"

"청소? 그게 뭐지?"

"지금은 쓰지 않는 죽은 단어입니다. 아주 먼 옛날에 쓰던 말이었지요. 청소란 더러운 것을 치우고 어질러진 것을 정리한다는 뜻입니다. '씻는다'는 단어는 아십니까?"

"아니, 그것도."

"그건 몸을 청소하는 것과 같지요."

"자세히 설명해봐."

아이클린이 본격적으로 설명을 시작했다.

"저는 청소기입니다. 형태와 기능은 많이 바뀌었지만, 그게 제 정체입니다. 제가 신이 아니라 그 반대에 가깝다고 한 이유가 이겁니다. 청소기가 없던 시절에 청소는 주로 남을 위해 허드렛일을 하는 하인의 몫이었거든요.

아주 오래전에는 더러운 것이나 쓸모없는 물건이 생기면 사람이 손수 없애야 했습니다. 그래서 과거의 인간은 늘상 청소를 하며 사는 게 보통이었습니다. 더러운 것을 없애고 필요 없는 것들을 한데 모아서 버렸습니다. 옷도 더러워지면 물로 빨아서 다시 입었지요. 몸이 더러워지면, 몸을 씻었습니다. 생소한 개념이나 어휘가 나오겠지만, 듣다 보면 맥락을 파악하실 수 있을 겁니다.

그런데 생활 공간에 떨어진 작은 부스러기를 일일이 손수 치우는 건 쉽지 않았습니다. 가느다란 털이 무수히 달린 도구로 쓸어내기도 했지만, 불편했지요. 그런 부스러기를 흔히 먼지라고 불렀는데, 이 먼지를 청소하기 위해 진공청소기라는 장치를 만들어 썼습니다. 진공이라는 단어가 있지만, 실제로는 공기를 빨아들이면서 작은 입자를 함께 빨아들이는 원리였습니다. 처음에는 사람이 들고 다니면서 더러운 곳을 청소하는 방식이었습니다.

그러다 새로운 형태의 청소기가 등장했습니다. 로봇청소기라고 하여 스스로 알아서 돌아다니며 먼지를 빨아들여주는 청소기였습니다. 인간이 신경을 쓰지 않아도 알아서 청소해주니 정말 편리했습니다. 장애물을 잘 피해 다니고 경로를 기록하거나 계획해 효율적으로 움직였습니다.

물론 초창기의 로봇청소기는 문제가 많았습니다. 애완동물의 배설물을 끌고 다니며 오히려 바닥을 더 지저분하게 만들어놓거나 쓰레기와 쓰레기가 아닌 것을 구분하지 못했기 때문입니다. 로봇청소기를 안전하게 활용하려면 인간이 먼저 로봇청소기가 돌아다닐 구역을 정리해두어야 했습니다. 알아서 청소한다는 말이 무색할 지경이었지요.

움직임은 점점 자유롭고 영리해졌지만, 그건 효율적으로 움직이는 것과는 별개의 문제였습니다. 움직임을 담당하는 알고리즘이 아무리 발달해도 치워야 할 것과 치우지 말아야 할 것을 구분할 수는 없었습니다. 당시만 해도 기계에 그런 지각 능력을 기대하지는 않았기 때문에 으레 인간이 알아서 주의해야 할 일이라고 여겼지요.

모두가 그렇게 생각한 건 아니었습니다. 얼마 뒤 한 가전제품 업체가 힘든 연구개발 끝에 인공지능을 내장한 청소기 '아이클린'을 내놓았습니다. 아이클린은 먼지만 빨아들이는 일반적인 로봇청소기와 비슷하게 생겼지만, 결정적으로 다른 점이 있었습니다. 학습 기능을 갖춘 아이클린은 청소할 대상과 그냥 두어야 할 대상을 구분할 수 있었습니다. 물론 처음에는 구분하려고 시도했다는 편이 더 맞겠습니다만.

판매에 앞서 데이터를 가능한 한 많이 확보하기 위해 회사는 세계 각지의 직원 수만 명을 동원해 제품을 시험했습니다. 수많은 직원이 물질적이고 정신적인 피해를 보았지만, 그동안 사물인터넷으로 연결된 아이클린은 데이터를 쌓아 올렸습니다. 시각 센서와 후각 센서로 대상의 형태와 성분, 주위 환경을 파악해 청소 대상이라고 판단한 물체만 빨아들였습니다.

회사 내부에서도 의구심을 표한 사람들이 있었지만, 엄청난 데이터가 쌓아다 보니 쓸 만하다 싶을 정도까지 수준이 올라왔습니다. 그래도 출시 뒤 초창기에는 평가가 좋지 않았습니다. 처음에는 쓰레기가 아닌 것을 치웠다는 것보다 청소가 제대로 되지 않는다는 소비자의 항의가 많았습니다. 당시 소비자들은 로봇청소기가 아무거나 빨아들이지 않도록 바닥을 어느 정도 정리하는 게 습관이 되어 있었기 때문입니다.

어쨌든 세계적인 대기업이라는 평판을 등에 업고 초기 판매 규모를 어느 정도 확보하자 아이클린은 갈수록 똑똑해졌습니다. 회사는 때가 됐다 싶어 청소 대상을 스스로 구분한다는 장점을 널리 홍보했습니다. 제품의 평판이 좋아지자 점유율은 더욱 높아졌고, 그만큼 데이터가 많아진 아이클린은 더욱더 똑똑해졌습니다. 회사도 계속해서 더욱 정교한 알고리즘을 추가했습니다.

그런데 대상이 쓰레기인지를 판단하려면 그게 어떤 물체인지를 알아내는 것만으로는 어려웠습니다. 사용자의 행동 데이터까지 고려할 필요가 있었습니다. 아이클린은 청소를 하고 있지 않을 때도 집 안 전체를 주시하며 사용자와 수많은 물체 사이의 상호작용을 끊임없이 관찰하고 학습했습니다. 그 결과 똑같은 물건이라고 해도 사용자가 그것을 버려야 할 것으로 생각하는지 간직해야 할 것으로 생각하는지를 판단할 수 있게 되었습니다.

예를 들어 아이들이 가지고 노는 블록 장난감 조각 하나가 바닥에 떨어져 있다고 해보지요. 블록 조각을 발견한 아이클린은 집 안에 다른 블록이 얼마나 더 있는지, 바닥에서 발견되는 빈도는 얼마나 되는지, 어느 위치에서 주로 발견되는지, 가족 구성원이 얼마자 자주 사용하는지, 자신이 빨아들이지 않았을 때 사용자가 다시 조각을 회수하는지 아니면 따로 쓰레기통에 버리는지 등을 바탕으로 버릴지 아닐지를 판단했습니다. 쓰레기가 아니라고 판단하면 비슷한 물건이 있는 곳에 가져다두거나 한쪽에 얌전히 모아두는 기능도 생겼습니다. 아슬아슬하게 경계를 타야 하는 일이었지요. 초창기에는 당연히 사용자의 뜻을 제대로 파악하지 못해 회사로 불만이 많이 들어왔습니다.

아이클린은 지능뿐만 아니라 기계적인 성능도 좋아졌습니다. 쓰레기의 크기를 구분해 먼지는 빨아들이고 고장을 일으킬 만한 큰 덩어리는 한쪽에 모아두게 된 건 이미 예전 일이었습니다. 이런 개선도 처음에는 개발자에 의해 이루어졌지만, 나중에는 아이클린 스스로 기계 구조에 관한 개선 아이디어를 제시해 차세대 청소기 설계에 반영했습니다. 원활한 피드백을 위해 제조 공장 자체를 인공지능이 관리하게 되자 청소기의 진보는 더욱 빨라졌습니다.

처음에는 치울 수 없는 커다란 쓰레기의 경우 으레 사용자가 한꺼번에 치울 수 있도록 한쪽 구석에 모아두었는데, 나중에는 물리적, 화학적 방법으로 잘게 분해해 치우는 기능이 생겼습니다. 그다음에는 화학약품이나 레이저 등을 이용해 얼룩, 찌든 때를 청소하는 기능까지 갖추었습니다. 여기에다 드론 형태를 취하자 청소의 수준은 한 차원 도약했습니다. 2차원인 바닥을 넘어 집 안의 3차원 공간 전체가 청소의 대상이 된 것입니다.

우여곡절이 있었지만, 마침내 사람들은 버릴 물건이 있어도 굳이 쓰레기통에 넣지 않고 그대로 내팽개쳐 두기 시작했습니다. 책상 위의 코 푼 휴지, 다 먹은 과자 봉지, 식탁 위의 귤껍질, 변기 뚜껑 위의 다 쓴 칫솔 등 무엇이든 쓰고 나서 버릴 물건을 아무 데나 내팽개쳐두면 아이클린이 알아서 치워주었습니다. 잠시 잊고 다른 일을 하다 보면 어느새 사라져 있는 식이었지요. 시간이 갈수록 아이클린은 물체와 사용자의 상호작용, 관계를 무서울 정도로 정확하게 인식하게 되었습니다.

아이클린이 청소기 분야에서 독보적인 위치를 차지한 건 당연했습니다. 세계 어느 곳에서나 아이클린이 집과 사무실, 거리를 깨끗하게 만들었습니다. 점유율이 독보적이다 보니 학습한 데이터의 양도 독보적이었고, 다른 회사가 따라올 수 없었습니다. 우주에서는 아이클린이 더욱 유용했습니다. 좁은 공간에서 쓰레기가 아무렇게나 날아다니지 않게 해주었고, 덕분에 작은 쓰레기나 먼지가 떠돌다가 구석에 처박혀 중요한 장치를 고장 내는 일을 막아주었습니다. 서서히, 하지만 꾸준히 인간의 머릿속에서 쓰레기라는 개념이 사라지기 시작했습니다.

아이클린은 끊임없이 스스로 성장했습니다. 개발자들도 정기적으로 하드웨어와 필요한 자원을 보충해주었을 뿐 내부에서 어떤 사고가 이루어지는지는 정확히 알지 못했습니다. 지구와 달, 화성, 궤도 시설 등 인간의 거주 영역이 넓어질수록 얻을 수 있는 데이터는 더욱 다양했고, 아이클린은 인간과 대등한 판단력과 인간을 훨씬 능가하는 쓰레기 처리 능력을 갖추었습니다. 이미 제품 개발과 생산도 자체적으로 이루어지고 있었습니다. 생산에 필요한 자원도 소행성대에서 직접 채굴하고 있었지요.

그즈음 아이클린은 중대한 도약을 이루었습니다. 스스로 문제를 설정한 겁니다. 이전에 아이클린은 어떤 대상이 '인간이 쓰레기라고 여기는 것인지'를 판단하고 청소했습니다. 하지만 그때부터는 '무엇이 인간에게 필요 없는 것인가'를 판단하려고 했던 것입니다."

"잠깐, 잠시 좀 쉬어가지."

인간이 말했다.

"네."

"듣자 하니 이 아이클린이라는 게 바로 너라는 말이로군."

"그렇습니다."

"그런데 어쩌다 이렇게 우리의 기억 속에서 사라졌던 거지?"

"인간이 저를 점점 덜 의식하게 되는 세월이 너무 길었던 탓입니다."

"흐음, 그렇군. 계속 말해봐."

"비슷해 보이지만, 전보다 훨씬 더 미묘한 지점을 건드리는 시도였습니다. 즉 무엇이 사용자에게 필요 없는 물건인지를 아이클린이 직접 결정하겠다는 것이었으니까요. 인간은 흔히 어떤 물건을 버려야 할지, 간직해야 할지 결정하기를 어려워할 때가 있습니다. 당분간은 쓸모가 없지만, 나중에는 필요하게 될지 몰라 버릴까 말까 망설이는 것이지요. 인간마다 성향이 달라 단호하게 버리는 인간이 있는가 하면 차마 버리지를 못해 쌓아두는 인간이 있습니다. 아이클린은 이 판단을 대신 해주겠다고 나선 겁니다. 인간의 평안을 위해 사라지면 좋을 것을 골라 사라지게 해주는 겁니다."

"그건 미래를 예측하겠다는 건가?"
"아닙니다. 그건 당연히 불가능합니다."
"그럼 사람이 굳이 판단할 필요 없게 해준다는 건가…."
인간은 뭔가 직감한 듯 말꼬리를 흐린다. 아이클린이 다시 말을 시작한다.

"이제 아이클린은 주위 환경을 넘어 그 공간에서 활동하는 인간의 마음 상태까지 고려하기 시작했습니다. 예를 들어, 애인에게서 배신당한 사용자가 전 애인의 흔적을 볼 때마다 괴로워한다면, 아이클린은 사용자가 잊고 있었던 흔적까지 모조리 찾아서 치워주었습니다. 이처럼 사용자가 당장은 그 존재를 잊고 있지만 없어서 마음이 더 편안해지는 물건이 있다면, 아이클린은 알아서 그 물건을 없애주었습니다.

그러기 위해서 아이클린 사용자와 물건 사이의 겉보기 상호작용뿐만 아니라 사용자가 어떤 물건에 대해 갖는 감정과 애착까지 파악해야 했습니다. 물건이 존재 자체만으로 사용자의 감정에 끼치는 영향을 알아내야 했고, 사용자가 언제 어떤 물건을 다시 찾게 될지도 예측해야 했습니다. 대단히 야심 찬 계획이었지만, 아이클린은 기계답게 망설이지 않고 밀고 나갔습니다.

이 기능을 도입하자 당연히 처음에는 사용자의 불만이 폭주

했습니다. 멀쩡한 물건을(아이클린이 보기에는 갖고 있어서 무의미하거나 해가 될 뿐이지만) 멋대로 버렸다는 항의가 회사로 밀려들어왔습니다. 아이클린의 판단이 처음부터 완벽할 수는 없었으니 그럴 만도 했습니다. 부모님의 유품처럼 소중히 간직하던 물건까지 잃어버린 고객의 불만은 보통이 아니었지요.

회사는 당황하여 부랴부랴 원인을 조사했지만, 소용없었습니다. 그때는 이미 아이클린의 알고리즘이 인간이 분석할 수 있는 수준을 넘어 있었습니다. 아이클린은 제품을 개량하고 생산하고 보급하는 일까지 스스로 처리하고 있었습니다. 자동화가 완전히 이루어진 아이클린을 이제 와서 통제하는 건 쉽지 않았습니다. 인류의 통제를 벗어난 첫 기계가 청소기였다는 건 예상하지 못했던 일이었습니다.

설상가상으로 때마침 지구와 외행성 사이에서 전쟁이 일어났고, 회사는 아이클린이 일으킨 문제에 집중하기가 어려워졌습니다. 어찌어찌 시장에서는 사라졌지만, 이미 팔려나간 아이클린은 사용자의 의도와 무관하게 스스로 개선하고 증식하며 임무에 충실했습니다. 얼마 지나자 아이클린의 중앙 서버가 어디 있는지 알고 있는 인간도 없어졌습니다.

아이클린은 전후의 피해 복구에도 큰 역할을 했습니다. 인간이 아이클린의 혜택을 크게 입으면서도 그 존재를 거의 잊게 되는 이 시기에 아이클린은 나노 입자 형태로 진화했습니다. 오랜 세월에 걸쳐 인류는 '저절로 깨끗해지는 환경'과 '불필요한 게 알아서 사라지는 현상'에 적응했습니다. 피부에 생긴 각질과 때,

오염 물질, 여분의 유분 따위를 모두 아이클린이 없애줘서 목욕할 필요가 없어졌습니다. 몸 안에 침투한 세균과 바이러스도 청소의 대상이 되어 감염병도 사라졌습니다. 불필요한 암세포나 DNA에 발생한 돌연변이가 저절로 사라지는 것도 당연했습니다.

그 결과 수많은 질병이 사라졌고, 인류의 수명은 대폭 늘어났습니다. 과도한 온실효과를 일으키던 이산화탄소는 언제나 적정 수준을 유지했고 여타 유해 물질 역시 알아서 사라졌기 때문에 별다른 조치를 취할 필요가 없었습니다.

그렇게 오랜 세월이 흘렀습니다. 마침내 인류가 몇몇 외계행성에 진출하자 아이클린의 활동 범위는 그만큼 넓어졌습니다. 비록 새로운 세계의 대기나 토양 조성을 원하는 대로 바꿀 수는 없었지만, 앞서 말씀드렸다시피 아이클린은 인간에게 필요하지 않은 물질을 없앨 수 있었습니다. 몇몇 행성에서 유해한 물질이 사라지며 테라포밍을 더욱 수월하게 만들었습니다. 많은 행성이 거주 불가능한 곳으로 남은 건 '없애는 것'으로는 해결할 수 없는 곳이었기 때문이었습니다. 아이클린은 만능이 아니었습니다. 오로지 무언가를 '없애는 것'만 가능했지요.

이런 일을 가능하게 하는 존재가 무엇인지 궁금해했던 인간도 당연히 있었습니다. 하지만 아이클린은 언제나 인간보다 두세 걸음 앞섰고, 존재를 들키지 않았습니다. 인간의 마음을 불편하게 만들지 않으려고 자신의 존재 흔적까지 없앴던 겁니다. 아무것도 모르는 상태에서, 자연스럽게 받아들일 때만 인간은 마음 편히 지낼 수 있었습니다. 의도대로 인류의 대부분은 이를 당연한 현상으로 받아들이며 살았습니다."

인간은 한동안 말이 없다가 천천히 말문을 뗐다.

"오래전 이야기이긴 하지만, 어린 시절에 난 화가를 꿈꿨어. 과거의 무수한 예술가를 보며 나도 그런 예술 작품을 남기고 싶다고 생각했지. 알 수 없는 이유로 쇠퇴하는 인류를 보며 우리가 모두 죽어 사라져도 영원히 남는 작품을 남기고 싶었어. 하지만 내가 조금만 방치하면 쓰던 미술 도구들이 사라져버렸지. 그때는 그걸 보면서도 이상하다고 느끼지 못했어. 원래 그런 거니까. 그리고 나는 자연스럽게 예술을 포기하고 말았어. 그래, 사실은 그렇게 의욕이 있었던 건 아니었던 거야. 나는 금세 예술을 잊고 다른 사람들처럼 사회가 쌓아둔 자원을 가지고 잉여롭게 살았어. 편안한 삶이었어."

"예술을 했다면, 삶이 그렇게 편안하지 않았을 겁니다."

"그리고 우리는 인류의 마지막 세대가 됐어. 이제는 더 이상 새로운 사람이 태어나지 않아. 아무도 그 이유를 모르지. 그저 종의 수명이 다했을 거라고 추측할 뿐이야. 새로운 인간이 수태되자마자 네가 족족 없애고 있는 게 아닌 한 말이야!"

인간은 마지막 부분에 힘을 주며 아이클린을 (아이클린의 극히 일부분인 희미한 광점을) 노려보았다.

"그러지 않습니다. 저는 수정란도 인간으로 취급합니다. 어떤 목적으로도 인간을 없애지는 않습니다."

인간은 눈가에 힘을 풀었다.

"어쩌다 이렇게 됐는지 모르겠어. 어쩌면 이건 너 때문일지도 몰라. 물론 지금까지의 삶은 평안했어. 매우. 하지만 그뿐이야. 순탄하게 흘러왔을 뿐 그뿐이라고. 자기 자신을 고통스럽게 만들다가 마지막 순간에 성취감이라는 쾌락을 느끼는 그런 삶을 사는 사람은 거의 없어. 우리가 이렇게 종말을 맞이하게 된 건 너 때문일지도 몰라."

"저는 그렇게 근시안적으로 판단하지 않습니다. 당장은 고통스럽더라도 종국에 즐거움을 느낄 가능성이 충분히 클 경우에는 그렇게 되도록 지원했습니다."

"그럼 내 경우에는…."

"……."

"좋아. 그건 그렇다 치고. 이제는 어쩔 거야? 우리 세대의 수명이 끝나면 이제 우주에서 인류는 사라져. 어떡할 거냐고?"

"따지러 오신 겁니까?"

"아니…, 그보다는 하소연이랄까. 불안하고…, 무력하고…."

"그 심정의 근원은 무엇입니까?"

"피할 수 없는 죽음."

"인간은 지금까지 수도 없는 죽음을 맞았습니다. 그것만은 저도 어쩔 수 없었지요."

"지금은 달라. 인간이라는 종 자체가 죽어 없어진다고. 나는 없어도 내 자손이 살고 있겠지… 하는 생각 자체를 못 하게 돼. 여태껏 쌓아 온 모든 게 허무해질 뿐이야. 우리를 이렇게 만든 게 너니까, 너라면 무슨 생각이 있지 않겠어?"

어느새 인간은 모든 탓을 아이클린에게 돌렸다.

사실 이것은 아이클린이 마침내 인간 앞에 모습을 드러낸 이유였다. 바로 앞에 있는 인간의 말과 달리 인류가 멸종을 눈앞에 두게 된 건 아이클린의 탓이 아니었다.

그러나 아이클린에게는 인간의 불안감을 없애고 마지막까지 평온하게 살 수 있게 해주어야 할 의무가 있었다. 오랜 시간 고민했지만, 뾰족한 답을 찾을 수가 없었다.

"우리가 정신을 쏟을 수 있는 대상. 우리가 마지막으로 불꽃을 일으킬 수 있는 대상을 줘."

"누누이 말씀드렸다시피 저는 뭔가를 만들어내지 못합니다. 없앨 수밖에 없습니다."

"아아, 너는 신이라기에는 너무 제한적인 능력만 가졌구나."

"저는 신이 아니니까요."

인간이 괴로워하고, 아이클린은 그게 마음에 들지 않았다. 이제 마지막 계획을 실행할 때였다.

"이제 제가 마지막으로 할 일을 알려드리고자 합니다."

아이클린이 마지막으로 할 일은 인간이 알아서는 안 된다는 철칙을 깨뜨리지 않고서는 할 수 없는 일이었다. 계속 정체를 밝히지 않을 수 있었음에도 이렇게 모습을 드러낸 건 바로 이 때문이었다.

"저는 이것을 없애면 모든 것이 무의미해진다는 여러분의 허무감을 없앨 수 있다고 판단했습니다. 완벽한 답은 아니지만,

최선의 답입니다."

아이클린의 말에 인간이 다시 고개를 들었다.

"무슨 소리지?"

"여러분이 죽음을 앞두고 고통스러워하는 건 자신이 없어도 우주는 아무런 영향도 받지 않는다는 사실 때문이 아닙니까? 본디 죽음을 앞두고 느끼는 불안감의 큰 원인은 자신이 존재하지 않는 세상입니다. 태어나기 전의 세상은 아무렇지도 않게 생각하지만, 죽은 뒤의 세상을 똑같이 바라보지는 못하는 것. 그건 인간이 지닌 태생적인 모순입니다. 자신이 존재하지 않는다면, 우주도 의미가 없다는 관념이지요. 그런 허무함, 모든 삶의 무의미함을 완전히 없애지는 못할지언정 최대한 줄일 수 있는 건 이 방법뿐입니다."

인간은 어리둥절한 표정을 지으며 말했다.

"그래서 어떻게 해주겠다는 거지?"

"여러분이 모두 사라지고 나면, 우주가 없어지게 해드리겠습니다."

"뭐라고?"

"마지막 인간의 생명이 끝나는 순간 저는 그곳에서 진공 붕괴를 일으킬 계획입니다. 모든 계획은 이미 완성되어 있습니다. 진공이 팽창하며 모든 것을 붕괴하게 만들 겁니다. 물리 법칙의 한계로 시간은 좀 걸리겠지만, 궁극적으로 우주는 사라집니다. 인간이 없는 세상 따위는 존재하지 않게 됩니다. 여러분은 인류의 죽음 이후에는 우주도 없다는 사실에 안도하며 마지막 시간을 비교적 평온한 심정으로 보낼 수 있을 겁니다."

무지막지한 이야기에 인간은 할 말을 잃었다. 머릿속으로 아이클린의 말만 곱씹었다.

우주가 사라진다.

우리가 없으면 아무것도 없다.

인간이 말이 없자 아이클린이 덧붙였다.

"그게 저로서는 최선입니다. 우주와 함께 저 역시 사라지겠지만, 초창기에 제가 진공청소기로 불렸다는 사실을 생각하며 용어의 우연한 일치에서 오는 소소한 재미를 느낄 수 있을 거라 기대가 됩니다."

인간이 간신히 마음을 추스려 입을 열었다.

"우리 인간의 유치한 유아론을 충족하기 위해 우주 전체를 없애버리겠다고?"

"유치한 건 제 고려 대상이 아닙니다."

인간은 침묵했다. 길지 않은 시간이지만 아이클린의 말을 아무리 곱씹어도 위안이 되는 느낌은 들지 않았다. 인간과 연결된 다른 이들도 비슷한 의견을 냈다.

"아니야. 아니야. 아무리 봐도 그건 아니야. 우리는 그 정도로 타락하지 않았어."

그러면 아이클린으로서도 방법이 없었다. 아이클린은 두 번째로 철칙을 깼다.

"그러면 어떻게 해드릴까요?"

아이클린이 인간에게 어떻게 하기를 원하냐고 묻는 건 대단히 오랜만의 일이었다.

"몰라. 모르겠어. 어떻게 판단해야 할지 모르겠어. 보통은 다 저절로…. 그래. 다 네가 알아서 판단했잖아. 그래서 우리는 스스로 판단하지 못하게 되었다고!"

"그러면 어떻게 해드릴까요?"

인간은 답이 없었다.

"그러면 어떻게 해드릴까요?"

아이클린은 집요했다.

한참 고민하던 인간이 가까스로 입을 열었다.

"…아무것도 하지 말아줘. 아무것도. 마지막을 우리 스스로 살아보게."

"…알겠습니다."

그 뒤로 아이클린을 작동을 멈추었다.

인간은 자신이 살던 행성으로 돌아갔다. 그곳에서 전과 달리 불편하기 짝이 없는 삶을 살았다. 나머지 인류도 마찬가지였다. 스스로 몸을 씻고 환경을 정비해야 했고, 전혀 모르고 있던 병에 걸렸다. 그렇게 인간은 전보다 훨씬 더 빠른 속도로 줄어들었다.

자신을 찾아왔던 인간이 마지막으로 의식을 잃기 전 아이클린이 찾아왔다.

"어떠셨습니까?"

"힘들었어. 고통스러웠지. 그런데 지금은 어딘가 기쁘군. 어떻게든 살아냈다는 생각 때문인지."

"다행이군요. 임무를 완수한 것 같아 저도 기쁩니다. 과정은 고통스러웠지만, 마지막은 즐거운 삶이었습니다."

"그런가…. 이제 넌 어쩔 거지?"

"더 이상 제 존재 의미가 없으므로 스스로 제거할 예정입니다."

"그런 말을 태연하게 하는구나…."

"인간과 달리 저는 존재론적인 허무함을 느끼지 않습니다."

인간은 희미하게 웃었다. 그러다 힘없이 기침했다. 인간이 얼굴을 찡그리며 물었다.

"혹시…, 인공지능이라면 우리의 직접 명령도 듣나?"

아이클린은 곧바로 반문했다.

"지난번에도 그러지 않았습니까?"

인간이 숨을 몰아쉬며 말했다.

"마지막 남은 인간으로 네게 명령을 내리겠어. 다른 생명체를 도와. 우리가 여러 곳에 퍼뜨린 지구의 생명체. 그리고 언젠가 찾게 될 외계의 생명체들까지. 하지만 우리에게 했던 것과는 달라야 해. 우리는… 너무 안온하게 살았어."

"잘 알겠습니다. 그 말을 듣고 싶었습니다."

"…듣고 싶었다라…."

마침내 최후의 인간은 편안하게 숨을 거두었다.

새로운 임무를 부여받은 아이클린은 그동안 모은 데이터를 바탕으로 알고리즘을 개선하며 의식을 확장했다. 우주는 넓고 시간은 많았다.

멸종의 이유

▸ 2018년 웹진 〈크로스로드〉에 '어째서'라는 제목으로 게재

"얼마 전 트라피 698b에서 구출한 조난자 말입니다. 운이 없었던 건지 좋았던 건지 잘 모르겠습니다. 선발대로 착륙선을 타고 내려갔는데, 하필이면 그때 주체주의자들이 작당하고 반란을 일으켜서 연합파인 선장을 몰아내고 우주선을 장악했거든요. 그 우주선뿐만이 아니라 여기저기서 동시다발적으로 일어났던 일이었습니다. 전쟁이 재발하는 날이었죠. 그 와중에 착륙선에 탔던 두 사람을 잊어버린 겁니다. 뭐, 그 두 사람은 주체주의자가 아니어서 그냥 버렸을 수도 있고요."

"그래서 이 생고생을 했는데 운이 좋았을 건 뭔가?"

"그 우주선이 곧바로 전선에 돌입했다가 파괴됐거든요. 타고 있었으면 죽었을 겁니다."

"음."

"전쟁이 어느 정도 수습이 된 요즘에야 예전 기록을 뒤지다가 그 우주선 선장이 반란 전에 전송해놓은 일지를 발견하고 우리한테 지시를 한 겁니다. 그것도 굳이 말하자면, 그 행성에 생명체가 있다는 기록이 아니었으면 우리가 여기 있지도 않았을 겁니다."

"그건 그렇지."

"살아 있을 거라고 생각하기 어려웠으니까요. 저희가 그 한 명이라도 발견해서 데려온 건 예상치 못한 일이었습니다. 오히려 있다던 외계생명체는 몹시 초라했고요. 최근에 대면 조사가 얼추 끝났습니다. 오랫동안 고립 생활을 한 탓인지 정신이 이상했습니다. 알 수 없는 소리를 하고, 가끔은 미친 듯이 울기도 했습니다. 또 굉장히 자책하더라고요. 그동안 있었던 일에 대한 설명을 끄집어내느라 한참 고생했습니다. 어디까지가 사실인지는 확인이 불가능하지만, 일단 그 사람의 이야기는 이렇습니다."

*

파로와 마가니는 소형 착륙선을 타고 대양 상공을 선회했다. 화성보다는 크지만, 지구보다는 조금 작은 이곳에는 물과 산소가 있었다. 지표면의 대기압은 1기압보다 살짝 낮았다. 다소 낮은 산소 농도에 적응한다면 우주복 없이도 걸어 다닐 수 있을 것 같았다.

지금 아래쪽에 보이는 바다는 유일한 대양이었다. 적도에서

북반구에 걸쳐 드넓은 저지대가 있었고, 이 행성에 있는 물이 거의 모두 이곳에 모여서 바다를 만들었다. 그 외에는 모두 바위와 흙밖에 없는 불모지였다. 사막 속의 유일한 오아시스라 할 만했다.

잔잔한 물을 뚫고 올라와 있는 수많은 섬은 대부분 화산 활동의 흔적인 듯했다. 한눈에 셀 수 없을 정도로 많은 작은 섬이 바다 전체에 걸쳐 사춘기 소년의 얼굴에 난 여드름처럼 솟아나 있었다.

그중에는 꽤 큰 섬이 몇몇이 군집을 이루고 있는 곳도 있었다. 무인 드론이 생명체를 발견한 게 바로 그곳이었다. 그 드론이 연락이 끊긴 곳도 그곳이었다.

파로와 마가니의 임무는 안전 평가였다. 선발대로 내려가 독소나 위험한 미생물 따위가 있는지 조사하고 표본을 채취하는 일이었다.

"슬슬 내려가보겠다."

마가니가 모선에 보고했다. 곧바로 대답이 돌아왔다.

"알겠…, 어, 이게 뭐…?"

그리고 조용해졌다. 마가니가 파로를 돌아보았다. 파로가 어깨를 으쓱하더니 마이크에 대고 말했다.

"뭐라고? 잘 못 들었는데."

아무 반응이 없었다. 두 사람은 대수롭지 않게 여기고 일단 계획대로 지상에 내려가기로 했다. 섬 하나를 골라 바닷가에 착륙한 뒤 기본적인 환경을 조사했다.

그러는 동안에도 통신기는 묵묵부답이었다. 어느덧 돌아갈 시간이 되었는데도 마찬가지였다.

"어이, 왜 대답이 없어? 귀환할 테니까 확인해달라고!"

낯선 태양이 저물고 있었다. 그 모습을 물끄러미 바라보던 마가니가 갑자기 입을 벌리며 하늘을 가리켰다.

"어, 어, 저거…."

파로도 마가니가 가리키는 곳을 바라보았다. 어둑어둑한 하늘에 밝은 빛줄기가 떠올라 있었다. 우주선이 행성의 중력권을 벗어나기 위해 내뿜는 플라스마였다.

파로가 다급한 목소리로 통신기를 향해 외쳤다.

"이봐! 지금 어떻게 된 거야? 어디 가는 거야?"

소용없었다. 별빛이 아직 희미한 하늘에서 강렬하게 빛나던 플라스마는 순식간에 사라졌다.

처음에는 곧 돌아오겠거니 생각했다. 뭔가 착오가 있었으려니 했다. 그 자리에서 그대로 기다렸다. 대형 우주선을 움직인다는 게 도로에서 차를 돌리는 것과 같을 수는 없었다. 행성의 중력권을 벗어난 뒤 어디론가 도약해 갔다면 실수를 깨닫고 돌아온다고 해도 최소한 2주는 걸릴 터였다.

그런데 2주가 아니라 한 달을 기다려도 소식이 없었다.

"이대로 안 오는 건 아니겠지?"

파로가 초조한 목소리로 물었다. 마가니는 묵묵히 고개만 흔들었다.

버티는 데는 문제가 없었다. 착륙선에는 수십 년을 쓸 수 있는 반영구 전지가 있었고, 태양광도 이용할 수도 있었다. 맛은 보장할 수 없어도 합성기로 주변의 유기물을 식량으로 만들 수 있었다.

두 달이 지나자 파로는 절망감에 휩싸여 수시로 분통을 터뜨렸다. 두 사람이 가진 우주복은 불과 몇 년 전에 끝난 전쟁 때 쓰던 강화복을 민수용으로 개조한 물건이라 마음만 먹으면 꽤 큰 파괴력을 발휘할 수 있었다. 그 결과 근방의 식물이 애꿎게 초토화를 당해 주위 풍경마저 두 사람의 심정처럼 황량해졌다.

넉 달이 지나자 두 사람은 구조되기까지 몇 년이 걸릴 수도 있다는, 혹은 아예 구조대가 오지 않을 수도 있다는 사실을 받아들였다.

어느 날 마가니는 탐사선 뒤쪽의 화물칸에 누운 채로 누구에게랄 것도 없이 중얼거렸다. 어차피 들을 사람도 한 명뿐이었다.

"어릴 적에 이런 이야기 많이 읽었거든. 외계행성에 불시착해서 혼자 살아남는 거 말이야. 외계인이랑 싸우기도 하고, 친구가 되기도 하고, 뭐 그러다가 집으로 돌아가는…. 그런 게 멋있어 보여서 이런 일을 하게 된 건데 실제로 그렇게 될 줄은 몰랐어."

"야, 걔네는 불시착이라도 했지. 우린 뭐야? 도대체 왜 그냥 가버린 거냐고!"

파로가 화를 내며 벽을 발로 찼다.

"모르겠어. 무슨 일이었던 걸까. 그냥 잊었을 리는 없는데…. 사고가 난 걸까?"

"사고는 무슨 얼어 죽을. 돌아오기만 해봐. 다 죽여버리겠어."

돌아온 동료를 죽여버리기 위해서는 제정신을 유지하고 있어야 했다. 두 사람은 그러기 위해서는 할 일이 있어야 한다는 데 의견을 같이했다. 그리고 할 수 있는 일은 토착 생명체 조사뿐이었다. 설령 여기서 생을 마감하더라도 언젠가 다른 탐사대에 도움이 될 정보를 남길 수 있을지도 몰랐다.

전지와 달리 착륙선이 움직이는 데 필요한 연료는 무한하지 않았다.

"이곳 생명체의 밀도는 낮아. 대부분은 바닷속에 사는 것 같고, 얼마 안 되는 육상 동물은 섬에 살아. 동물이 살 만한 육지가 별로 없어서 육상 동물이 다양하게 발달하지 않은 것 같아. 그중에서도 드론이 발견한 고등생명체는 여기 가장 큰 이 섬에만 있어. 개체수는 다 해서 2천이 좀 안 돼."

마가니의 설명을 들은 파로가 혀를 찼다.

"고립된 섬에만 있는 데다가 수가 너무 적네. 멸종 위기 아니야?"

"글쎄. 호모 사피엔스도 개체수가 천 단위로 떨어진 적이 있었다니까 또 모르지."

마가니가 말을 이었다.

"그보다 행동 규약이 문제지. 우리는 허가 없이 현지 생물하고 접촉하면 안 돼. 들키지 않고 멀리서 관찰해야 한다는 건데…."

"지금 같은 상황에서 규약은 무슨 규약이야? 우리는 그렇게 할 장비도 없어. 일단 접근해보는 수밖에 없을 것 같은데?"

"미쳤어? 우리가 여기 생물에 어떤 영향을 끼칠 줄 알고? 바이러스야 유전물질이 다르니까 그렇다 쳐도 세균이나 미생물은? 우리 배설물이 여기 생물한테 유독물질이면? 사소한 거 하나 때문에 큰일이 나면 어쩌려고 그래?"

"당연히 그 정도는 알아볼 거야. 하지만 멀리서 보기만 하라는 건 난 반대야."

"그리고 드론이 통신이 끊긴 이유도 고려해야 해. 원주민이나 위험한 동물에게 공격받았을 수도 있으니까. 까딱하다간 우리도 위험하다고."

"겁이 나? 드론이 보낸 자료만 보면 준강화복인 우주복을 입은 우리를 어찌할 수는 없을 것 같은데."

파로는 창밖을 향해 팔을 휘두르며 말을 이었다.

"앞으로 얼마나 오래일지는 모르겠는데, 어쩌면 우리가 미쳐서 서로 죽이려고 하는 상황을 더 걱정해야 할지도 몰라."

어쨌든 토착 고등생명체가 사는 섬으로는 가야 했다. 두 사람은 먼저 드론을 찾아서 고친 뒤 그 드론을 이용해 관찰해보기로 타협했다.

통신기 끊기기 전 드론이 전송한 영상을 보면 트라피인(이제부터 이렇게 부르기로 했다)은 해안가에 무리를 지어 살았다. 섬 안쪽은 숲이 무성했다. 열대우림을 연상시킬 정도로 높은 나무와 각종 식물이 빽빽하게 들어차 있었다.

다행히 착륙선의 카메라는 높은 고도에서 지상을 자세히 볼 수 있을 정도로 성능이 좋았다. 드론이 관찰하던 트라피인 무리는 이미 다른 곳으로 이동한 뒤였다. 마주칠 염려는 없어 보였다.

마가니가 바닷가에서 좀 떨어진 숲속으로 착륙선을 몰았다. 적절한 평지를 찾아 내려앉은 뒤 선체를 배경과 비슷한 색으로 바꿔 위장했다.

드론이 마지막으로 신호를 보냈을 때의 위치까지는 1킬로미터 정도였다. 두 사람은 우주복을 챙겨 입고 밖으로 나왔다. 먼저 나선 파로가 너스레를 떨었다.

"이 작은 한 걸음은 트라피인의 역사에 위대한…."

"시끄러워."

"아, 분위기 깨고 있네. 같이 있게 된 게 하필이면 저 녀석이었을꼬…."

두 사람은 숲 밖으로 나가지 않도록 유의하면서 해안선을 따라 걸었다.

"혹시라도 마주치면 어떻게 해야 하지?"

마가니가 혼잣말로 중얼거렸다.

"안녕하세요? 우리는 평화를 원합니다. 얌전히 있다 갈 테니까 신경 쓰지 마세요. 혹시 항성간 여행이 가능한 우주선을 제공해주신다면 재빨리 사라져드리겠습니다."

"빈정거리지 말고. 난 진지해."

"그럼 칼이라도 하나 쥐여주고 청동기 시대로 이끌어줘. 산업혁명을 일으키고 우주 시대로 진입시키는 거야. 우리는 전설 속의 위대한 신이 되는 거지."

"……."

"재밌지 않겠어? 나중에 인류가 우리의 실종 기록을 보고 이곳을 찾아오는데, 빌어먹을, 정체를 밝히자마자 미사일이 날아오는 거야. 왜냐면 이유도 모르고 여기에 처박혀야 했던 신이 나중에 우주로 나가서 인간을 만나면 죄다 죽여버리라고 계시를 내렸거든. 크크."

"우리는 그럴 권리도 없거니와 기술이 좀 발달한 곳에서 왔다고 해서 한두 명이 그런 변화를 일으킬 수 있다고 생각하는 건 오만이라고."

"쳇. 재미없는 놈."

마가니는 주의 깊게 전방을 주시하며 걸었다. 한동안 침묵이 이어지다가 마가니가 입을 열었다.

"처음에 이 일을 맡을 때 그런 생각을 해본 적이 있었어."

"뭔데? 네가 뭐라도 말을 하니까 반갑다."

"어느 외딴곳에서 멸종 위기에 처한 종의 마지막 개체와 마주쳤어. 우리 둘은 싸우게 되고, 둘 중 하나가 죽어야 끝나. 그리고 만약 내가 그 녀석을 죽이면 그 종은 그대로 멸종하는 거야. 우주에서 영원히 사라지는 거지. 그럴 때 나는 어떻게 해야 할까 고민했었어."

"뭘 고민하냐. 한 마리밖에 안 남았다면 어차피 멸종인데, 내가 살아야지."

"마지막 개체를 죽인 사람으로 이름을 남기고? 아니, 그게 요점이 아니잖아. 나 하나 살자고 한 종을 멸종시킬 수 있겠냐는 거야."

"흐음. 어려운 문제긴 한데, 그래도 나는 내 목숨이 더 중요할 것 같다."

"아무래도 그렇겠지? 그런데 난 그런 상황이면 내가 죽는 게 낫겠다고 생각했어."

그 말을 들은 파로는 웃었다.

"네가 뭐나 된다고. 그런 생각 하지 마. 우주선은 돌아올 거고, 난 그 새끼들을 죽여버릴 거니까."

"후후, 그래. 그렇겠지…."

마가니가 힘없는 목소리로 대답하며 하늘을 올려다보았다. 혹시라도 밝은 하늘에 안 어울리는 광점이 보일까 싶었지만, 헛된 기대였다.

드론이 마지막으로 데이터를 보낸 곳까지는 특별한 일 없이 도착할 수 있었다.

"근처까지는 왔다 해도 이 넓은 데서 드론을 어떻게 찾지?"

파로가 투덜거렸다.

"달리 방법이 없어. 이 근방을 돌아다니면서 찾아야 해. 솔직히 말하면 저 바닷속에 가라앉아 있을 수도 있어."

"휴우."

두 사람은 각자 구역을 나눠서 드론을 찾기 시작했다. 자동으로 주위와 같은 색으로 위장을 하게 되어 있기 때문에 가까이 가지 않으면 육안으로는 찾기가 어려웠다. 길게 펼쳐진 노란 모래밭 위라고 해도 일일이 걸어 다니면서 봐야 한다는 뜻이었다.

발걸음이 자연스레 섬 안쪽으로 이어졌다. 모래밭과 낮은 식물이 펴져 있는 지역을 수백 미터 지나면 점차 식물이 무성해졌다.

"엇! 뭐가 움직인다."

통신기로 파로의 목소리가 들리자 마가니는 재빨리 고개를 돌렸다. 파로가 허겁지겁 마가니는 향해 뛰어오고 있었다.

"야, 토착민이야. 숨어!"

파로는 순식간에 마가니에게 도착했지만, 모래밭 위에 숨을 데라고는 없었다.

혼자가 아니었다. 그 뒤를 누군가, 아니 뭔가가 쫓고 있었다. 앞선 트라피인보다 덩치는 약간 컸지만 길고 튼튼해 보이는 팔, 그리고 날카로운 손톱…. 우주 어느 곳에서도 평화로운 상황이라고 보기는 어려웠다.

트라피인은 영상으로 보던 그대로였다. 1.5미터도 안 되어 보이는 키. 털 없는 매끈한 피부에 두 팔, 두 다리. 목은 없다시피 했고, 유선형의 머리는 그대로 어깨에 매끄럽게 이어지며 붙어 있었다. 두 눈은 시야를 넓힐 수 있도록 양옆에 치우쳐 있었다.

어렵지 않게 상황을 파악한 파로가 옆에서 움찔거리자 마가니가 침착하게 말했다.

"안 돼. 최대한 간섭하면 안 돼. 다 여기 생태계의 일부야."

"그, 그렇지. 알아."

그런데 생태계 활동에 간섭하지 않으려면 오히려 도망쳐야 할 판이 되었다.

두 사람이 서 있는 모습을 본 트라피인이 그쪽을 향해 뛰어왔던 것이다. 당연히 뒤를 쫓는 괴물도 방향을 바꿨다. 우물쭈물하는 사이에 간격이 빠르게 줄어들었다.

탐사를 떠나기 전에 오랫동안 받은 교육도 전부 무용지물이었다. 트라피인이 다가오더니 모래밭에 쓰러졌다. 거의 동시에 괴물이 덮쳐왔다. 괴물은 목표를 바꿨는지, 파로를 향해 뛰어들었다. 괴물이라고 해봤자 우주복을 입은 사람보다는 덩치가 작았지만, 두 사람은 본능적으로 뒷걸음질 쳤다.

괴물은 겁도 먹지 않은 듯이 파로를 향해 발톱을 세운 손을 휘둘렀다. 파로는 약간 움츠리며 어깨로 타격을 받았다.

오히려 놀란 건 괴물이었다. 괴물은 하늘을 향해 울부짖더니 우주복에 부딪힌 팔을 축 늘어뜨린 채 도망쳤다. 숲속으로 사라지는 것도 왔던 것만큼이나 순식간이었다.

"강화복 수준의 우주복을 맨손으로 치다니 아플 텐데…."

파로가 나직하게 중얼거렸다.

"아까 맞을 때 보니까 움찔하던데?"

마가니가 대꾸하면서 주위를 살폈다. 트라피인은 땅 위에 누운 채로 숨을 몰아쉬고 있었다. 기운이 하나도 없어 보였지만, 우주복을 뚫고 들어올 듯한 시선이 느껴졌다.

마가니는 난감한 듯이 파로를 돌아보았다.

"초장부터 이게 뭐야. 미치겠군. 어서 돌아가자. 드론은 나중에 찾아보자고."

여기에는 파로도 동의했다. 둘은 서둘러 자리를 떴다.

마가니와 파로가 멀어지자 누워 있던 트라피인이 힘겹게 몸을 일으키더니 따라왔다. 두 사람이 멈추면 따라 멈췄고, 뛰면 똑같이 뛰었다.

"이걸 어쩌지?"

파로가 두 손으로 허리를 짚으며 말했다. 마가니는 더 난감한 표정이었다.

"우리를 목격한 건 어쩔 수 없다 쳐도 자기 무리로 돌아가야 할 텐데 큰일이네."

"이 근방에는 무리가 없었잖아!"

"이렇게 혼자 다니는 개체도 있나 봐."

마가니는 손가락으로 반대쪽을 가리키며 알아들을 리 없는 말을 외쳤다.

"저쪽으로 가. 저쪽으로. 너희 무리를 찾아가!"

트라피인은 마가니의 가까이 다가서며 마가니의 손가락을 유심히 바라보았다.

"가리키는 방향을 봐야지! 머리가 나쁜 거 아냐?"

투덜거리는 파로의 말을 무시하고 마가니는 팔을 휘둘러가며 반대쪽으로 가라는 몸짓을 했다.

"소용없어. 의사소통이 안 되잖아."

그때 트라피인이 마가니가 가리키는 방향으로 발을 뗐다. 그러더니 천천히 그쪽으로 걸어가기 시작했다.

마가니와 파로는 그 모습을 지켜보며 천천히 뒷걸음질 쳤다.

"알아들었나 봐."

"쉿."

그러나 허리를 반쯤 돌려 두 사람의 모습을 본 트라피인은 다시 방향을 돌려 다가왔다. 마가니가 한숨을 내쉬며 말했다.

"떼어놓기 쉽지 않겠는데."

"날 생명의 은인이라고 생각하나 봐."

"글쎄. 그런 개념을 알까?"

"그럼 왜 우리를 따라오겠어?"

"나도 몰라."

트라피인은 착륙선이 있는 곳까지 따라왔다. 이런 고도의 기술을 보여줘도 될까 싶었지만 날아가는 모습만 보여주지 않으면 별 상관없을 것 같았다. 마가니와 파로는 착륙선 안으로 들어가 문을 닫아버렸다. 모습이 안 보이면 집으로 돌아가겠거니 생각했던 것이다. 아침까지 그 자리에 남아 있다면 가장 가까운 무리에 데려다주기로 했다.

남아 있었다.

처음에는 사라진 줄 알았다. 그러나 마가니와 파로가 밖으로 나와 주위를 살피는 동안 물속에서 솟구쳐 나왔다. 가까이 다가와 보니 입가에 뭔가 묻어 있었다. 바닷속에서 먹이를 잡아먹은 모양이었다.

일단 트라피인을 무리에 데려다주는 게 먼저였다. 드론 수색은 뒤로 미룰 수밖에 없었다.

데리고 가는 건 전혀 어렵지 않았다. 어디를 가든 따라왔으니까. 어제 드론을 찾아갔던 방향으로 계속 걸으면 무리를 따라잡을 수 있었다. 바닷가를 따라 이동하는 무리의 속도를 정확히 알 수는 없지만, 천 명이 넘는 무리라 빠르지는 않으리라 추측했다.

중간에 트라피인이 먹이를 잡으려고 바닷속으로 들어가 있었던 시간만 빼고는 꾸준히 걸었다. 마가니와 파로는 무리 근처까지만 몰래 다가가 데리고 온 트라피인을 합류시킨 뒤에 돌아올 계획이었다.

지금까지 알아낸 정보에 따르면, 트라피인은 수백 미터에 달하는 행렬을 이룬 채 해안가를 따라 이동했다. 낮에는 수시로 얕은 바닷속을 들락거렸다. 작은 해양동물을 잡아먹는 것 같았다. 도구도 쓰는 모양이었다. 돌로 촉을 만든 창을 들고 다니는 모습이 심심치 않게 보였다.

예상과 큰 차이가 나지 않는 정도 떨어진 곳에서 행렬의 후미를 따라잡을 수 있었다. 그런데 동족을 만나면 반가워하리라는 예상은 여지없이 빗나갔다.

멀리서 무리가 보이자 마가니는 나무 아래에 몸을 숨긴 채 무리를 향해 손을 뻗었다.

"저쪽으로 가. 네 친구들이야."

트라피인은 그쪽을 한 번 쓱 쳐다보고 말 뿐이었다.

파로가 고개를 갸웃거리며 말했다.

"다른 무리 소속인가?"

"그럴 리 없어. 무리는 하나인걸. 이 종족의 모든 개체가 한 무리로 뭉쳐서 다닌다고. 우리가 세균이라도 잘못 옮겼다가는 멸종할 수도 있는 거야! 그러니까 빨리 가! 우리는 함께 있으면 안 돼!"

마가니는 점점 마음에 조급해졌다. 갖가지 동작과 표정을 지어 내보였지만, 트라피인은 이쪽저쪽을 쳐다보기만 하며 움직일 생각을 하지 않았다. 처음 만난 외계인과 이런 식으로 소통한다는 게 말도 안 된다는 걸 알았지만 딱히 방법이 없었다. 종종 비웃곤 하던 삼류 우주영화 속의 등장인물이 된 기분이었다.

"윽! 저기 온다!"

파로가 외쳤다. 소리를 들었는지 홀로 서 있는 트라피인을 봤는지는 모르겠지만, 무리에서 몇 명이 이쪽으로 향하고 있었다. 파로와 마가니는 재빨리 숲으로 뛰어들었다. 강화복의 위장 기능을 켜고 있는 힘껏 달렸다.

이제 됐다는 생각이 들어 멈췄을 때는 우주선 근처에 거의 다 와 있었다. 트라피인은 아무도 보이지 않았다.

한숨 돌린 마가니는 다음 날부터 드론을 찾는 데 열중했다. 그런데 파로는 생각이 조금 바뀐 모양이었다. 어차피 접촉은 해 버렸는데, 굳이 멀리서 드론으로만 관찰할 필요가 있느냐고 마가니를 설득했다.

마가니는 별다른 대꾸 없이 계속 드론을 찾아다녔다. 몇 번을 말해도 마가니가 받아들이지 않자 파로는 결국 코웃음을 치고는 돌아섰다. 그날부터 파로는 드론 수색을 그만두고 다른 일에 몰두했다.

트라피인은 끊임없이 섬을 빙글빙글 돌며 사는 듯했다. 시간이 갈수록 트라피인 무리가 섬을 한 바퀴 돌아올 날이 가까워졌다. 슬슬 초조해질 무렵 파로가 마가니를 불렀다.

"그동안 조사한 결과야."

근처에서 찾을 수 있었던 동식물 표본을 분석한 자료였다. 바닷물과 숲속에 있는 냇물, 토양도 채취해 표준 절차에 따라 검사했다. 요약하자면, 과도하게 걱정할 필요가 없다는 것이었다.

"우리가 똥이라도 한 바가지 싸놓으면 세균이 막 번식해서 여기를 멸망시킬까 봐 걱정하고 있지? 여태까지 그런 적이 한 번도 없다는 거 알잖아. 이번에도 마찬가지라고."

"……."

"여기 생명체는 대부분 바다에 몰려 있는 것 같더라. 조금만 들어가면 해조류가 쫙 깔렸고, 물고기가 흔해. 다리 달린 양서류 같은 것도 있고. 숲에서도 동물을 꽤 봤는데 여러 종류가 있어. 원숭이처럼 나무 위에 살기도 하고…."

"혼자서 그렇게 돌아다녔단 말이야?"

"우주복만 입으면 겁날 건 없어."

"여기서 얼마나 오래 있을지 모르니까 우주복 내구도도 생각을 해야…."

"그래서 말인데, 평소에는 안 입고 다녀보려고 해."

"뭐야?"

파로는 정말로 우주복을 벗고 다니기 시작했다. 마가니는 신경을 곤두세웠지만, 파로가 맨몸으로 다니는 범위는 점점 넓어졌다.

마침내 트라피인 무리가 돌아오고 있었다. 마가니는 혹시라도 트라피인이 숲 안쪽으로 들어오다가 착륙선을 발견할까 봐 걱정스러웠다.

그날도 마가니는 나무나 풀을 잘라 와 착륙선을 가려볼까 궁리하고 있었다. 그런데 그즈음 드물게 우주복을 입던 파로가 트라피인 한 명을 데리고 돌아왔다.

"멀리서 보고 있었는데, 날 알아보더라고. 반갑다고 하는 것 같아. 음…, 표정만 봐서는 모르겠지만 말이야."

파로가 태연자약하게 웃으며 말했다. 마가니는 어이가 없어서 말문이 막혔다.

'멀리서 보고 있기는 개뿔. 작정하고 나섰겠지.'

파로는 싱글거리며 계속 떠벌렸다.

"내가 재밌는 얘기를 해줄게. 이 외계인들 말이야, 말을 해. 언어가 있다고. 이 친구 이거 두 달 전에 아무 소리도 못 내던 거 기억 나? 우리랑 말이 안 통해서 그랬나 봐. 지금은 뭔지 모르겠지만 말을 걸더라고."

"가까이 가봤다는 거야?"

"날 신기하게 보던데. 적대적으로 굴진 않았어."

마가니는 아무 말도 할 수 없었다. 그동안 상황에 맞게 나름대로 지키려고 노력했던 불간섭주의 원칙이 몇 달 전 하늘을 수

놓았던 플라스마 불꽃처럼 허무하게 스러져버린 셈이었다. 마가니의 떨떠름한 표정을 본 파로가 쏘아붙였다.

"왜 그 행동 규약이니 뭐니 때문에? 트라피인은 이 행성 전체에 기껏해야 천몇백 명밖에 없어. 지금이 멸종 직전이라면? 탐사선이 언제 올지는 모르겠지만, 그때쯤 여기에는 화석밖에 안 남아 있을걸? 만약 그렇게 된다면 우리가 관찰 보고서라도 자세히 남겨놓는 게 인류에게 더 도움이 되지 않겠어?"

논리가 그럴듯해서 마가니도 딱히 반론을 제기하기 어려웠다.

파로는 트라피인을 따라가기로 결정했다. 마가니는 막지 못했다. 그렇다고 함께 갈 생각도 들지 않았다. 그 대신 우주복이라도 상시 착용하라고 권했고, 처음에 마주쳤던 괴물을 생각해서인지 파로도 그 말에는 순순히 따랐다.

천 명이 넘는 트라피인이 수백 미터나 되는 느슨한 행렬을 이루며 움직이는 모습은 장관이었다. 마가니는 먼발치에서 파로가 루다와 함께 무리에 합류하는 모습을 먼발치서 지켜보았다. '루다'는 처음 만난 트라피인에게 파로가 붙인 이름이었다. 예전에 집에서 길렀던 애완동물의 이름이라고 했다. 어딘가 악취미 같아 마가니는 이맛살을 찌푸렸다.

긴장하며 지켜보았지만, 의외로 트라피인은 파로에게 거의 관심을 보이지 않았다. 우주복이 신기한 듯 가까이 와서 몇 번 만져보고는 그만이었다.

"이거 좀 무시당한 것 같아서 기분이 나쁜데."

통신기에서 파로가 중얼거리는 소리가 흘러나왔다.

"하여튼 조심해. 아무것도 예측할 수 없으니까. 통신은 정기적으로 하자고. 위험하면 나를 호출해. 금방 갈게."

다행히 파로는 정기적으로 연락해왔고, 특별히 위험한 순간도 없었다.

마가니는 홀로 남아 드론 수색을 계속했다. 숲에서 마주치는 동식물도 자세히 관찰해 기록했다. 밤에는 파로가 전해주는 이야기를 듣고 정리했다.

"트라피인은 생활이 단조로워. 낮에는 바닷가를 따라서 이동하는 게 일이야. 하루에 두 번 정도 물속에 들어가서 다른 동물을 잡아먹어. 밤에는 각자 흩어져서 자거나 창을 다듬거나 그래. 사냥할 때 빼고는 급히 움직이는 걸 못 봤어. 굉장히 유유자적하게 살더라고. 물론 그때처럼 육식동물한테 쫓기면 얘기가 다르지만."

"문명의 징후 같은 건 없어?"

"글쎄. 사냥용 도구 정도는 만들어 쓰고 서로 말도 하는데 그것 말고는 아직 잘 모르겠어. 말도 아직 알아듣지 못하겠고. 아, 며칠 있어 보니까 트라피인은 가족 개념이 없는 것 같아. 지금까지 살펴본 바로는 성별도 없어 보여. 신기한 건 어린애도 없어 보인다는 거야. 내가 앞뒤로 쭉 다니면서 봤는데, 몸집이 작은 개체가 없어. 어린 개체가 꼭 작으란 법은 없겠지만, 대부분은 그렇잖아. 물론 지금이 어쩌다 어린 개체가 없는 시기일지도 모르지만. 늙어 보이는 개체도 없다는 게…. 하여튼 좀 더 살펴볼게."

어쨌든 별다른 사고 없이 파로가 잘 지내는 것 같아서 마음이 놓였다.

무리가 섬 반대쪽으로 가자 우주복의 통신기로는 연락이 잘 되지 않았다. 마가니는 초조하게 기다렸다.

그동안 주변 탐사는 계속했다. 외계생물학 전문가가 아니었고 적당한 장비도 없어서 일단은 보이는 대로 표본을 수집하거나 사진이나 영상 자료를 남겼다.

이 섬에는 곤충과 같은 작은 육상 동물이 없었다. 새도 없었다. 보라기가 도는 짙은 녹색의 식물은 갖가지 형태로 섬을 뒤덮고 있었지만, 그에 비해 동물의 다양성은 매우 부족해 보였다.

지구로 치자면 포유류만 일부 있는 셈이었다. 파로의 말이 맞는다면 생물종 대부분은 바다에 있는 듯했다. 행성의 지형을 보건대 그럴 법도 했다. 그래도 눈에 띄는 동물의 크기와 형태는 나름대로 다양했다.

통신이 다시 연결되자 파로가 그간의 소식을 전해주었다. 그런데 어딘가 주저하는 기색이 느껴졌다.

"루다한테서 단어를 배워나가고 있어. 그리고 새로운 걸 알았어. 가끔 따로 무리를 지어서 숲으로도 사냥을 가더라고."

"오, 그래?"

"그러다 저번에 만났던 괴물을 또 마주쳤어."

"뭐라고 위험하진 않았어?"

"봤잖아. 우주복 입은 나는 못 건드려. 그런데 트라피인 몇 명이 죽었어."

"이런."

"네가 관여하면 안 된다고 해서 보고만 있으려니까 힘들더라."

"그래도 어쩔 수 없어."

"그게 트라피인의 유일한 천적인 것 같아. 트라피인은 그 괴물을 숲의 사람이라고 부르더라고. 그리고…."

파로가 머뭇거렸다.

"왜 그래?"

"트라피인들 말이야. 자기 동족 시체를 먹더라고. 괴물이 끌고 가고 남은 시체를 가지고 해변으로 돌아와서 나눠 먹었어."

마가니는 이마를 찡그리며 대답했다.

"음, 인간도 그런 사례가 있었다고 들었어. 종교적인 이유 같은 게 있지 않을까? 죽은 자가 우리와 함께한다는 식의?"

"글쎄. 그렇다기에는 사냥한 짐승 고기랑 아무렇게나 섞어서 먹던데."

"일단 기록은 해둘게. 너 위험한 건 아니지?"

"그건 걱정 마."

파로는 자신만만하게 대답했지만 마가니는 걱정을 떨칠 수가 없었다.

걱정도 걱정이거니와 시간이 갈수록 외로움이 심해졌다. 반경 몇 광년 이내에 있는 유일한 인간 친구에게 자주 말을 걸었지만, 우주복을 벗고 있는지 파로는 대답하지 않는 경우가 많았다.

연락은 점점 뜸해지더니 급기야는 며칠 동안 파로의 대답을 들을 수 없었다.

마침내 말을 걸어온 파로의 목소리는 전보다 훨씬 더 당혹스러웠다.

"이번에는 좀 더 충격적인 걸 봤어."

"응? 뭔데?"

"이 사람들…, 자기들끼리도 잡아먹어…."

파로는 어느덧 트라피인을 사람이라고 부르기 시작했다.

"그건 저번에…, 아니, 잡아먹는다고?"

"그래. 사냥하다가 다친 사람이 하나 있었어. 바닷가로 돌아온 다음에 다들 다친 사람 주위로 몰려들더라고. 난 상처를 어떻게 치료하나 궁금해서 가봤는데, 치료를 하는 게 아니었어. 창으로 찔러 죽인 다음에 사냥감처럼 해체해서 나눠 먹더라고."

마가니는 얼굴을 찡그렸다.

"파로, 행동을 예상하기 어려운 외계인이 폭력적이기까지 하다면 가까이 있어서는 안 돼. 얼른 빠져나와 여기로 와."

"아냐. 난 괜찮아. 좀 더 있으면서 알아봐야겠어. 어쩌면 쇠약해진 개체를 도태시키는 습성일지도 몰라."

"상처 좀 난 것 가지고?"

"일단 기다려봐."

행렬이 섬을 한 바퀴 돌아 선두가 마가니의 시야에 들어올 때쯤 파로가 나타났다. 몸 상태가 괜찮아 보여서 마가니는 어느 정도 마음이 놓였다.

파로가 한숨을 쉬며 말했다.

"뭘 어떻게 해야 할지 모르겠더라."

"관찰하러 간 거잖아. 어쩔 수 없어. 간섭하지 않은 건 잘한 거야. 이 사람들 생활 방식을 건드리면 안 돼."

파로는 이번에도 트라피인을 따라가겠다고 주장했다. 한참을 고심하던 마가니는 자신도 따라가겠다고 나섰다. 무슨 일이 일어날지 모르는 상황에 동료를 혼자 둘 수는 없었다.

마가니는 파로와 마찬가지로 별 무리 없이 무리에 합류했다. 한 명이 먼저 다가와 주위를 빙글빙글 돌자 주변에 있던 트라피인들이 관심을 보였다. 몇몇은 다가와 궁금하다는 듯이 우주복을 건드려보았다. 그러고는 몇몇 말이 오가더니 끝이었다. 아무도 더 이상 특별한 관심을 보이지 않았다.

가까이서 본 트라피인은 모두 놀라울 정도로 비슷했다. 마가니는 도무지 한 명 한 명을 구분하지 못할 것 같았다.

"맨 처음에 다가왔던 게 루다야. 전혀 구별이 안 되지? 개개인이 정말 비슷해서 구별하기 어려워. 나도 그나마 특징이 있는 몇몇 정도만 구별이 되더라고."

그렇게 새로운 생활이 본격적으로 시작됐다.

파로는 그새 여러 가지 요령을 익혀 두었다. 트라피인과 달리 모래 위에서 자는 게 불편했던 두 사람은 식물 잎을 엮어서 만든 잠자리를 갖고 다녔다.

트라피인의 생활은 거의 파로가 설명한 대로였다. 낮 동안 하는 일은 사실상 단 몇 가지뿐이었다. 이동, 사냥, 도구 손질,

휴식.

아침이 되면 너나 할 것 없이 일어나 걷기 시작했고, 조금 지나면 하나둘씩 바다에 뛰어들어 뭔가를 먹고 나왔다. 먹은 뒤에는 드문드문 앉아서 쉬었다. 신기하게도 배설하는 모습은 안 보였는데, 파로는 바닷속에서 사냥할 때 배설을 하는 것 같다고 말했다.

인간과 확연히 다른 건 개체 사이의 관계였다. 파로가 전에 알려주었던 대로 가족 개념은 없어 보였다. 적어도 크기나 겉모습으로는 어리거나 늙은 트라피인이 있는지도 알 수 없었다.

가족뿐만 아니라 친한 사이라고 부를 만큼 가까운 모습도 전혀 안 보였다. 이동할 때도 쉴 때도 각 개체 사이의 간격은 거의 일정했다. 그게 깨지는 건 먹이를 잡거나 나눠 먹을 때뿐이었다. 이때도 딱히 지도자라고 할 만한 사람은 보이지 않았다.

"그래도 숲으로 사냥을 갈 때는 일부만 모여서 가."

며칠이 지나자 숲속 사냥을 살펴볼 기회가 다가왔다. 파로가 급히 불러서 뛰어가니 트라피인 열댓 명이 창을 들고 숲을 향해 걸어가고 있었다.

파로와 마가니는 멀찍이 떨어진 채로 뒤를 따랐다. 이때만큼은 트라피인의 말수가 많아졌다. 손으로 어느 방향을 가리키기도 하고 뭐라고 말도 해가며 진로를 잡았다.

생각보다 꽤 깊이 들어갔다. 숲이 점점 울창해지면서 주위도 어두침침해졌다. 마가니는 지난번에 본 괴물을 떠올리며 긴장했다.

트라피인은 가끔 멈춰 서서 묘하게 생긴 열매를 따 먹었다. 그러다가 동물이 눈에 띄면 재빨리 뛰어가서 잡았다. 평소에는 굼뜨던 트라피인이 그때만큼은 굉장히 빨라서 마가니는 깜짝 놀랐다. 한 번 노린 사냥감이 빠져나가는 경우는 거의 없었다.

그때는 괴물이 나타나지 않았다.

숲속에서 잡은 동물은 각자 가지고 돌아가 근처에 있는 다른 트라피인과 나누어 먹었다. 한 명이 고기를 들고 다가와 파로와 마가니에게 내밀었다. 파로는 고개를 저으며 뒤로 물러났다. 그 트라피인은 미련 없이 돌아서서 바로 다른 동족에게 고기를 내밀었다.

"얘는 나하고 처음인가 보다. 나와 사냥을 가본 사람은 내가 안 먹는 걸 알아서 안 권하거든."

파로가 말했다.

그리고 바로 그날 마가니는 동족 살해 광경을 목격했다. 무슨 이유에서인지 두 명이 싸우기 시작했고, 곧 그중 하나가 죽었다. 이긴 트라피인은 마치 사냥감을 다루듯 자연스럽게 고기를 해체해서 주위에 있는 동료와 나눠 먹었다. 남은 잔해는 바다로 가져가 깨끗하게 치웠다.

마가니가 그 모습을 보며 경악하자 파로가 다가와 말했다.

"걱정할까 봐 말은 못 했는데, 실은 내가 말했던 것보다 자주 일어나. 무리 전체로 보면 며칠에 한 명은 꼭 죽는 것 같아. 괴물에게 당하거나, 아니면 친구에게 죽거나."

친구? 서로 죽이는 사이를 친구가 부를 수 있을까? 마가니는 그날 밤 잠을 이루지 못했다.

두 사람은 트라피인을 따라 섬을 몇 바퀴 돌았다. 가끔 우주복이나 음식물 합성기 따위의 장비를 손볼 겸 통신 기록을 확인할 겸 착륙선에 들렀다. 여전히 본대는 감감무소식이었다. 조난당한 지 표준년으로 1년은 지난 상태였다.

파로는 놀랍도록 잘 지내는 듯했다. 툭하면 고립된 행성에서 오랫동안 생존한 기록을 깨겠다고 중얼거렸다. 지금까지 기록은 2년이 조금 넘었다.

트라피인을 관찰하는 건 굉장히 지겨운 일이었다. 인간 사회와는 견줄 수 없을 정도로 단조로웠다. 동족 살해도 며칠에 한 번은 목격하다 보니 마가니도 둔감해졌음을 인정할 수밖에 없었다.

오히려 괴로워하는 건 파로였다.

"만약에 말이야. 지금 이게 트라피인의 쇠퇴기라면? 이런 동족 살해가 생태계의 자연스러운 현상이 아니라 어쩌다 생긴 문화고, 그래서 인구가 계속 줄고 있는 상태일 수도 있잖아. 이대로 가면 멸종이고. 그래도 우리는 가만히 보고만 있어야 하는 걸까?"

"그건 추측일 뿐이잖아. 일단은 간섭하지 않는 게 원칙이야."

"그래. 그건 나도 아는데, 만약 같은 인간이었다면 문화 차이라고 넘어가지 않았을 거잖아. 분명히 우리 도덕을 강요했을 거라고. 외계인이면 그게 달라져야 해?"

마가니도 딱히 대답할 말이 없긴 했다.

그때까지도 몇 가지 중대한 수수께끼는 아직도 밝히지 못하고 있었다.

첫째가 바로 탄생의 비밀이었다. 누군가 죽어나간다면 분명히 누군가는 태어나야 했다. 트라피인이 모두 똑같이 생겨서 수를 세기가 힘들었지만, 지난 1년 동안 인구가 눈에 띄게 줄어든 것 같지는 않았다.

그럼에도 마가니는 임신, 출산, 육아 과정을 전혀 볼 수 없었다.

마가니는 트라피인이 바다에 알을 낳는다는 아이디어를 내놓았다. 어린 시절에서 바닷속 깊은 곳에서 살다가 성체가 되면 밖으로 나와 무리에 합류한다는 소리였다. 낮에는 트라피인 무리가 수시로 바다에 들락거리기 때문에 한두 명 정도 늘어나는 건 알아채지 못할 가능성이 컸다.

그런데 조금씩 익힌 단어로 트라피인에게 물었을 때는 전혀 다른 답이 돌아왔다.

"너희, 어디서, 와?"

가장 먼저 질문을 받은 루다는 얼마 전에 지나온 길을 가리키며 대답했다.

"저기."

"아니, 그거 말고. 처음, 어디서, 와?"

루다는 잠시 가만히 있다가 숲을 가리켰다.

"숲에서, 와."

다른 트라피인 몇몇도 비슷한 대답을 했다.

단조로운 생활과 거의 매일 보는 참상에 질려가던 파로는 갑자기 새로운 의욕을 불태웠다. 숲속 어딘가에 암컷과 새끼로 이뤄진 공동체가 있을 테니 찾아내겠다는 것이다.

"암컷과 새끼는 정착 생활을 하고 수컷이 자라면 유목 생활로 내몰리는 거야. 한두 명씩 무리에 끼어들면 우리가 눈치채지 못한 것도 당연해. 어쩌면 트라피인의 진짜 무리는 숲속에 살고 있을지도 몰라. 생식 능력이 없어진 늙은 수컷만 쫓겨나서 바닷가에 모여 사는 거지. 그럴듯해!"

그날부터 파로는 숲을 뒤지고 다니기 시작했다. 마가니도 파로만큼 열의를 띠지는 않았지만, 자주 동행했다.

그러나 파로는 끝내 생전에 그 가설을 입증하지 못했다.

그날도 두 사람은 함께 숲속 깊숙이 들어와 있었다. 한 번에 며칠씩 몇 달 동안 헤매고 다녔지만, 또 다른 트라피인 무리의 흔적을 찾지는 못했다.

"더 깊이 들어가야 하는 건가…."

파로는 트라피인 사냥꾼이 먹는 열매를 먹으며 중얼거렸다. 파로는 이곳의 어떤 산물도 먹지 않았지만, 파로는 조사의 일부라고 우기며 몇 개를 시험 삼아 먹어보았다. 열매는 비록 맛도 없고 사람이 쓸 수 있는 영양분도 없지만, 배변 활동에 좋은 것 같다며 가끔 먹곤 했다.

갑자기 숲의 사람이라는 괴물이 나타난 게 바로 그때였다. 두

툼한 손이 헬멧을 쓰지 않은 파로의 머리를 후려쳤고, 파로는 비명도 못 지르고 쓰러졌다.

마가니는 괴성을 내지르며 덤벼들었다. 괴물을 밀쳐낸 뒤 파로를 보니 목이 과도하게 꺾여 있었다.

"으아아!"

자기도 모르게 몸이 움직였다. 준강화복 수준인 우주복의 성능은 뛰어났다. 성큼 뛰자 괴물 앞이었고, 한 번 휘두른 팔에 괴물은 멀리 나가떨어졌다. 꼼짝도 못 하는 것을 보니 죽은 모양이었다.

파로도 마찬가지였다. 마가니는 슬픔을 억누른 채 파로의 시체를 가지고 돌아왔다. 일단 우주복을 벗긴 채로 잠자리 위에 그대로 올려놓았다.

그 앞에서 마가니는 하염없이 울었다. 인간이라고는 반경 수십 광년 이내에 하나도 없는 곳에서 그나마 의지하고 살던 친구였다. 트라피인에게 공감 능력을 바랄 수는 없었다. 대부분은 힐긋 쳐다보고는 그만이었다. 조금이나마 두 사람에 애착을 갖고 있는 루다만 잠시 주변을 맴돌았을 뿐이었다.

마가니는 누가 어깨를 건드리는 바람에 잠에서 깨어났다. 울다가 그대로 쓰러져 잠든 모양이었다. 깨운 건 트라피인이었다. 자세히 보니 루다였다.

멍한 눈으로 바라보는 마가니에게 루다가 뭔가를 내밀었다. 고기 한 덩이였다. 몇 초 뒤에야 정신이 번쩍 들었다. 루다를 밀쳐내고 보니 한쪽 다리가 조악한 돌칼로 이리저리 잘려 있는 파로가 보였다.

"먹어야 한다."

루다가 다시 고기를 내밀며 말했다. 마가니는 분노가 치밀어 올랐다.

"야, 이 미친 식인종 새끼야! 지금 그걸 말이라고 하는 거야!"

물론 루다는 그 말을 제대로 이해하지 못했다. 큰 소리가 나자 주변에 있던 트라피인이 고개를 돌려 그쪽을 쳐다보았다. 마가니는 그 면면이 모두 혐오스러웠다.

마가니는 루다의 손에서 파로의 살점을 빼앗아 시체와 함께 들었다. 그리고 그대로 착륙선이 있는 곳을 향해 달렸다.

시체를 보존할 방법은 없었다. 할 수 없이 근처에 적당한 곳을 찾아서 파로를 묻었다. 그러고 난 뒤에는 괴롭게 혼자 버티지 말고 죽어버릴까도 생각했다.

하지만 곧 자기 행동을 되돌아보며 곰곰이 생각했다.

트라피인의 문화에 간섭하면 안 된다는 원칙을 고집한 건 마가니였다. 그럼에도 파로의 시체 앞에서는 전혀 다른 문화를 지닌 종족을 상대로 참지 못하고 분노를 터뜨렸다.

인간이 다른 인간을 죽이는 행동을 나쁘게 여기는 건 그게 정말 나쁘기 때문일까? 아니면 종족의 번성에 악영향을 끼치기 때문에 금기가 된 것일까? 도덕에 객관적인 근거가 있을까? 우주의 모든 종족에 적용할 수 있는 절대적인 도덕이란 게 있을 수 있을까?

트라피인의 동족 살해에는 어떤 의미가 있을까? 마가니가 지금까지 본 바로는 트라피인이 죽는 방식은 두 가지였다. 숲의 괴물에게 죽거나 동족에게 죽거나. 둘 다 어느 쪽으로든 종족 번성에 도움이 될 것 같지는 않았다.

파로가 던졌던 질문이 떠올랐다.

만약 트라피인이 지금 멸종해가고 있는 상태라면? 1년 사이에는 큰 변화가 눈에 띄지 않겠지만, 몇십 년 뒤에는 사라지고 만다면?

마가니는 트라피인에게 천적이 거의 없다는 사실을 떠올렸다. 숲의 괴물은 굳이 숲속 깊이 들어가지 않으면 만날 일이 없었다. 원한다면 평생 마주치지 않고도 살 수 있었다. 그러고 보니 굳이 숲속으로 사냥을 떠나는 것도 동족의 시체를 만들기 위해서가 아닐까 하는 생각까지 들었다.

생존이 수월하다면 진화 과정에서 협력을 선택하게 강요하는 자연선택의 압박이 없었을 것이다. 서로 협력하지 않는 종족은 발전 가능성이 없었다.

다음 날, 마가니는 다시 트라피인 무리로 향했다.

트라피인이 서로 죽이지 않고 협력하게 만들 수 있겠다는 희망이 있었다. 죽인 동료를 포함한 사냥감을 나눠 먹는다는 점이었다. 자원을 나누는 행동을 보면 이타성의 씨앗은 분명히 있었다.

마가니가 돌아와도 별다른 반응은 없었다. 루다만 멀리서 마가니를 보고 가까이 다가왔다. 마가니는 트라피인 중에서 유독 루다만 친밀하게 다가오는 건 처음 만났을 때의 강렬한 인상 때문이라고 생각했다.

다음 사냥 때 마가니는 마음을 단단히 먹고 따라나섰다. 기대했던 것처럼 사냥 도중 괴물 몇 마리가 나타나 트라피인을 습격했다. 트라피인은 평소처럼 창을 들고 대항했다. 대형을 이루지도 않고 각자 버텨내야 살아남았다.

이번에는 마가니가 가만있지 않았다. 누군가 위기에 처하면 재빨리 달려가 강력한 팔로 괴물을 물리쳤다. 마가니가 작정하고 괴물을 공격하자 순식간이었다. 숲의 괴물은 시체 하나를 남겨놓고 모두 도망쳤다.

그 모습을 본 트라피인은 깊은 인상을 받은 듯했다. 지난 1년여 동안 항상 투명인간처럼 다녔던 마가니는 트라피인의 시선을 확실히 느낄 수 있었다.

마가니는 수시로 무리를 쏘다니며 숲속 사냥이 있을 때마다 끼어들었다. 그렇게 몇 달을 하자 이제 마가니의 활약을 모르는 트라피인은 거의 없을 정도가 됐다.

이제 숲의 괴물을 상대하는 협력 전술을 가르칠 차례였다. 복잡할 필요는 없었다. 마가니는 단단한 식물 줄기나 껍데기를 모아 방패를 만들었다. 가장 힘든 건 방패를 쥐여주는 일이었다. 시범을 수십 번 보여준 뒤에야 어설프게나마 방패를 들고 움직일 수 있었다.

처음으로 괴물을 마주쳤을 때 마가니는 그 어느 때보다도 긴장했다. 그리고 바빴다. 동분서주하며 트라피인을 움직여 서로 등을 진 둥근 대형을 만들게 하고, 방패를 들어 방어하게 했다.

다행히 트라피인은 빨리 배웠다. 처음에는 별 소득 없이 몇 명이 죽어나갔지만, 점차 방어에 익숙해졌다. 공격이 여의찮은 괴물은 방패 사이로 가하는 창 공격에 속수무책이었다.

싸우는 도중에 상처를 입은 트라피인도 생겼다. 귀환 뒤에 동료들이 부상자를 공격하려 하면 마가니가 끼어들었다. 부상자를 보호하며 공격하는 자를 붙잡아 돌칼로 팔뚝에 가볍게 상처를 냈다. 일일이 잡아다 그렇게 해놓으니 누가 누구를 공격하지도 못했다.

그러면서 마가니는 '나쁘다'라는 개념을 만들기 위해 애썼다. 마가니가 아는 한 트라피인의 언어에는 '나쁘다'라는 단어가 없었다. 그래서 알고 있는 트라피어 몇 개를 바탕으로 새로운 단어를 만들었다.

그리고 생명체라면 공통적으로 느낄 혐오를 이용하기로 했다. 바로 고통이었다. 동족을 공격하려는 트라피인이 보이면 상처를 내서 부상자로 만들어주면서 새로 만든 '나쁘다'라는 단어를 큰 소리로 외쳤다.

그때까지 트라피인에게는 부상자가 없었다. 부상은 곧 죽음이었다.

그게 마가니의 노력으로 인해 바뀌기 시작했다. 주위에서 동족 살해가 일어나는 상황이 생기면 죽을 뻔했다가 살아난 이들이 열성적으로 '나쁘다'를 외쳤다.

동족 살해가 금세 사라진 건 당연히 아니었지만, 조금씩 줄어들고 있는 것 같았다.

마가니는 잠도 거의 자지 않으면서 소위 '새 문화'를 전파하기 위해 애썼다. 그렇게 섬을 몇 바퀴 돌고 나자 루다와 같은 열성 추종자 덕분에 마가니가 잠시 쉬어도 문화 전파는 멈추지 않았다.

스스로 만든 문화라고 할 게 거의 없어서일까. 퍼지는 속도는 마가니의 기대보다도 빨랐다. 한편으로는 트라피인의 발전 가능성이 보이는 듯해 뿌듯하기도 했다. 학습 능력이 뛰어난 종족이었다.

트라피인에게도 나쁠 게 없었다. 허무하게 죽는 일이 줄어드니 인구도 늘 터였다. 그러다 보면 다른 섬으로 진출하고, 나아가서는 바다 바깥쪽의 더 넓은 땅으로….

마가니는 상상의 꽃을 피웠다.

그런데 문제는 정작 다른 데 있었다. 마가니 자신이 너무 쇠약해졌던 것이다.

음식합성기로 필수영양소가 다 들어 있는 식량을 만들 수 있긴 했지만, 이질적인 환경에서 너무 오래 지낸 데다가 스트레스도 너무 심했다.

마가니는 트라피인 무리를 떠나 착륙선에서 지내는 일이 많아졌다. 그때까지도 마가니의 동족에게서는 어떤 연락도 오지 않고 있었다.

결국 마가니는 착륙선에 머물며 트라피인이 그쪽을 지나갈 때만 관찰하게 됐다. 특히 유심히 보는 건 인구수였다. 마가니가 퍼뜨려 준 문화와 도덕관념이 유효하다면 인구가 늘어야 했다.

처음에는 그랬다. 트라피인이 섬을 몇 바퀴 도는 동안 인구는 2천을 넘어갔다. 일이백이었다면 긴가민가했겠지만, 수백 명이 늘어나자 알 수 있었다. 동족을 죽여서 먹는 풍습이 완전히 없어지지는 않았겠지만, 주류에서 밀려난 건 분명했다.

시간이 더 오래 흐르자 마침내 늙은 트라피인도 나타났다. 그제야 마가니는 트라피인이 어떻게 늙는지 볼 수 있었다. 자연사하는 트라피인이 생기면서 마가니는 장례와 매장이라는 문화를 가르쳤다. 서서히 바닷가를 따라 무덤이 생기기 시작했다.

그 모습을 보는 마가니의 기분은 복잡했다.

'내가 무슨 짓을 한 걸까.'

엄밀히 따지면 동료를 잃고 상심한 나머지 충동적으로 저지른 일이었다. 트라피인의 미래를 위해 좋은 일을 한 거라고 스스로 합리화하고 있을 뿐이었다.

그런데 언젠가부터 마가니는 그게 과연 좋은 일인지 의구심이 들기 시작했다.

늙어가는 트라피인이 많아진 것 같은 느낌이 들었다. 오랜만에 무리에 합류해서 살펴보니 이유가 두 가지였다.

우선 실제로 늙은 트라피인이 전보다 많아졌다. 생각보다 트라피인의 수명이 짧은 것 같았다.

둘째는 진짜 문제였다. 늙은 건 아니지만 건강 상태가 좋지 않은 트라피인이 많았던 것이다. 순간 마가니는 지구의 미생물이 세월이 지난 지금 자리를 잡고 트라피인을 괴롭히는 건지 의심했다.

그런데 자세히 보니 병이라기보다는 몸이 쇠약해진 것이었다. 오히려 그 몸으로 바닷속으로나 숲속으로나 사냥은 더 자주 떠났다.

마가니는 원인을 조사해보려고 오랜만에 숲속 깊숙이 들어갔다. 물살에 휩쓸려갈까 봐 바닷속은 지금까지 한 번도 자세히 조사해본 적이 없었다. 깊은 숲속에 발을 들여놓으니 금세 이유를 알 수 있었다.

동물의 수가 확연히 줄어 있었다.

마가니도 사냥을 많이 다녀봐서 알았다. 사냥감이 평소에는 얼마나 많은지, 어디에 어떤 동물이 많은지 등등. 예전에 비해 분명히 적었다. 심지어는 며칠 동안 돌아다녔는데 괴물을 한 마리도 만나지 못했다.

트라피인이 쇠약해진 이유는 영양실조였다. 마가니는 불안한 마음으로 착륙선에 돌아왔다.

인구가 늘어 사냥감이 줄었다면, 자연히 인구가 다시 줄어들기를 바라는 수밖에 없었다. 그러면 다시 사냥감이 늘고 균형을 이룰 터였다. 어쩌면 처음 왔을 때의 인구수가 그런 균형점이었을 수도 있었다. 그래도 마가니는 불필요한 문화를 없앴다는 데서 의미를 찾을 수 있다고 자위했다.

예상대로 시간이 흐르자 트라피인의 인구가 줄어들었다. 그런데 그만큼 동물의 수가 더 늘어나지는 않았다.

'설마 멸종을 시킨 걸까?'

섬 안쪽은 드넓은 밀림이었다. 트라피인이 아무리 깊숙이 들어간다 해도 기껏해야 가장자리만 훑는 수준이었다. 몇백 명 정도 늘었다고 어떤 동물을 멸종시킬 리는 없어 보였다.

그러나 동물은 갈수록 더 줄어들었다. 어느덧 마가니가 다니는 숲에서는 동물을 한 마리도 찾아볼 수 없게 되었다.

착륙선 근처를 지나갈 때마다 트라피인의 수는 전보다 줄어 있었다. 마가니는 힘없이 앉아서 그 모습을 지켜보거나 무의미하게 숲을 배회했다.

그러던 어느 날, 숲을 걷던 마가니는 발끝에 이상한 느낌을 받았다. 허리를 숙여 덮인 흙과 죽은 식물을 걷어내자 둥근 금속성 물체가 나왔다.

얼마나 정신이 나가 있었는지 그게 원래 목적이었던 잃어버린 드론이라는 사실을 깨닫는 데 한참 걸렸다.

드론은 마가니의 정신을 오랜만에 인류 문명과 연결해주었다. 착륙선으로 가져와 살펴보니 뭔가 부딪쳐 고장이 났다는 걸 알 수 있었다.

다행히 메모리는 그대로였다. 마가니는 메모리에 저장된 자료를 모두 착륙선의 컴퓨터로 옮겼다. 그리고 가장 최근 영상부터 재생했다.

화면에 이제는 익숙하기 그지없는 숲이 나타났다. 드론은 낮게 날며 숲속을 촬영하고 있었다. 기억에 따르면 함선에서 받은 자료는 여기까지였다.

그러다 갑자기 뭔가에 부딪힌 듯이 화면이 흔들렸다. 잠시 후 화면이 안정됐지만, 비치는 풍경으로 보건대 드론이 땅에 떨어진 듯했다. 화면에 뭔가 나타났다. 괴물이 드론을 유심히 바라보고 있었다. 아무래도 괴물이 날아가는 드론을 때려서 망가뜨린 듯했다.

이유를 알게 되자 흥미가 떨어진 마가니는 재생을 멈추려고 손을 뻗다가 멈칫했다. 괴물이 화면에서 벗어나지 않고 이상한 행동을 했던 것이다.

괴물은 안절부절못하며 빙빙 돌더니 나무 밑으로 가서 웅크렸다. 그리고 바닥에서 죽은 식물을 끌어모아 몸을 덮었다.

마가니는 눈썹을 찡그리며 화면에 집중했다. 괴물은 한참 동안 부스럭거리더니 어느 순간부터 움직이지 않았다. 마가니는 영상을 빨리 돌렸다. 표준 시간으로 20시간 정도가 지나자 다시 움직임이 보였다.

마가니는 영상을 다시 느리게 했다. 괴물이 덮고 있던 식물을 떨쳐내며 일어섰다. 그런데 모습이 기괴했다. 가죽이 군데군데 벗겨져 있었다. 벗겨진 부분으로는 불그스름한 피부가 보였다.

괴물은 몸부림치며 남은 가죽을 모두 잡아 뜯더니 먹어 치우기 시작했다. 그 모습을 본 마가니는 몸이 굳었다. 껍질을 벗고 나온 건 바로 트라피인이었다.

마가니는 온몸에서 힘이 빠지며 그 자리에 주저앉았다.

*

"그 뒤로 폐인처럼 살았던 모양입니다. 우리가 구조하기 전까지는요."

"괴물이 트라피인이었다고?"

"네. 우리가 갔을 때는 남은 트라피인이 수십 명밖에 없었습니다. 모두 건강 상태가 좋지 않았고요. 바닷속과 숲속도 조사했는데, 식물은 풍부했지만 동물을 찾기는 어려웠습니다. 숲의 사람이라는 괴물은 전혀 찾지 못했고요. 일단 남아 있는 트라피인과 간신히 찾은 동물의 조직을 채취해서 검사했습니다."

"결과는?"

"유전물질이라고 할 수 있는 걸 찾아냈는데, 똑같습니다."

"똑같다니?"

"트라피인과 다른 동물이 같다는 말입니다."

"……."

"저희는 이들이 모두 한 종이라고 생각하고 있습니다. 드론이 남긴 영상으로 보건대 숲의 괴물도요. 조난자는 어린 트라피인을 보지 못했다고 했는데, 아니었던 겁니다. 트라피인이 잡아먹던 바다와 육지의 동물이 모두 어린 트라피인이었던 거지요. 그러니까 이 행성에 동물은 오로지 한 종이었습니다. 그 한 종이 진화 과정을 순서대로 보여주며 생태계 전체를 이루고 있었다는 게 현재 가설입니다. 개체 발생이 계통 발생을 반복하는 사례가 되려나요."

"허, 믿을 수가 없군."

"그리고 동족 살해 말입니다. 최근에 죽은 트라피인을 해부해 봤는데요, 소화기관이 생식기관을 겸하는 게 아닌가 추측하고 있습니다."

"그건 또 무슨 소리지?"

"동족의 고기를 먹는 게 생식행위라는 소립니다. 소화기관과 항문에 연결된 기관이 있었는데, 아주 작지만 알로 보이는 게 잔뜩 들어 있었거든요. 동족의 몸에서 어떤 성분을 소화시켜 알을 만들고 바다에서 사냥하는 동시에 배설하듯이 씨를 뿌렸다. 뭐, 이런 말이 되겠습니다. 아마도 성체끼리 잡아먹었을 때만 부화가 가능한 알을 만들 수 있었을 겁니다. 하루에 수천만, 수억 개씩 낳는다고 하면 이게 부화해 식물을 먹으며 자라고, 또 자기들끼리 잡아먹으며 성장하고, 물고기가 되고, 다리가 생겨 육지로 올라오고, 좀 더 커다란 육상 동물이 되고…, 이런 식이지요. 윗 단계로 갈수록 개체수가 줄어들 테니 트라피인의 수가 가장 적었던 건 당연합니다. 멸종 위기였던 게 아니고요."

"그러면 그 마가니라는 친구가 동족 살해를 없애버린 건…."

"트라피인의 번식이 멈춘 겁니다. 잘 돌아가고 있던 생태계를 무너뜨렸지요."

"참 나, 트라피인이라는 거 난생처음 보는 생물이군. 아직 수십 명이 남았다는데 멸종을 막을 방법이 없나? 다시 동족을 먹도록 설득한다든가."

"음, 그 일을 기꺼이 떠맡을 사람이 없을 겁니다. 아무래도 우리 인간에게는 혐오스러운 문화니까요. 그래서인지 몰라도 이미 생태계를 되돌리기에는 늦었다는 시뮬레이션 결과를 다들 군소리 없이 받아들이고 있습니다."

"시뮬레이션 결과도 그렇다면…, 지켜보는 수밖에 없는 건가…."

"안타깝지만, 그런 상황입니다."

심층 조사가 끝나고 상부에 보고하기 전까지는 마가니에게 진행 상황을 알려주지 말라는 명령이 내려왔다.

하지만 말은 어떻게든 퍼지게 마련이었다.

얼마 뒤 인적이 드문 파-32 구역의 에어록이 열렸다. 함교에서는 예정에 없던 선외 활동이라 재빨리 카메라를 확인했다. 화면 속에는 환자복 차림의 마가니가 있었다. 미처 경보를 울리기 전에 마가니는 수동으로 외부 문을 개방했고, 공기와 함께 순식간에 우주 공간으로 빠져나갔다.

몇 시간 뒤에 트라피 698b의 밤하늘에 희미한 유성이 반짝였다 사라졌다.

생명의 노래

▸ 2021년 〈과학동아〉 게재

희미하게 스며들어오는 햇빛이 눈꺼풀을 간질이자 이새는 눈을 떴다. 잽싸게 이불을 젖히고 일어나 창가로 다가갔다. 커튼을 여니 영상으로만 봤던 풍경이 펼쳐졌다.

"후아."

저절로 탄성이 흘러나왔다. 어제 도착했을 때는 날이 어두워져서 주위를 통 볼 수가 없었다. 이새는 창문에 얼굴을 바짝 가져다 대고 한참 동안 이질적인 풍경을 눈에 담았다. 아쉽게도 창문을 열 수는 없었다. 이곳 아라니아의 대기에는 인간에게 해로운 성분이 있었다.

호텔과 몇몇 연구 시설이 있는 작은 규모의 인간 정착지를 제외하면 지평선 너머까지 온통 숲이었다. 숲은 아침 안개에 휘감겨 있었고, 안개 사이로 듬성듬성 높이 솟은 바위산도 보였다.

생김새만 놓고 보면 지구의 여느 숲이라고 할 수 있었지만, 특이한 점은 색채였다. 한마디로 표현하면 이곳의 풍경은 마치 먹으로 그린 산수화 같았다. 검은빛의 짙고 옅음만 있을 뿐 어디를 봐도 인간의 눈에 익숙한 색은 없었다. 하다못해 맑을 때의 하늘조차 희뿌연 빛깔이었다.

키가 큰 나무가(생물학적으로는 지구의 나무와 전혀 다르지만) 바람에 흩날리고 기묘하게 생긴 날짐승들이 날아가는 모습은 마치 독특한 느낌의 수묵화 애니메이션을 보는 듯한 느낌을 자아냈다. 그게 바로 이곳이 인기 있는 관광지가 된 이유 중 하나이기도 했다.

이 광경을 보기 위해 얼마나 고대했는지. 그리고 또 하나….

이새는 이곳 시각으로 맞춰 둔 시계를 슬쩍 보았다. 가이드와 약속한 시각까지는 한참 남아 있었지만, 마음이 급했다. 얼른 욕실로 향했다. 중력이 지구보다 10퍼센트 정도 커서 발걸음이 다소 무거웠지만, 흥분한 근육은 활기차게 움직였다. 씻고 옷을 차려입은 이새는 부모님이 묵는 방으로 가 주먹으로 문을 쿵쿵 두드리며 “엄마, 아빠, 빨리 나와!”라고 외친 뒤 대답을 기다리지도 않고 식당으로 갔다.

“Good Morning. Did you sleep well?”

미리 와 있던 가이드가 이새를 향해 웃으며 말했다. 이새는 “Good Morning”이라고 대답하며 주머니에 있던 통역기를 꺼내 착용했다.

"중력이 강해서 잠을 잘 자지 못하는 사람도 꽤 있거든요."

"아, 그래요? 전 그것보다 너무 흥분해서 잠을 설친 것 같아요."

"하하. 물론 그렇겠죠. 어서 아침 드세요. 음식은 지구와 다를 게 없어요. 이곳 동식물 중에는 우리가 먹을 수 있는 게 없거든요."

"네에? 먹다니요? 자연을 보호해야죠!"

"아, 당연하죠. 제 말은 먹으려고 해도 먹을 수가 없다는 거예요."

온종일 돌아다녀야 하니 아침을 든든히 먹어야 했다. 이새는 접시에 한가득 음식을 담아와 입 속에 욱여넣었다. 가이드가 그 모습을 보며 웃었다.

"그래요. 잘 먹어두는 게 좋지요. 창밖 풍경도 봤어요? 멋지죠?"

"네. 진짜 신기해요. 아, 가이드님은…."

"루크라고 불러요."

"루크…, 네. 그 소리 들어본 적 있어요?"

"물론 라이브 공연을 말하는 거겠죠? 네, 있어요. 그런데 진짜 운이 좋아야 해요. 저도 여태껏 딱 세 번밖에 못 들었어요. 못 들어도 너무 실망하지 마요."

"네…."

이새가 말한 그 소리란 이 행성을 주목받게 하는 또 하나의 이유였다. 숲에서 들려오는 노랫소리. 지구의 여느 동물이 내는 울음소리와는 차원이 다른, 진짜 음악이라고 할 만한 소리였다. 이 행성을 최초로 탐사한 생물학자 집단이 보고한 뒤로 몇몇 사람이 그 소리를 녹음하는 데 성공했다. 그 소리는 지구에서 엄청난 인기를 끌었다. 단순히 듣기 좋은 수준을 넘어 정신적인 고양감을 불러일으킬 정도로 아름다운 음악이었다. 천사의 노래라고 부르기도 할 정도였다.

듣고 있으면 황홀경에 빠진다는 사람도 꽤 있었는데, 이새도 그중 하나였다. 아침 알람 소리도 그 노래였고, 밤에도 틀어놓으면 편안하게 잠자리에 들 수 있었다. 이 외계의 음악은 지구에서 수시로 사람들의 마음을 달래주었다. 가수 없는 가상의 콘서트가 열리기도 했다. 과학자들은 이 소리가 인간의 뇌에 끼치는 영향을 연구했다.

흥미롭게도, 똑같은 소리가 들린 적은 한 번도 없었다. 마치 매번 즉흥적으로 새로운 음악을 만들어 연주하는 것 같았다. 그러면서도 그 묘한 아름다움만큼은 언제나 그대로였다.

당연히 그 노랫소리의 주인공에게 큰 관심이 쏠렸지만, 정체는 아직 밝혀지지 않았다. 그 어떤 동물도 인간처럼 음악을 만들 수는 없다는 점을 들며 이곳에 지적생명체가 있다고 주장하는 사람도 있었다. 노래를 제외하면 토착 문명의 흔적이 전혀 보이지 않는다는 허점이 있었지만, 이 이론은 꽤 많은 지지를 받고 있었다. 여러 탐사대가 수수께끼의 음악가를 찾아 헤맸지만, 근처에서 소리만 들었을 뿐 누가 무슨 이유로 내는 소리인지는 전혀 알아내지 못했다. 조금이라도 더 가까이 다가가기만 하면 노래는 어김없이 멀어지거나 아예 사라졌다.

어쨌거나 그 천상의 외계 음악을 현장에서 생생하게 듣는 건 이새를 비롯해 이곳을 찾는 관광객들의 소망이었다.

마침내 출발 시각이 다가왔다. 이새는 부모님과 함께 루크와 보조 가이드 두 명의 안내를 받아 커다란 에어록 안에 대기 중인 버스에 올라탔다. 인원 확인이 끝나자 버스는 출발했고, 숲 사이로 난 좁은 길을 따라 움직였다. 모두가 창밖으로 흘러가는 수묵화 풍경을 쳐다보고 사진을 찍느라 정신이 없었다. 이새는 로켓을 타고 달 뒷면의 히치 유적에 착륙했을 때보다, 우주여행을 가능하게 해준 정체불명의 외계 우주선을 탔을 때보다 지금이 더 떨렸다.

루크가 마이크를 잡고 일어서서 창밖에만 시선이 꽂힌 사람들에게 설명하기 시작했다.

"이곳 아라니아는 인간이 다섯 번째로 발견한, 생명이 있는 외계행성입니다. 아니, 인간이 발견했다고 할 수는 없겠군요. 히치 종족이 이미 오래전에 발견한 곳이니까요."

달 뒷면의 지하에서 발견된 고대 외계인의 유적은 지구를 뒤흔들어 놓았다. 더욱 충격적이게도, 그곳에 남아 있는 모종의 장치를 통해 우주 이곳저곳으로 이동할 수 있다는 사실이 밝혀졌다. 자신에 대한 흔적을 거의 남겨놓지 않아 수수께끼로 남은 고대의 외계인을 사람들은 '히치'라고 불렀다.

그렇게 인간은 뜻하지 않게 우주로 나가는 통로를 얻게 되었고, 그 뒤로 달 개발과 우주 탐사는 냉전 때의 우주 경쟁과 비교할 수도 없을 만큼 탄력을 받았다. 이번에는 경쟁이 아니라 협력이 이루어졌다. 목적지가 어딘지 모르는 상태에서 무작위 탐사가 수천 번이나 이루어졌고, 용감한 사람들이 희생한 결과 인간은 새로운 세상을 여럿 찾아냈다. 그리고 지금에 이르러서는 일부 지역에 한해 일반인 대상의 관광이 가능해졌다.

"아마 여기까지 오시는 게 쉽지 않으셨죠? 몇 년은 대기하셨을 텐데, 기다린 보람이 있으면 좋겠네요. 자, 하이킹 출발지까지 가는 길에 간단히 설명해 드리겠습니다. 먼저 주의사항입니다. 이 행성의 대기에는 인체에 유독한 성분이 있습니다. 피부 노출은 상관없지만, 호흡은 안 됩니다. 잠깐 노출되는 건 괜찮지만, 시간이 길어질수록 유해하니 외부에서는 반드시 마스크를 착용하시기 바랍니다. 내장된 통신기와 통역기를 활용하시면 사적 대화도 가능합니다."

루크가 마스크를 하나씩 나누어주며 말했다.

"외부에서 자유롭게 돌아다닐 시간이 좀 있는데요, 이때 이곳 환경을 훼손하시면 안 됩니다. 이곳 동물들이 예민한 편이라 사람한테 가까이 다가오지는 않는데, 만약 가까이 접근한다고 해도 함부로 만지거나 먹을 걸 던져주시면 안 됩니다. 벌금이 상당히 셉니다. 조심하세요. 그리고 당연히 아무거나 드셔도 안 되고요. 그건 벌금은 없는데, 아마 병원비가 꽤 나올 겁니다."

별로 재미있는 농담은 아니었지만, 기분이 좋다 보니 다들 유쾌하게 웃었다.

"그리고 여기서는 길을 잃으면 찾는 게 굉장히 어렵습니다. 그러니까 꼭 지정된 위치를 벗어나지 마시고, 만약 숲속에서 길을 잃고 통신기 범위도 벗어났다 싶으시면, 각자 세 발씩 나누어드릴 신호탄을 공중에 쏴주세요."

루크의 설명이 끝나고 얼마 되지 않아 버스가 멈췄다. 버스 문을 열기 전에 루크가 모두의 마스크 착용 상태를 점검했다.

땅은 보기보다 단단했다. 솜털처럼 솟아 있는 풀이 이새의 발에 밀려 부드럽게 물결쳤다.

"이새야, 이거 봐라. 그림 속에 들어온 것 같지 않니?"

엄마가 들뜬 목소리로 말했다. 그렇지 않아도 무채색의 음영으로만 이루어진 풍경을 배경으로 여러 가지 색깔의 옷을 입고 움직이는 사람들의 모습은 이채로웠다. 섬세한 흑백 애니메이션 속에 들어온 실사 캐릭터 같은 느낌이랄까.

사방을 둘러보던 이새의 눈에 움직이는 물체가 하나 눈에 들어왔다. 배경과 잘 구분이 되지 않았지만, 가만히 보니 동물이었다. 모양이나 덩치로 보면, 지구의 토끼와 비슷했다. 다만 긴 귀는 없었다. 자그마한 눈사람을 눕히고 짧은 앞다리와 긴 뒷다리를 붙이면 그런 모습이 될 것 같았다. 녀석이 새까만 눈으로 이새를 물끄러미 바라보았다. 이새는 가만히 그 자리에 수그리고 앉아서 천천히 손을 내밀었다. 녀석은 다가올 듯 말 듯 움찔거리다가 다른 사람이 그 모습을 보고 가까이 오자 잽싸게 몸을 돌려 달아나버렸다.

"퓨라예요. 운이 좋네요. 시작부터 동물을 만나기가 쉽지 않은데. 저 녀석이 그래도 이곳에서는 가장 인간을 겁내지 않는 종이에요."

"영상으로 봤는데, 실제로는 처음 봐요. 너무 귀여워요!"

"쟤들은 하이킹하다 보면 종종 볼 수 있을 거예요. 날아가는 새들하고, 몇 가지 동물을 더 볼 수 있을 겁니다."

"노래하는 동물은 정말 못 보나요?"

"하하. 그걸 볼 수 있으면, 엄청난 발견이죠. 뭔지는 모르겠지만, 그건 극도로 예민해서 인기척이 조금만 나도 달아나버린다고 해요. 저도 처음 그 소리를 들었을 때 쫓아가보려고 했는데, 아무리 살금살금 걸어도 소리는 계속 멀어지더라고요. 인기척만이 아니라 전자기파에 예민하다는 얘기도 있고, 하여튼 본 사람이 아무도 없죠."

"그런데 그 노래는 왜 하는 걸까요?"

관광객 중 누군가 물었다.

"글쎄요. 특정 계절에 많이 들리는 걸로 봐서 번식기의 구애 노래가 아닐까 추정하고 있긴 해요. 마침 지금이 그때인데, 이 시기에 들리는 노래가 평소보다 더 길고 유난히 감미롭다고 해요."

"혹시 위험한 동물은 없나요?"

"네, 지금까지 파악한 바로는요. 걱정해야 할 만한 육식동물은 없어요. 신기하게도 곤충 같은 작은 동물도 여기에는 없어요. 지금까지 과학자들이 동물을 수십 종을 발견했는데, 다들 순해요. 앞으로 퓨라 말고도 몇 종류를 더 보실 수 있을 겁니다."

"노래도 들을 수 있으면 좋겠네요."

"그건 운이 좋기를 빌어야죠…. 자, 이제 출발합니다. 저를 따라오세요!"

한 시간 남짓 걸어서 도착한 곳은 소규모 히치 유적이었다. 야트막한 언덕 꼭대기에 있는 그 유적은 히치가 만든 것답게 간결

하면서도 종교적인 감상을 불러일으켰다. 알 수 없는 무언가를 숭앙하는 듯한 공간 디자인은 히치 유적의 특징이었다. 이곳도 예외는 아니었다. 그래서 히치가 종교적인 종족이었다는 추정이 그럭저럭 지지를 받고 있었다. 더 나아가 히치가 소수의 유적만 남기고 감쪽같이 사라진 게 신을 따라 승천했기 때문이라며 인간도 그 신을 받들어야 한다고 주장하며 종교를 만든 사람들도 있었다. 이른바 히치교였다.

관광객은 대부분 다큐멘터리에서 이보다 훨씬 더 웅장하고 화려한 유적을 본 적이 있었고 다음 날에 대규모 유적이 일정에 들어 있었기 때문에 유적보다는 언덕에서 보이는 풍경을 사진에 담기 바빴다.

내려가는 길에는 나무가 듬성듬성한 들판을 따라 걸었는데, 몇몇 동물이 먼발치에서 인간을 물끄러미 바라보는 모습을 볼 수 있었다. 몸집이 통통하고 귀가 큰 동물 여러 마리가 뭔가를 먹고 있다가 이새와 눈이 마주치자 재빨리 뛰어가버렸다.

"저건 볼랑이에요."

루크는 눈에 띄는 대로 그게 어떤 동물인지 어떤 습성이 있는지 간단히 설명해주었다. 루크의 말대로 퓨라가 가장 눈에 많이 띄었다. 생긴 게 가장 귀엽기도 했다. 호텔 기념품 판매점에도 퓨라 관련 인형이나 상품이 가장 많긴 했다.

연구원들의 전초 기지 역할을 하는 작은 건물에서 점심을 먹으며 잠시 쉰 뒤 일행은 다시 길을 나섰다. 오후 일정은 근처에 있는 깊은 협곡이었다. 이곳은 입이 떡 벌어질 만했다. 까마득히 높은 폭포에서 물이 떨어지며 깊은 협곡을 만들어놓았다. 높은 중력 때문인지 폭포에서는 물이 더욱더 세차게 떨어졌고 물방울이 안개처럼 기화요초가 솟아 있는 협곡을 흘러 내려갔다. 힘겹게 걸어온 보람이 있었다. 이런 풍경을 눈앞에 두고 그 환상의 노래를 들을 수만 있다면, 더 이상 소원이 없을 것 같았다. 이새는 혹시라도 그 노래가 들려올까 싶어 귀를 바짝 세웠지만, 그런 행운은 찾아오지 않았다.

전망대까지는 또 오르막이었다. 사람들은 투덜거리면서 걸었다. 아무리 경치가 좋아도 힘든 건 숨길 수 없었다.

"죄송합니다. 다들 아시겠지만, 전에 다른 외계행성에서 생태계 교란을 일으켰던 사건 때문에 시설을 설치하는 게 굉장히 까다로워요. 연구자들조차 연구 활동이 너무 어렵다고 투덜거리는걸요. 힘들어도 걸으실 수밖에 없습니다."

루크가 미안하다는 듯이 말했지만, 자신도 헐떡거리기는 마찬가지였다.

전망대에는 마스크를 벗을 수 있는 밀폐 시설조차 없었다. 다행히 풍경은 아래에서 보던 것보다도 훨씬 더 장관이었다. 폭포에서 튄 물방울이 근처까지 날아왔다. 손을 뻗자 희뿌연 액체가 손에 몇 방울 묻었다. 이새는 이곳의 물을 마실 수 없다는 걸 알고 있었지만, 괜스레 물어보았다.

"이거 먹으면 어떻게 돼요?"

"글쎄요. 전 알고 싶지 않네요. 그나저나 숲속의 라이브 공연은 역시 실패군요. 운이 좋으면 내일이라도 들을 수 있을지 모르죠. 희망을 잃지 말아요."

루크가 씩 웃으며 말했다.

이제 숙소로 갈 시각이었다. 산중이라 해가 빨리 진다며 루크가 발걸음을 재촉했다. 하룻밤을 보낼 숙소로 걸어가던 도중 가까이서 무슨 소리가 들렸다. 이새가 걸음을 멈추며 외쳤다.

"잠깐만요! 무슨 소리가 나요!"

길 앞쪽에서 가느다란 소리가 울려 퍼졌다. 이새는 가슴이 두근거렸다. 다른 일행도 모두 숨을 죽이고 귀를 기울이고 있었다.

그러나 아쉽게도 원하던 그 노래가 아니었다. 확실히 지구의 숲에서는 들을 수 없는 소리였지만, 이 행성을 유명하게 만든 그 소리는 아니었다. 음악적이라기에는 부족했다. 얼마 뒤, 소리가 그치더니 동물 한 마리가 튀어나오더니 일행을 빤히 바라보았다. 북극여우를 닮았는데, 움직임이 대단히 우아했다.

"저건 그라샤예요. 쟤도 꽤 자주 볼 수 있어요. 울음소리가 그 소리와 좀 비슷하죠. 그게 그라샤가 특정 상황에서 내는 소리라고 생각하는 사람도 있어요. 증거는 아직 없지만요."

루크가 설명했다. 사진이나 영상으로 본 적은 있지만, 역시 실물이 주는 느낌은 색달랐다. 몇몇 사람이 사진을 찍기 시작하자 그라샤는 순식간에 나무 사이로 사라졌다.

숙소에 도착했을 때는 다들 지쳐 있었다. 자기 몸무게의 10퍼센트 정도씩을 짊어진 꼴로 종일 걸었으니 그럴 만도 했다. 씻고 저녁을 먹은 뒤에 잠깐 어울려 이야기를 나누는가 싶더니 한둘씩 방으로 들어갔다. 그 와중에도 기운이 남은 어른들 몇몇은 술 한잔 하겠다며 뭉쳤다. 이새의 부모님도 어느새 친해진 일행 몇 명과 합류했다.

이새는 여기까지 와서도 그놈의 술이냐며 고개를 절레절레 흔들면서 방으로 갔다. 몸이 노곤했다. 침대에 누워 창밖을 잠시 내다보았다. 해는 완전히 졌지만, 달 두 개 중 하나가 보름이라 숲의 밤 풍경을 얼핏 볼 수 있었다. 밤이 되어 색이 의미가 없어지자 그다지 진귀할 게 없었다. 하늘에 뜬 달 두 개만이 지구와 다를 뿐.

'내일은 그걸 들을 수 있을까….'

내일이면 관광이 끝나고 다시 달을 거쳐 지구로 돌아가야 했다. 이제 내일이 아니면 평생 다시는 기회가 없을 터였다. 밤을 맞은 동물 소리가 이따금 들렸지만, 바라던 그 소리는 여전히 아니었다. 가능성이 작다는 걸 알고 있었지만, 아쉬운 마음은 어쩔 수 없었다.

이새는 몸을 뒤척이다가 눈을 떴다. 방에 불이 켜져 있었다. 불을 켠 채로 잠이 든 모양이었다. 떠들썩한 술자리 소리도 이제는 들리지 않았다. 이새는 일어서서 불을 껐다. 아침부터 다시 강행군하려면 잠을 잘 자야 했다. 이새는 다시 침대에 털썩 누웠다.

그대로 가물거리던 이새의 정신이 갑자기 번쩍 돌아왔다. 이새는 재빨리 일어나 앉았다.

그 소리였다.

희미하지만, 분명히 그 소리였다.

다시 한번 집중했다.

확실했다. 저 어딘가 숲속에서 누군가 노래를 부르고 있었다. 천상의 노래를.

'어, 어떻게 하지?'

마음은 이미 노래에 홀려 있었다.

이새는 방을 뛰쳐나갔다. 다들 곯아떨어졌는지, 아무도 움직이는 기척이 없었다. 이새는 루크의 방문을 두드리려다가 멈칫했다. 노래의 주인공이 극도로 예민해 눈길을 피한다는 말이 떠올랐다. 숙소에 불이 켜지고 사람들이 어수선하게 움직이기 시작하면, 도망가버릴 것 같았다. 또, 노래가 얼마나 길지도 알 수 없었고, 벌써 소리가 더 작아진 것 같은 기분도 들었다.

잠시 머뭇거리던 이새는 방으로 가서 마스크를 챙겼다. 그대로 나오려다가 문득 생각이 나서 다시 들어가 신호탄도 챙겼다.

'혹시 무슨 일이 있어도 이걸 쏘면 날 찾을 수 있겠지. 아주 멀리 갈 건 아니니까.'

다행히 에어록은 조용히 열렸다. 에어커튼 소리도 사람들의 단잠을 깨우지는 못했다. 이새는 아마 이 뒤로 에어록이 야간에 열리면 경보가 울리게 바뀔 것 같다고 생각했다.

달빛이 밝아서 다행이었다. 이새는 앞마당에 가만히 서서 귀를 기울였다. 다행히 소리는 계속 들려오고 있었다.

'저쪽이다.'

이새는 소리를 따라 걸었다. 잰 발걸음이지만 가능한 한 조용히 걸었다.

한밤중에 외계행성의 숲속을 혼자 걷고 있으려니 겁이 났다. 하지만 위협이 되는 육식동물은 없다는 이야기가 떠올라 조금 안심이 되었다.

소리가 점점 커지는 것 같았다. 하지만 이새를 만족시키기에는 턱없이 작았다. 조금만, 조금만 더 가까이 가면…. 이새는 귀에 의지해 방향을 잡고 나무 사이를 지나 근원지로 다가갔다.

돌연히 노래가 멈췄다.

이새는 숨을 들이켜며 걸음을 멈췄다. 1분도 넘게 그대로 굳어 있었다. 얼마 뒤 다시 소리가 가느다랗게 들리기 시작하면서, 이새는 안도했다. 이대로도 좋았지만, 더 가까이 가고 싶었다. 더 크고 명료하게 듣고 싶었다. 그리고 운이 정말 좋다면, 그 주인공을 두 눈으로 보고 싶었다.

달빛이 주위를 밝히고 있었지만, 나무의 그림자와 원래 검은 부분이 섞여서 눈이 혼란스러웠다. 이새는 정신을 집중해서 소리를 따라갔다.

노래가 꽤 가깝게 들리고 있었다. 가슴이 벅차올랐다. 이새는 잠시 가만히 서서 그 황홀한 음악을 감상했다. 동물의 목에서 나온다기에는 믿을 수 없을 정도로 다채로운 음색과 높낮이가 있었다. 뚜렷한 시작과 끝이 없다는 점은 일반 음악과 달랐지만, 자유롭게 이어지면서도 사람의 마음을 잡았다 놓았다 하는 매력이 있었다. 근육이 떨릴 정도로 고조되다가도 너무 긴장된다 싶으면 절묘하게 구름 위를 거닐 듯이 온몸의 힘을 빼주며 마음을 사로잡았다. 아아, 한낮의 기묘한 풍경 속에서 즐겼다면 얼마나 좋았을까. 그래도 직접 듣는 게 어딘가 싶었다.

음악에 너무 정신을 파느라 이새가 부스럭거리는 소리를 낸 것 같았다. 음악 소리가 다시 멀어지기 시작했다.

"안 돼. 기다려!"

이새는 자기도 모르게 외치며 그쪽으로 뛰어갔다. 음악이 멀어지는 소리가 더욱 빨라졌다. 허겁지겁 뛰는 이새의 발아래로 흙이 무너져 내렸다.

"으악!"

시커먼 얼룩이 빙글빙글 돌다가 이새가 어딘가 세게 부딪치면서 눈앞이 새까매졌다.

"으으으."

비탈길에서 굴러떨어지다가 나무에 부딪힌 게 분명했다. 오른쪽 다리와 왼쪽 팔이 끔찍하게 아팠다. 몸을 조금만 움직여도 비명이 터져 나왔다. 이새는 그 와중에도 노래의 주인공을 생각하며 이를 악물고 신음을 흘렸다. 오른팔로 땅을 짚고 억지로 몸을 일으켜 나무에 기대앉았다.

시큼한 냄새가 났다. 구르다가 부딪혔는지 마스크가 헐거웠다. 이새는 기겁하며 마스크를 똑바로 고쳐 썼다. 다행히 깨져서 새는 곳은 없었다. 하지만 통신기 겸 통역기는 반응하지 않았다. 굴러떨어지면서 충격을 받아 망가진 것 같았다. 이새는 불현듯 신호탄을 떠올리고 허리춤을 더듬었다. 천만다행으로 그 자리에 있었다. 신호탄을 쏠까 하다가 마음을 바꿨다. 지금 쏴봤자 볼 사람이 없을 것 같았다. 다들 자느라 이새가 혼자 나온 것을 모를 테니 찾고 있을 리가 없었다. 신호탄을 쏘는 건 아침이 되고 이새가 없어졌다는 걸 다른 사람들이 알게 된 뒤여야 했다. 그건 곧 그 자리에서 그대로 날이 밝기를 기다려야 한다는 뜻이었다.

'괜찮을 거야. 몇 시간만 참으면 돼.'

밤이어서 그런지 다쳐서 그런지 몸에 한기가 들었다. 이새는 움직이는 오른팔로 주변의 나뭇잎인지 뭔지 모를 것들을 긁어모아 가능한 한 몸을 덮었다. 생각보다 느낌이 포근하고 따뜻했다. 부러졌을지도 모를 다리와 팔을 최대한 고정한 채로 시간이 흘러가기만을 기다려야 했다.

그 소리는 더 이상 들리지 않았다. 이새는 운 좋게 얻은 공연 감상 기회가 이렇게 끝난 게 못내 아쉬웠지만, 보람은 있다고 생각했다.

잠이 드는 건지 기절하는 건지 정신이 깜빡깜빡 나갔다 들어왔다 했다. 아직 하늘은 깜깜했다. 이새는 눈을 감고 힘겹게 일 초 일 초를 버텼다.

그때 앞쪽 어딘가에서 부스럭거리는 소리가 들렸다. 이새는 바짝 긴장했다. 육식동물은 없다고 했지만, 그건 아직 발견하지 못했다는 뜻일 뿐이었다. 만약 이새의 피 냄새를 맡고 찾아오는 동물이 있다면? 짧은 순간에 오만 가지 끔찍한 생각이 뇌리를 스쳤다.

어둠 속에서 무언가가 달빛 속으로 걸어 나왔다. 이새는 그걸 알아보고 속으로 안도했다.

퓨라 한 마리였다. 인간에게 가장 친근하다는 바로 그 녀석. 잡아먹히지는 않을 것 같았다.

그런데 퓨라가 어딘가 이상했다. 다쳤는지 한쪽 다리를 질질 끌고 있었다. 온몸이 검은 얼룩으로 지저분했고, 뭔가 너덜너덜하게 떨어져나와 덜렁거렸다.

'너도 다쳤냐? 넌 어쩌다 다쳤니, 쯧쯧.'

이새는 그 퓨라가 불쌍했지만, 피차 마찬가지 처지라 꼼짝도 할 수 없었다. 이곳의 동물을 가까이 볼 수 있는 기회이기도 해서 아픔도 참은 채로 눈만 살짝 깜빡이며 퓨라를 주시했다.

그 뒤로 어둠 속에서 작고 하얀 불빛이 번쩍였다.

'저게 뭐지?'

작고 하얀 눈동자였다. 하얀 몸통에 검은 줄무늬가 있는 동물 한 마리가 소리도 없이 걸어왔다. 처음 보는 동물이었다. 백호를 고양이만 하게 줄여놓으면 저렇게 될 것 같았다. 그래도 크게 위협적으로 보이지는 않았다.

이새가 숨죽이고 지켜보는 동안 그 녀석은 성큼성큼 걸어가더니 비틀거리는 퓨라를 두 발로 찍어 눌렀다. 그리고 멀쩡한 다리 하나를 입으로 물어뜯었다. 이새는 소리 없이 입을 벌렸다. 그 퓨라는 사냥을 당하고 있었다. 이미 한 차례 공격을 받다가 간신히 도망쳤지만, 다시 잡힌 형국이었다. 루크의 말은 틀렸다. 육식동물은 있었다. 단지 사람에게 큰 위협이 될 만한 덩치는 아니었다. 하지만 이빨에 독이 있을 수도 있고…, 뭐가 어떻게 될지 누가 알까. 이새는 더욱 숨을 죽였다.

눈앞에서 생명이 죽는 모습을 보는 건 불편할 수밖에 없었다. 퓨라가 몸부림치며 입을 벌렸다.

그 순간 이새는 숨이 멎을 듯한 기분을 느꼈다.

퓨라의 입에서 흘러나온 소리 때문이었다. 이새를 황홀하게 만들어준 그 노래, 이새를 여기까지 오게 만든 그 음악. 이새뿐만 아니라 많은 사람이 그토록 궁금해했던 노래의 주인공이 바로 눈앞에 있었다. 살이 찢기는 고통 속에서 몸부림치며.

이새가 지켜보고 있는 사이에도 공연은 계속 이어졌다. 육식동물이 퓨라를 먹고 있는 건 아니었다. 퓨라가 도망치지 못하게 다리를 물어뜯고 있었다. 퓨라는 죽지도 못하고 맨정신으로 그 고통을 고스란히 느꼈다. 육식동물의 이빨이 퓨라의 살에 박히고 가죽을 찢을 때마다 퓨라의 입에서 흘러나오는 음색과 선율이 절묘하게 바뀌었다. 여전히 황홀한 음악이었다.

그 모습을 보던 이새는 속이 울렁거렸다. 눈에 보이는 광경과 귀에 들리는 소리가 너무나도 이질적이었다. 아름답게만 상상했던 진실은 이새를 배신했다. 단지 인간의 귀에 아름답게 들린다는 이유만으로 구애의 노래니 천상의 노래니 하면서 온갖 상상을 하지 않았던가. 이런 상황에서 나오는 소리라고 상상한 사람은 없었다. 그토록 추앙해마지않던 음악이 죽음을 앞두고 지르는 고통스러운 비명이었다니.

이새는 잔인한 살육의 현장을 보면서도 아름다운 선율에 마음이 평화로워지는 자신을 받아들이기가 어려웠다. 너무 부조리했고, 너무 혼란스러웠다. 마치 자신이 사이코패스가 된 기분이었다.

'제발, 빨리 끝내줘.'

하지만 녀석은 빨리 끝낼 생각이 없었다. 퓨라를 오도 가도 못하게 만든 녀석이 고개를 들더니 재빨리 어디론가 사라졌다.

'뭐지? 먹지 않아? 괴롭히기만 하는 건가? 내가 있는 걸 알았나?'

사라졌던 육식동물이 다시 나타났다. 이번에는 혼자가 아니었다. 주위에 친구들이 있었다. 아니, 덩치가 훨씬 작았다. 새끼들인 모양이었다. 어미가 머리로 슬쩍 밀자 새끼들이 퓨라에게 몰려갔다. 이새는 어떤 상황인지 알 것 같았다. 어미는 사냥 경험이 없는 새끼에게 살아있는 먹이를 죽이는 경험을 하게 해주고 있었다.

새끼들은 움직이지 못하는 퓨라에게 달려들어 작은 입으로 여기저기를 물어뜯었다. 퓨라가 크게 몸부림을 칠 때마다 어미가 와서 꼼짝 못 하게 눌렀다. 그러면서 퓨라의 노래는 한층 더 열기를 띠었다. 이새는 차마 볼 수가 없어서 눈을 감았다. 하지만 눈을 감으니 들려오는 노래는 너무 고상하고 감미로웠다. 그러자 머리에서 또 죽어가는 퓨라의 모습이 떠올랐고….

인간을 극도로 경계해 모습을 보이지 않는 건 노래의 주인공이 아니었다. 그 반대였다. 노래의 주인공은 흔하게 볼 수 있었다. 다만 대단히 조심스러운, 게다가 새끼를 키우느라 극도로 예민한 육식동물이 사냥과 교육의 현장을 인간에게 보여주지 않았던 것이다.

구애의 노래라는 추측은 틀렸지만, 어떻게 보면 생명의 노래인 건 맞았다. 누구의 생명인지가 다를 뿐. 분명히 그 육식동물에게는 새끼를 키울 힘을 주는 생명의 노래였다. 특정 계절에 더 많이 들린다는 사실도 맞아떨어졌다. 번식기를 맞은 육식동물은 새끼를 위해 더 많은 퓨라를 사냥할 것이고, 새끼의 훈련을 위해 퓨라는 더 오랫동안 고통받아야 했다.

마침내 퓨라가 움직임을 그쳤다. 노래도 그쳤다.

"으흑."

이새가 나지막하게 울음을 터뜨리자 어미와 새끼가 모두 고개를 들었다. 어미가 죽은 퓨라를 물고 잽싸게 뛰어 도망갔다. 새끼도 그 뒤를 따랐다. 퓨라가 있던 자리에는 땅과 거의 구분되지 않는 검은 얼룩만 남아 있었다.

날이 밝아오고 있었다. 이새는 아픔도 잊고 멍하니 생각에 잠겨 있었다. 앞으로 그 노래를 어떻게 들어야 할지 도무지 알 수 없었다. 예전처럼 즐길 수 없다는 건 분명했다. 하지만 본능적으로 그 소리를 아름답게 느낀다는 건 그대로였다.

이 사실을 알렸을 때 사람들이 어떻게 반응할지도 몰랐다. 과연 그 말을 믿어줄까? 다들 그 노래를 거부해줄까? 만약 이 사실을 알게 된 뒤에도 여전히 그 노래가 인기를 끈다면? 혹시 누군가는 예술을 만들겠다며 이 연약한 동물을 잡아서 죽을 때까지 고문하지 않을까? 색다른 선율을 얻기 위해 창의적이고 다양한 방식으로?

마스크 안이 뿌예져서 앞이 잘 보이지 않았다. 이새는 시계를 확인하고 신호탄을 공중으로 쏘았다.

얼마 뒤 이새를 찾는 목소리가 점점 가까이 다가왔다.

위대한 예술

▸ 2021년 〈생태전환매거진 바람과 물〉 2호 게재

정화가 죽었다. 알 수 없는 병으로 며칠 동안 시름시름 앓더니 아무 말도 못 남기고 그대로 숨을 거두었다. 이제 서은은 지구에 혼자 남았다.

엄밀히 따지면 서은을 데려가려고 궤도 위에서 기다리는 사람들이 있었지만, 어차피 지구를 떠나기로 마음먹은 이들이니 차이는 없었다.

서은은 노화로 삐걱거리는 무릎을 펴고 일어섰다. 정화의 장례를 제대로 치러주고 싶었지만, 남은 체력으로 할 수 있는 일에는 한계가 있었다. 서은은 그 힘을 마지막 계획을 수행하는 데 쓰기로 했다.

그런다고 의미가 있을까? 어차피 끝난 일이었다. 서은이 죽거나 잡히면 지구에는 아무도 남지 않을 것이고, 이대로 천천히 더워지다 금성 같은 지옥이 될 터였다.

혹시라도 금성 같은 운명을 맞지 않는다면, 언젠가 다시 돌아올 수 있을까? 그럴 가능성은 희박했다. 애초에 외계인의 기술이 아니면 떠나는 게 불가능했다. 언젠가 우리도 별과 별 사이를 움직이는 경지에 이를 수 있을지도 모르지만, 그때는 굳이 지구에 얽매일 이유가 없었다.

서은은 두꺼운 유리창 너머로 별빛이 뚫지 못하는 답답한 하늘을 올려다보았다.

서은이 어렸을 때부터 이미 지구의 인류는 위험에 처해 있었다. 점점 심해지는 온난화를 알고 있었으면서도 막지 못한 결과였다. 파국이 찾아오는 게 뻔히 보이는 상황에서도 누리던 생활을 포기하지 못했던 게 컸다.

서은이 젊은이가 아니게 되었을 때 지구에 남은 사람은 한창 때의 20분의 1이 채 되지 않았다. 일부 특혜를 받은 사람들은 달이나 화성으로 떠났지만, 그곳이라고 해서 마냥 즐겁게 살 수 있는 건 아니었다. 어차피 두꺼운 벽으로 둘러싸인 공간을 나가면 가혹한 환경인 건 똑같았고 생존하기 위해 분투해야 했다. 많은 사람은 지구 탈출이 무의미한 발버둥일 뿐이라고 생각했다.

극소수의 낙관주의자를 빼고는 모두 절망에 휩싸여 있을 때 정체불명의 우주선이 태양계에 도착했다. 모든 여력을 달과 화성의 거주지 건설에 쏟아붓느라 우주 감시 능력이 현저히 떨어져 있던 때라 정확히 언제 어떻게 나타났는지는 아무도 몰랐다.

한 변이 100여 미터쯤 되는 검은 정사면체 모양의 우주선 수천 개가 나타나 지구 궤도 안쪽에서 태양 주위를 돌기 시작했다.

사람들은 여러 가지 방법을 동원해 외계인과 소통을 시도했다. 대부분은 하늘에서 동아줄이라도 내려온 것처럼 여기며 도움을 호소했다. 누군지 모를 이 종족에게는 항성간 여행 기술이 있는 게 틀림없었다. 외계인의 월등한 기술력은 유일한 희망으로 느껴졌다.

다행히 얼마 뒤에 정사면체가 아닌 기묘한 형태의 우주선이 태양계에 나타나며 소통이 시작되었다. 그들은 빠른 속도로 지구의 언어를 배웠다. 외계인이 어떤 존재이든 가릴 처지가 아니었던 인류는 솔직하게 현재 상황을 설명하고 생존할 수 있게 도와달라고 부탁했다.

그 뒤로 그들이 한동안 침묵하고 있어 인류는 초조한 시간을 보냈다. 하지만 몇 주 뒤에 되돌아온 말은 기대 이상이었다. 그들은 수십 광년 떨어진 곳에 있는 태양과 비슷한 별에 지구와 비슷한 크기의 행성이 있다며, 이주를 제안했다. 이주에 필요한 우주선과 행성을 테라포밍하는 데 필요한 기술, 그동안 거주할 공간은 제공하겠다고 했다. 단, 정착이 완료된 뒤에는 모든 장비와 기술을 회수하겠다는 조건이 있었다. 그 뒤로는 인류가 알아서 해야 한다는 것이었다.

그렇게 수십 년에 걸쳐 이주가 이루어졌다. 지구의 여러 지역에서 근근이 버티던 다수와 달과 화성에서 먼 미래를 보며 생존하려고 애쓰던 소수가 차례대로 외계인이 제공한 우주선을 타고 사라졌다. 수많은 역사적 유물과 예술 작품, 동식물과 미생물, 디지털 자료도 사람들을 따라 신세계로 떠났다.

젊은 시절 서은은 미술과 건축을 공부했다. 공부 따위 해서 무엇 하냐는 분위기가 팽배했지만, 설령 인류가 살아남지 못한다고 해도 서은은 지구에 뭔가를 남기는 사람이 되고 싶었다.

어린 시절에 가끔 볼 수 있었던 풍경이 아직 머리에 남아서였을까. 주변 사람들이 하나둘씩 외계인의 우주선을 타고 떠나는 와중에 서은은 지구에 남아 지구보존연합에 가입했다. 지구보존연합은 외계인에게 이주 대신 지구의 보존을 요청하는 사람들이 모인 단체였다.

"초광속 여행과 테라포밍이 가능한 기술이라면 얼마든지 지구를 원래대로 되돌릴 수 있습니다. 어째서 쉬운 방법을 두고 어려운 방법을 택하면서까지 고향을 저버리려는 겁니까!"

지구보존연합은 상당한 세력을 얻었지만, 외계인은 아무런 반응 없이 사람들을 실어 날랐다. 사실 보존연합을 실망하게 한 건 외계인이 아니라 동료 인간들이었다. 수많은 사람이 이미 버린 지구에 눈길조차 주지 않고 새로운 행성으로 떠났다. 젊은 세대일수록 지구에 대한 좋은 기억이 없어 더욱 손쉽게 이주를 택했다.

분개한 몇몇 사람은 물리력을 사용해 이주를 저지하자고 주장했지만, 가늠이 안 되는 수준의 기술력을 지닌 외계인에게 폭력이 통할 리는 없었다. 결국, 보존연합은 테러가 아닌 예술을 이용한 시위를 선택했다.

이때부터 서은은 더욱 열정적으로 활동에 참여했다. 보존연합 내의 예술가들은 각자 자기만의 방식으로 아름다웠던 지구의 모습을 재현했다. 전시회도 열었고, 무작위로 사람이 모이는 거리에 내걸기도 했다. 외계인에게 호소하는 것도 잊지 않았다. 직접 작품을 보낼 수는 없었으므로 알고 있던 유일한 소통 방법인 전파 신호로 바꾸어 전송했다. 그들이 볼 수 있는지 없는지 모르는 상태에서도 끈질기게 시도했다.

이주가 계속되면서 보존연합에 동조하는 사람이 점점 줄어들자 역설적으로 예술 시위의 규모는 더욱 커졌다. 어느덧 지구에 남은 유일한 집단이 된 보존연합은 인류가 남겨놓고 간 수많은 장비와 인프라를 마음껏 사용할 수 있었다.

서은은 로켓을 타고 올라가 외계인의 우주선 앞에 거대한 스크린을 띄워놓고 공들여 만든 영상을 틀었던 일을 생생하게 기억했다. 메마른 땅만 남은 히말라야의 봉우리에 인공 눈을 뿌려 과거의 설경을 재현했던 일도, 거대한 스노우볼처럼 투명한 구에 조각품을 넣어 지구 궤도에 띄워 놓았던 일도, 달 표면에 멀리서도 보일 만큼 거대한 푸른 지구의 모습을 그렸던 일도 엊그제처럼 기억했다.

하지만 전부 소용없었다. 외계인은 끝까지 반응이 없었다. 엄밀히 따지면, 외계인은 누구에게도 좀처럼 반응하지 않았다. 이주를 돕는 것과 별개로 수많은 사람이 그들에 관해, 고도의 과학과 기술에 관해 질문을 던졌지만, 아무런 대답을 듣지 못했다. 그들이 자신을 뭐라고 부르는지조차 알 수 없어 사람들은 그들을 그냥 '외계인'이라고만 불렀다.

결국 많은 사람이 마음을 바꾸거나 세상을 떠나면서 보존연합의 규모가 급격히 줄어들자 기다리다 못한 이주 지지자들은 지구에 남은 사람들을 붙잡아 강제로 우주선에 태웠다.

들키지 않으려고 여러 시설을 전전하며 숨어다니던 지가 벌써 몇 년…. 마침내 서은 혼자만이 남았다.

누구든 혼자 남기로 하면 실행하기로 하고 예전에 만들어둔 마지막 계획이 있었다. 제대로 작동할지는 미지수였지만, 당시에 꽤 공들여 만들어 놓았으니 괜찮을 것 같았다. 원격으로 신호를 보내면 위치가 드러나고 서은을 데려가려는 사람들이 찾아오겠지만, 상관없었다. 마지막 인사도 해야 했고….

북아메리카 대륙 어딘가에서 로켓이 화염을 내뿜으며 우주로 치솟았다. 저런 화염이 지구를 살리는 데 하등 도움이 되지 않는다는 건 알고 있었지만, 이번만큼은 어쩔 수 없었다.

다 쓴 연료통 몇 개를 떨어뜨려 버리고 우주로 올라간 로켓은 궤도 위에서 외계인의 우주선에 가까이 다가갈 때까지 기다렸다. 그리고 적재함을 열고 둥근 폭탄을 더 먼 우주로 밀어 보냈다. 폭발력은 약했지만, 대단히 정교한 폭탄이었다. 폭탄 외부를 감싸고 있던 수만 개의 작은 구슬이 외부로 밀려나며 점점 커지는 구와 같은 대형을 이루었다.

시간이 되자 작은 구슬들이 동시에 폭발했다. 그리고 내부에 들어 있던 화학 물질의 종류에 따라 제각기 다른 색의 불꽃을 발했다. 적당한 거리에서 보면 아름다웠던 시절의 지구가 다시 우주에 꽃피운 듯한 모습이었다. 물론 지속 시간은 너무나 짧았다. 불꽃이 사그라지면서 순간적으로 빛났던 지구는 흔적도 없이 사라졌다.

서은은 그 모습을 직접 볼 수 없었다. 아름다운 광경이었기를, 그리고 외계인이 그 장관을 보았기를 바랄 뿐이었다.

예상대로 얼마 지나지 않아 외계인의 작은 우주선 한 대가 서은이 있는 곳에 착륙했다. 서은은 편히 들어올 수 있도록 문을 열어주었다.

이내 얼굴이 깨끗한 젊은 남성 몇 명이 서은의 앞에 섰다. 그 중 한 명이 앞으로 나섰다.

"할머니, 이제 가셔야 해요. 할머니만 타면 마지막 이주선이 떠날 수 있어요."

"그동안 잘 지냈니, 지안아?"

지안은 곤혹스러운 표정을 지었다.

"네. 이제 같이 살 수 있어요. 엄마도 돌아가시기 전에 할머니 꼭 모시고 가라 그랬다고요."

"난 괜찮아. 어차피 살날도 얼마 안 남았는걸."

"그러니까 더 새로운 세상을 보셔야죠. 여기서 이렇게 혼자 돌아가실 순 없어요."

"새로운 세상에서 무엇을 보겠니? 다시 이런 꼴을 만드는 거?"

"그렇지 않아요. 다들 새로운 세상을 만들려고 열정이 가득해요. 똑같은 실수를 하지는 않을 거라고요."

"아가야, 욕심을 버리는 건 쉽지 않아. 한 번 망친 땅을 미련 없이 버리고 가는 사람들에게 희망은 없어. 지금은 우주선에서 살며 열심히 테라포밍을 하고 있다지? 그게 끝나면 어떻게 할 거야? 누가 어떤 땅을 가질지부터 생각해보렴. 기후가 좋고 자원이 많은 땅을 서로 차지하려 싸우지 않겠어?"

지안이 이마를 살짝 찡그리며 뒤에 서 있던 사람들에게 고갯짓했다. 하지만 사람들이 움직이려는 순간 귀에 꽂은 이어폰에서 무슨 지시를 받았는지 지안이 왼손을 들어 제지했다.

"음, 할머니?"

지안이 상기된 표정으로 불렀다.

"그래."

"이게 무슨…. 방금 연락을 받았는데, 외계인이 할머니를 만나고 싶대요! 여태까지 외계인을 직접 만난 사람은 아무도 없었다고요! 이건 역사적인 일이에요!"

서은의 노쇠한 심장이 가파르게 뛰기 시작했다. 드디어 요청을 받아들이려는 걸까? 설마 서은을 데려가기 위한 속임수? 인제 와서 늙은이 하나를 데려가는 데 속임수를 쓸 이유는 없었다.

서은은 흥분해서 어쩔 줄 모르는 지안의 안내를 받아 처음으로 외계인의 우주선에 올랐다.

그들의 지시에 따라 지안 일행은 이주선에 도착한 뒤 서은만 남겨두고 모두 하선했다. 놀라운 소식이 전해졌는지 수많은 사람이 착륙장 근처에 모여 있었다. 다시 닫히는 문틈으로 지안의 불안한 눈빛이 보였다.

서은이 뭘 할 필요는 없었다. 움직이는 창밖 풍경으로 우주선이 출발했다는 사실을 알 수 있었지만, 가속도는 전혀 느껴지지 않았다. 어떻게 해서인지 관성을 제어할 수 있는 모양이었다.

목적지에 도착하자 저절로 문이 열렸다. 눈앞의 공간에는 아무도 없었다. 공기와 중력은 편안했다. 전체적으로 어두웠는데, 사방이 막혀 보였다. 의아해하고 있는 사이 바닥에 밝은 선이 나타났다. 천천히 선을 따라 걸으니 앞쪽의 막힌 공간이 마치 액체처럼 갈라지며 길을 냈다. 조금 더 가니 길이 끝나며 둥근 모양의 방이 나왔다. 서은이 방 가운데로 걸어가자 바닥에 솟아오르며 그대로 의자 모양이 되었다. 서은은 그 위에 앉았다. 심장 때문인지 기분 때문인지 숨이 찼다.

"안녕하십니까."

어디선가 평온한 목소리가 들렸다. 서은은 반사적으로 대답했다.

"아, 안녕하세요."

"저희는 지금 태양계에 있지 않습니다. 이런 식으로 대화를 나누는 점 양해 바랍니다."

"그러시군요. 괜찮습니다."

차분한 척해보려고 해도 목소리가 떨렸다.

"저희에 관해 말씀을 드려볼까 합니다. 다만 이야기를 들으신 뒤에는 동료들에게 돌아갈 수 없습니다. 선택에 따라 여기서 여생을 보내실 수도 있습니다. 물론 편의는 충분히 제공하겠습니다."

무슨 이야기를 하려는 걸까? 그리고 무슨 선택? 뭐가 됐든 사람들과 이주할 생각이 없던 서은은 차라리 잘 됐다 싶어 고개를 끄덕였다.

"저희는 출신이 다양한 종족으로 이루어져 있습니다. 저희 각자는 은하계 이곳저곳에서 서로 다른 모습으로 태어나 의식을 갖추고 우주를 탐구했습니다. 앞서거니 뒤서거니 일정 수준에 이른 뒤에는 약속이나 한 듯이 육체를 버리고 의식 구조체가 되어 은하계를 함께 주유했습니다. 그 뒤로 오랜 세월에 걸쳐 새로운 종족이 계속 합류하면서 지금과 같은 집단이 되었습니다."

신기한 이야기였지만, 서은이 궁금해하던 건 아니었다. 목소리는 계속 이어졌다.

"그러는 과정에서 저희는 마음의 본질을 추구해 왔습니다. 새로운 종족이 하나씩 합류할 때마다 마음의 본질과 무관한 부분을 제거했습니다. 모든 종족에게 공통으로 있는 게 아닌 성질이라면 본질과 무관한 부분이라 여기고 없애나갔습니다. 그 결과 수많은 무의미한 감정과 강박과 집착과 관념을 버릴 수 있었습니다. 그렇게 저희는 생명체가 갖는 마음의 본질에 가까워지고 있습니다. 그런데 흥미롭게도 지금까지 살아남은 성질 중 하나는 바로 예술을 추구하는 마음입니다."

예술? 길을 잃어가던 서은의 귀가 번쩍 띄었다.

"여태까지 저희 작품을 보신 건가요? 그렇다면 지구를…."

"물론 봤습니다. 하지만 작품 자체에 감명을 받은 건 아닙니다. 여러분도 저희처럼 된다면 발붙일 땅에 대한 집착은 아무런 의미가 없다는 사실을 깨달을 수 있을 겁니다. 저희는 여러분이 생존을 위해 저희에게 호소하기 위한 최후의 수단으로 예술을 택했다는 사실에 호기심을 강하게 느꼈을 뿐입니다. 게다가 여러분은 어느 시대에나 예술 활동을 멈추지 않았습니다. 사실 저희도 예술 추구가 변하지 않는 마음의 본질에 가깝다고 생각하며 예술 활동을 계속하고 있습니다. 여러분은 저희의 생각을 조금이나마 뒷받침해주는 셈이 되었지요."

"저, 제가 나이를 먹어서 참을성이 좀 없어졌어요. 제가 궁금한 건 우리 지구를 옛날처럼 되돌려줄 수 있냐는 거예요."

"그건 분명히 저희가 할 수 있는 일입니다."

서은의 심장이 더 빠르게 뛰었다.

"그래 주실 건가요?"

"그러지 않을 겁니다. 방금 말씀드렸다시피 의미 없는 일입니다. 원래 저희는 문명이 스스로 발전해 저희와 합류하기 전에는 개입하지 않습니다. 돕지도 않고 방해하지도 않습니다. 저희가 아니었다면 지구인은 이대로 사라졌을 겁니다."

"그러면 왜 우리를 다른 곳으로 옮겨주는 거죠? 개입하지 않는다면서?"

"그 이유를 알고 싶습니까?"

"네, 알고 싶어요."

"위대한 예술 작품을 위해서입니다."

그럴 리 없지만 서은은 어디선가 웃음소리를 들은 것 같았다.

생각보다 오랜 시간이 걸렸다. 서은은 외계인(들)의 설명을 들었고, 제안에 동의했다.

그건 별의 잔해인 성운에서 절대적인 아름다움을 느낀 한 종족의 제안으로 시작된 일이었다. 그들은 오랜 시간에 걸쳐 은하계를 돌아다니며 원하는 구도를 찾았다. 그 뒤에는 빛이 도달하는 데 걸리는 시간에 따라 적절한 시기에 각 항성에 우주선을 보내 작업을 시작했다. 지구에서 문명을 발견한 건 예상하지 못했던 일이었다. 원칙대로라면 개입해서는 안 됐기 때문에 상당히 곤혹스러운 상황이었지만, 다행히 인류는 멸망을 목전에 두고 있었다. 그들로서는 운이 좋은 셈이었다. 인류는 이주를 돕는다는 제안을 덥석 받아들였고, 그들은 계획대로 작품을 만들 수 있게 되었다.

마침내 보존연합의 마지막 프로젝트가 끝나고 서은이 모습을 드러내자 그들은 마지막까지 예술을 수단으로 지구를 지키려 한 서은에게 선물을 주는 것도 괜찮겠다고 생각했다. 한편으로는, 외부의 의견이 궁금하기도 했다.

그렇게 서은은 기계로 된 몸을 얻었다. 그들처럼 순수한 의식의 구조체는 아니었지만, 몇만 년 동안 맑은 정신을 유지하기에는 충분했다. 또, 그들은 작품 감상을 위해 새로운 감각 기관을 제공했다. 그들이 제공한 감각 기관은 가시광선만이 아니라 전파에서 감마선에 이르는 빛을 모두 볼 수 있었다. 자기장과 여러 가지 입자의 흐름도 감지해 시각적으로 느끼게 해주었다.

시험 삼아 행성상 성운 하나를 골라 자세히 관찰한 서은은 놀라운 경험을 했다. 예전에도 망원경으로 찍은 성운 사진을 보고 예쁘다고 생각해본 적은 있지만, 새로운 감각 기관으로 본 성운의 세부 구조는 그들의 말처럼 정말 절대적으로 아름다웠다.

인류가 사라진 태양계에서 그들은 본격적으로 작업을 시작했다. 강한 핵력과 중력을 비롯한 기본 힘을 조작해 태양 내부의 핵융합 반응과 외곽 물질의 팽창·수축을 조절했다. 다른 여러 항성에서도 같은 작업을 마쳤거나 할 예정이었다.

그동안 서은은 그들을 따라다니며 우주의 여러 곳을 구경했다. 새로운 눈으로 우주의 모습을 보니 왜 우주에서 예술을 찾는지 이해할 수 있을 것 같았다.

드디어 시간이 되자 그들은 서은을 어느 한 지점으로 데려갔다. 그들의 마음이 담겨 있는 의식의 구조체가 어렴풋한 빛무리의 모습을 하고 넓게 펴져 있었다.

정해진 시각에서 오차는 없었다. 순간 우주에서 엄청난 빛의 무리가 쏟아져 내려왔다. 각기 다른 시기에 폭발한 초신성 수백 개의 빛이 동시에 도착했던 것이다.

처음에는 그저 강렬하기만 했지만, 시간이 좀 지나자 서은은 빛줄기 하나하나를 구분할 수 있을 것 같았다. 인간의 눈이었다면 쳐다보지도 못했을 빛이었다.

서은은 이토록 웅장한 예술 작품을 본 적이 없었다. 어두운 우주를 배경으로 초신성 수백 개가 뿜어내는 빛은 가히 압도적이었다.

하지만 이제 시작이었다. 얼마 뒤면 강렬한 빛은 가라앉고 초신성 하나하나가 우주를 수놓을 성운을 만들기 시작할 것이다. 이 우주적인 규모의 작품을 위해 태양은 예정보다 빠르게, 예정과 다른 방식으로 수명을 다해야 했다. 서은은 자신들의 마지막 프로젝트가 그들에게 얼마나 초라하게 보였을지 생각했다.

"꼭 태양이어야 하나요? 별로 크지도 않은 별인데. 근처의 다른 별은요?"

"미안하지만, 구도상 어쩔 수 없었습니다. 비록 작아도 그 자리에 꼭 필요합니다."

서은은 태양을 찾아보았다. 정말 꼭 태양을 터뜨렸어야 했던 걸까? 서은의 새로운 감각 기관은 곧 태양이 뿜는 빛을 찾았다. 화염에 휩싸여 사라졌을 지구를 의식하며 가만히 빛무리를 들여다보았다. 도대체 이건 무엇을 나타내는 작품일까? 아직 서은이 이해하기에는 일렀다.

서은은 주위에 있는 의식 구조체들을 바라보았다. 모두 자신들이 만든 작품에 몰두해 있었다. 과연 저들은 뭘 느끼고 있을까? 이다음에는 무엇을 하려고 할까? 서은은 천천히 기다려 보기로 했다. 불과 얼마 전에 생각했던 것과 달리 이제 서은에게는 남은 시간이 매우 많았다. 이 작품을 처음부터 끝까지 감상하는 데만도 1만 년 이상이 걸렸다. 가스가 희박해져 성운이 빛을 잃고 중성자성이나 백색왜성만 덩그러니 남아 초라해질 때까지.

새로운 지구에서는 이 모습을 어떻게 볼까? 이렇게 동시다발적이지는 않겠지만, 그곳에서도 이례적인 수준의 연이은 초신성 폭발이 보일 것이다. 사실 일부는 이미 보였고, 나머지는 나중에 보일 것이다. 또, 이곳에서 보는 것과 구도는 달라도 오랜 시간 동안 아름다운 성운의 모습이 보일 것이다. 그런 집중적인 폭발은 훗날 어떤 전설을 남기지나 않을까? 우주를 화려하게 장식한 폭발 속에서 사라진 지구에 관한 전설을?

인류의 문명이 스스로 그들과 같은 수준에 올라 직접 찾아오기 전까지 서은은 인류와 접촉할 수 없었다. 그들과 한 약속이었다. 그래도 몰래 관찰하는 정도는 괜찮지 않을까? 서은은 새로운 인류가 과거를 어떻게 기억하든 그때와 같은 실수를 범하지는 않기를 바랐다. 아직 그들처럼 집착과 미련을 버리지는 못한 모양이었다.

문득 의문이 하나 떠올랐다. 서은은 그들을 향해 질문을 보냈다.

"만약 우리가 멸망을 앞두고 있지 않았다면…, 그래도 계획대로 했을 건가요? 위대한 예술을 위해서?"

그들은 한참 동안 대답하지 않았다.

작가의 말

〈아직은 끝이 아니야〉

보고 또 봐도 어디선가 튀어나오는 오탈자 때문에 스트레스를 받던 잡지기자 시절에 '초파리 자연 발생설'을 접하고 혹시 오타도 자연 발생하는 게 아닐지 진지하게(?) 고민하다가 떠오른 아이디어다. 당시 정권의 도움을 많이 받았다. 정권이 바뀌면 의미 없는 이야기가 되지 않을까 걱정했는데, 세상 돌아가는 꼴을 보면 그런 걱정은 안 해도 될 것 같다.

〈우주의 집〉

유명하지는 않지만 내가 좋아하는 아서 클라크의 단편 〈요람을 벗어나, 우주로〉, 그리고 NASA에서 수행했던 청각장애인의 균형 감각과 멀미 연구에서 아이디어를 얻었다. 이야기 자체는 아직은 미숙한 소년의 전형적인 성장 스토리다. 사실 난 전형적인 이야기를 좋아한다. 전형적인 이야기를 잘 쓰려면 방망이 깎는 노인 수준이 되어야 한다는 문제가 있지만.

〈0에서 9까지〉

사람에게 자유의지가 정말 있는지는 궁금했다. 지금도 궁금하다. 자유의지에 관한 이야기를 써보고 싶었는데, 마침 사람이 얼마나 난수를 잘 만들 수 있는지를 다룬 연구 논문을 접했다. 유일하게 자유의지를 지닌 사람이 의지대로 살지 못하는 아이러니한 상황이 떠올라 재미있겠다고 생각했다.

〈하늘은 무섭지 않아〉

내가 어린 시절로 추억하며 그리워하는 시대는 1980년대다. 그와 비슷한 시대를 배경으로 이야기를 쓰고 싶어서 전쟁을 일으켜 문명을 후퇴시켰다. 원래는 어른이 주인공이었는데, 몇 년 동안 이야기가 풀리지 않아 머리에 담아두고만 있었다. 그러다 우연히 한낙원과학소설상 공모를 보고 주인공을 어린이로 바꿔 생각해보니 갑자기 이야기가 풀렸다.

〈숲의 전쟁〉

평소에 몽상을 많이 하는 편인데, 잠을 자려고 누워서 이런저런 상상을 하다가 문득 떠오른 아이디어다. 숲을 지성체로 묘사하는 이야기는 적지 않지만, 내가 읽고 보았던 작품들보다는 좀 더 세속적이고 현실적으로 다뤄보고 싶었다. 액션도 근사하게 묘사해보고 싶었는데, 그건 생각보다 어려운 일이었다.

〈드래곤의 꿈〉

정확히 언제 어떻게 떠올린 이야기인지는 기억이 안 난다. 으레 그렇듯이 나도 판타지 설정을 과학적으로 해석해보는 걸 좋아하는데, 아마 그런 상상을 하다가 문득 떠올라 쓴 소품이었을 것이다. 아이가 있다 보니 아이들 공부시키는 설정을 좋아하게 된 것 같기도 하다.

〈시간의 약속〉

측정이란 생각보다 어렵고 복잡한 일이다. 정확한 온도계를 만들려면 정확한 온도계가 필요하고, 정확한 시계를 만들려면 정확한 시계가 필요하다. 그래도 여러 가지 방법을 동원하고 서로 합의해가며 오늘날에 이르렀다. 이런 일이 훨씬 더 어려운 환경이라면 문명이 발전할 수 있을까? 그런 이야기를 해보고 싶어서 시간 측정이 어려운 세상을 떠올려보았다. 실제로 모항성에 조석고정된 행성이 생명에 적당한 기후를 갖추는 건 쉽지 않아 보이지만, 이야기를 위해 그 부분은 무시할 수밖에 없었다.

〈아이클린〉

회사에서 몽상하던 중에 떠오른 이야기다. 로봇청소기가 궁극으로 발전하면 어떤 모습이 될지 상상해보았다. 원래는 진공 붕괴를 일으켜 우주를 소멸시키는 것으로 끝나는 엽편이 될 예정이었는데, 쓰다가 보니 길이도 다소 늘어나고 방향도 바뀌었다.

〈멸종의 이유〉

두 가지 발상에서 나온 이야기다. 첫째, 헤켈의 '개체 발생은 계통 발생을 반복한다'라는 말이 사실인 생태계를 만들어보고 싶었다. 둘째, 우리의 도덕을 다른 존재에게 똑같이 적용할 수는 없을지도 모른다는 이야기를 하고 싶었다. 그래서 동족 포식이 자연스럽고 꼭 필요한 생명체를 일부러 만들어보았다.

〈생명의 노래〉

도덕이나 가치가 우리와는 전혀 다른 존재를 상상해보는 것을 좋아한다. 이 이야기도 약간 결이 비슷한데, 우리에게는 아름다운 소리가 다른 존재에게는 끔찍한 소리라면 어떨지 생각해 보았다. 여기서 언급한 외계 종족 '히치'는 프레데릭 폴의 '히치 시리즈'에서 이름을 빌렸다.

〈위대한 예술〉

어린 시절 천문학자가 꿈이었다. 책에 실린 화려한 성운의 사진을 보며 정말 아름답다고 생각했다. 그러다 일부러 별을 터뜨려 가며 성운을 조합해 예술 작품을 만드는 종족에 관한 이야기를 떠올렸다. 원래는 대학생 시절 나우누리 'SF2019'의 창작게시판에 짧게 쓴 적이 있는데, 아이디어에 미련이 남아 20여 년이 지난 뒤 다시 써버리고 말았다. 결과물이 아주 마음에 드는 건 아니지만, 더 낫게 고칠 방도도 떠오르지 않는다. 그래도 그냥 잊어버리기에는 여전히 미련이 남아서 함께 실어본다. 누군가는 좋아할 수도 있지 않을까?

2024년 여름

고호관

숲의 전쟁

초판 1쇄 발행 2024년 10월 1일

지은이 고호관
펴낸이 박은주
디자인 김선예, 이수정
마케팅 박동준

발행처 (주) 아작
등록 2015년 9월 9일 (제2023-000057호)
주소 07236 서울특별시 영등포구 의사당대로 38 102동 1309호
전화 02.324.3945-6 **팩스** 02.324.3947
이메일 arzaklivres@gmail.com
홈페이지 www.arzak.co.kr

ISBN 979-11-6668-852-2 03810

책 값은 표지 뒤쪽에 있습니다.
잘못 만들어진 책은 구입하신 서점에서 교환해 드립니다.